Heuchler

Heuchler

Ein Psychothriller von

MARK FRANLEY

2. Ausgabe

Bildquelle Cover: Xenia B., www.pixelio.de

Korrektorat und Satz durch die text + taler GmbH

Impressum:
Mark Franley
c/o AutorenServices.de
Leipziger Straße 116 a
36037 Fulda

Informationen zum Autor und dessen Werken finden Sie unter:
www.mark-franley.de
http://www.facebook.com/MFranley

ISBN 978-1482028164

– 1 –

Nürnberger Abendblatt:

Dreizehnte Leiche gefunden – Polizei am Ende

Nach dem Fund des vermissten achtjährigen Jungen Thomas H., dessen Leichnam gestern am Ufer eines Stausees gefunden wurde, scheint die Polizei am Ende ihrer Möglichkeiten zu sein. Offenbar liegen auch bei den Ermittlern die Nerven blank, wie der Ausbruch des verantwortlichen Hauptkommissars Mike Köstner gegenüber unserer Reporterin zeigt. Der Leiter der Sonderkommission bezeichnete den Serienmörder als »einen völlig kranken Psychopathen ohne Eier in der Hose«.

»Das hast du wirklich gesagt?«, fragte Peter ungläubig und legte die zwei Tage alte Zeitung auf den Rücksitz des BMW.

»Hab ich!«, antwortete Mike mit einem Schmunzeln im Gesicht, fügte dann aber hinzu: »Allerdings in Rücksprache mit dem Chef. Wir wollten diesen Irren ein wenig reizen.«

Peter dachte einen Augenblick lang nach: »Hast du eigentlich nie Angst um deine Familie? Immerhin wirst du namentlich genannt.«

Ohne seinen Partner anzusehen, schüttelte Mike den Kopf: »Laut Statistik passiert es äußerst selten, dass sich ein Krimineller direkt gegen die Polizei wendet. Außerdem müsste ich diesen Job an den Nagel hängen, wenn ich solche Ängste hätte.«

Schweigend saßen sie eine Weile *nebeneinander* und starrten in die Dunkelheit hinaus.

»Glaubst du, er ist schon drin?«, fragte Peter ein wenig zu leise.

Mike löste seinen Blick von der Motte, die ohne Unterlass gegen die Windschutzscheibe flog und nicht begreifen konnte, warum sie nicht weiterkam. Im Restlicht der Straßenlaternen sah Peter noch fahler und ungesunder aus. Ein gräulicher Schimmer hatte sich auf das sonst so jugendliche Gesicht gelegt. Der Fall hatte jetzt schon mehr von ihnen gefordert, als viele ihrer Kollegen aushalten würden.

Er antwortete in normaler Lautstärke, was seinen Freund und Partner zusammenzucken ließ: »Laut der E-Mail, die Henrik abgefangen hat, hätte er bereits mit dem Jungen auftauchen müssen!«

»Henrik!«, äußerte Peter abfällig: »Ich hoffe, du hast dir diese E-Mail selbst angesehen! Henrik kann vielleicht ein Byte in seine Bestandteile zerlegen, aber von Menschen hat der keine Ahnung.«

Mike blickte seinen Kollegen strafend an: »Natürlich habe ich das, ich habe den Ausdruck sogar hier.« Nachdem er die dritte seiner vier Jackentaschen durchsucht hatte, zog er ein zusammengefaltetes Stück Papier hervor und entfaltete es.

»Zeig mal«, forderte Peter, worauf Mike ihm den Ausdruck herüberreichte. Das Handy als Lichtquelle nutzend, studierte Peter die wenigen Zeilen, stutzte, und las sie noch einmal. »Verdammt!«

Mike war mit einem Schlag hellwach. Er arbeitete seit fünf Jahren mit Peter zusammen, und es bedurfte kaum noch Worte zwischen den beiden. Sie hatten diesen gewissen Draht zueinander! Ein Umstand, der schon so manch brenzlige Situation gerettet hatte.

»Was ist los?«

»Von welchem Datum bist du ausgegangen?«, fragte Peter angespannt.

Mike sah ihn verständnislos an und deutete auf die Passage mit dem Datum: »Na von dem, das da steht! Vom 12.05.«

»Dann sind wir einen Tag zu spät!«, erwiderte Peter emotionslos.

»Würdest du mir bitte erklären, was los ist?« Mike wurde dieses Ratespiel langsam zu dumm.

Peter deutete auf die Kopfzeile der E-Mail: »Schau dir die Sendedaten an! Alle Angaben sind im amerikanischen Datumsformat. Es heißt also nicht 12.05.11, sondern 11.05.2012! Sonst hätte ja auch das Jahr nicht gestimmt!«

»Aber die Sendeangaben kommen doch vom E-Mail-Programm. Wie kommst du darauf, dass der Täter dieses Format auch in seinem Schreiben benutzt?«

Wieder deutete Peter auf das Papier, diesmal jedoch eine Zeile tiefer: »Wie du sehen kannst, ist der Empfänger ein Amerikaner und unser Täter ist Profi genug, dies zu berücksichtigen.«

Mike dachte einen Augenblick darüber nach, zog dann die Stabtaschenlampe aus der Halterung unter seinem Sitz und öffnete die Fahrertür.

»Los komm, wir gehen rein!«

Das alte Versandlager stand verlassen und trostlos vor ihnen. Nur aus der Ferne drangen ab und zu Motorengeräusche zu ihnen. Mike mochte die Zeit zwischen 3 und 4 Uhr morgens, wenn die Stadt eine Pause machte und sich eine ungewohnte Stille ausbreitete.

»Willst du Verstärkung anfordern?«, fragte Peter, während sie sich im Schatten des Nachbarhauses dem Industriebau näherten.

Mike schüttelte den Kopf: »Wir haben nur diese E-Mail. Sollte sich diese als Fake herausstellen, möchte ich nicht dafür verantwortlich sein, um diese Zeit ein Sonderkommando herbestellt zu haben. Wir gehen rein, sehen uns um, und wenn sich unser Verdacht bestätigt, rufen wir die großen Jungs.« Mike machte eine Pause und sah seinen Partner an: »Ist das o. k. für dich?«

»Klingt vernünftig«, gab Peter gelassen zurück.

Je näher sie dem Gebäude kamen, desto deutlicher wurde, wie marode der ganze Bau war. In dem fahlen Mondlicht wirkten die zertrümmerten Fenster und die mit Graffiti beschmierten Mauern fast schon unheimlich.

Der vermutlich einzig offene Zugang zu dem Keller des Gebäudes lag in der Mitte des langgezogenen Baues. Um ihre Ermittlungen nicht zu gefährden, hatten sie darauf verzichtet, dies genauer zu überprüfen. Alles, was sie über das Gebäude wussten, hatten sie aus den Plänen des Bauamtes und durch die Aussagen eines früheren Mitarbeiters.

Sie überquerten die letzte Querstraße und drückten sich schließlich an die Stirnseite ihres Zielobjektes. Noch mussten sie nicht besonders vorsichtig sein, da es an dieser Wand kein einziges Fenster gab. Doch sie wussten, dass sich das ändern würde, wenn sie erst um die Hausecke herum waren. Peter ging voran, blieb aber kurz vor dem Ende der Mauer stehen. Dann streckte er vorsichtig den Kopf nach vorne und musterte die Längsseite des Versandlagers und den großzügig ausgelegten Parkplatz. Die Gläser der wenigen Laternen, die auf dem Parkplatz standen, waren ausnahmslos Opfer von vermutlich jugendlichen Steinwerfern geworden und nie repariert worden. Ein Umstand, der es ihnen jetzt leichter machte, ungesehen an den vielen Fensteröffnungen vorbei bis zur Mitte des Gebäudes zu kommen.

»Alles ruhig!«, flüsterte Peter und verschwand um die Ecke. Mike folgte ihm in kurzem Abstand.

Sie kamen gut voran. Nur einmal stockte Peter vor einem der eingeschlagenen Fenster, da er dachte, einen Schatten dahinter gesehen zu haben. Endlose Sekunden verharrten beide regungslos unter der Öffnung, doch nichts regte sich. Schließlich hob Mike den Kopf über die untere Fensterkante und warf einen Blick hinein. Er wagte es nicht seine Lampe zu benutzen, aber das Licht der Straßenbeleuchtung, die auf der anderen Seite des Gebäudes stand und durch das Gebäude schien, reichte ihm. Außer etwas Unrat war in der sonst völlig leeren Halle nichts zu erkennen.

»O. k., weiter!«, wies er seinen Partner an und kurz darauf hatten sie den Kellereingang erreicht. Eine schräge Rampe, die offensichtlich für Gabelstapler ausgelegt war, führte erst parallel zum Gebäude in die Tiefe und verschwand dann nach einer Rechtskurve in der Dunkelheit.

Solange sie noch den offenen Nachthimmel über sich hatten, verzichteten beide auf ihre Lampen, doch nach der Kurve herrschte absolute Finsternis und Peter zog sowohl die Lampe als auch seine Waffe.

Mike tat es ihm gleich und richtete den Lichtstrahl nach vorne.

»Mist!«, stieß Peter aus, denn der Schacht endete bereits nach wenigen Metern an einer schweren Feuerschutztür.

»Pass auf, wo du hintrittst!«, hörte er Mike noch sagen, doch es war zu spät! Er stand bereits in einem der vielen Haufen menschlicher Exkremente.

»Verflucht!«, stieß er erneut aus und versuchte dabei den gröbsten Dreck an einer Steinstufe von seinem Schuh zu kratzen.

»Wie ich immer sage«, stellte Mike belustigt fest: »Wir haben den beschissensten Job der Welt.«

Peter antwortete nichts, sondern ging stattdessen Slalom um weitere Haufen herum, bis zum Ende des Ganges. Dann beleuchtete er jeden Quadratzentimeter der Tür.

»Wie sieht es aus?«, fragte Mike mit gedämpfter Stimme.

Peter fuhr mit seiner Untersuchung fort und leuchtete dann auf den Boden vor der Tür: »Sie wird benutzt!«

Mikes Blick folgte dem Strahl der Lampe und erkannte es ebenfalls. Im Öffnungsradius der Tür lag nichts! Dafür hatte sich dort, wo sich der Türstopper befand, ein Haufen aus Laub, Müll und Staub gebildet. Ein Griff an die Klinke bestätigte, was er schon geahnt hatte. Die Tür war verschlossen.

»Bekommst du das hin?« Doch die Frage hatte sich erübrigt, denn Peter hatte bereits sein kleines Werkzeugtäschchen in der Hand und suchte nach der richtigen Öffnungsnadel. Wenig später verkündete das leise Knacken hinter dem Schloss, dass sie nun Zutritt hatten.

Mike wartete, bis sein Partner das Werkzeug wieder gegen seine Waffe ausgetauscht hatte, und zog dann leicht an der Tür, welche diesmal, ohne Widerstand zu leisten, nach außen schwang. Beide nickten sich noch einmal zu und traten dann in die Dunkelheit hinein.

Vor ihnen tat sich der typische Keller eines Industriebaues auf. Sie folgten dem grauen Schacht einige Meter und stießen dann auf einen Quergang, der sich offensichtlich einmal längs durch das komplette Gebäude zog. In unregelmäßigen Abständen gab es auf beiden Seiten schwere Stahltüren, die, laut der Beschilderung, zu verschiedenen Lagerräumen führten. Anscheinend gab es sonst keinen offenen Zugang zu dieser Kelleretage, da hier alles sauber und unberührt aussah.

»Und nun?«, fragte Peter flüsternd.

Mike ließ den Schein seiner Lampe unschlüssig herumwandern und verharrte dann auf einem alten Fluchtplan, der an der Wand angebracht war.

Nachdem er diesen studiert hatte, stellte er fest: »Wir sollten uns ganz unten umsehen!«

»Was meinst du mit ›ganz unten‹?«, wunderte sich Peter.

»Schau!«, forderte Mike ihn auf und leuchtete erneut auf den Plan: »Es muss noch eine weitere Kellerebene geben.« Mit diesen Worten deutete er auf eine Ansammlung von schraffierten Vierecken, in denen das Wort *ARCHIV* stand.

Peter wollte gerade antworten, als ein lautes Knarren durch die Gänge hallte. »Verdammt!«, zischte Mike und fuhr herum. Er spürte, wie sich sein Magen zusammenzog, versuchte es aber zu ignorieren.

»Was war das?« Mike konnte an Peters Stimme hören, dass es ihm nicht besser erging. Wie abgesprochen suchte jeder eine andere Richtung des Ganges ab, doch da war nichts! Mike spürte erst den Luftzug, dann folgte ein erneutes Knarren, das hier unten fast wie eine verstimmte Geige klang und Einfluss auf jedes seiner Nackenhärchen hatte. Dann hielt er die Lampe in Richtung Ausgang und entspannte sich ein wenig. Der Luftzug hatte die Brandschutztür wieder etwas aufgedrückt und diese hatte dabei das Geräusch erzeugt.

»Alles o. k.! Es war nur die Tür.« Auch Peter atmete erleichtert durch, fragte dann aber mit immer noch unsicherer Stimme: »Sollen wir wirklich alleine da runter?«

Mike überlegte einen Augenblick, bevor er auf die Frage einging: »Wenn du Bedenken hast, lassen wir es und holen Verstärkung. Allerdings haben wir bis jetzt nichts gefunden, was einen solchen Einsatz rechtfertigen würde.«

Peter kniff kurz die Lippen zusammen: »Du hast recht,

also los! In welche Richtung müssen wir?«

Mike blickte zum dritten Mal auf den Fluchtplan und wandte sich dann nach links, sein Partner folgte ihm.

Die ersten Lagerraumtüren kontrollierten sie noch, da aber keine einzige unverschlossen war, folgten sie einfach weiter dem Gang. Unsicher drehten sich beide immer wieder um, doch hinter ihnen lag nur die stille Dunkelheit.

Endlich reichten die Lichtkegel ihrer Lampen bis zum Ende des Kellers und Mike fragte sich schon, ob er den Plan falsch interpretiert hatte, denn von einer Treppe war nichts zu sehen. Dann sah er das Fluchtwegzeichen und seine Anspannung steigerte sich. Er blieb stehen und wartete, bis Peter ihn eingeholt hatte.

»Da müsste es hinuntergehen«, erklärte er leise und deutete dabei auf eine schmale Tür ohne Schloss. »Lass uns kurz die Lampen ausmachen.«

Peter nickte und einen Augenblick später herrschte absolute Dunkelheit. Eine Dunkelheit, die Mike nur von einer Höhlenführung kannte, bei der ebenfalls alle Lichter ausgeschaltet wurden, um den Besuchern zu zeigen, wie sich das völlige Fehlen von Licht anfühlte.

Für einen Moment fürchtete er, keine Luft mehr zu bekommen, und hatte das Gefühl, als würde die Schwärze alles zusammendrücken. Dann schaffte er es, sich zu beruhigen und fragte: »Alles klar bei dir?«

»Alles klar!«, gab Peter gepresst zurück.

»Gut, dann öffne ich jetzt die Tür!« Mike war sich sicher, genau neben der Klinke zu stehen und doch brauchte er etwas, um diese zu finden. Ein leichter Druck genügte und die Tür ließ sich fast ohne Widerstand öffnen. Er steckte den Kopf durch die Öffnung, doch auch hier war absolut nichts zu erkennen.

Sein Finger suchte bereits nach dem Druckknopf der

Lampe, als er ein leises Geräusch vernahm und erstarrte. Ohne zu atmen, lauschte er in den Keller. Nichts – oder doch? Er konnte es nicht zuordnen! War es einfach nur ein Geräusch, welches alte Bauten manchmal machten, oder war es menschlicher Natur?

»Hast du es auch gehört?«, flüsterte er nach hinten.

»Ich glaube ja«, wisperte Peter zurück. »Was war das?«

»Ich weiß es nicht, aber wir sollten vorsichtig sein!« Dann folgte eine kurze Pause. »Ich mache jetzt meine Lampe wieder an, decke sie aber ab. Du lässt deine aus!«

Peter zuckte zusammen. Mike hatte seine Hand über das Glas der Taschenlampe gelegt und diese dann in Peters Richtung gehalten, was zur Folge hatte, dass nur knapp vor dessen Gesicht eine gespenstisch aussehende, rot durchleuchtete Hand wie aus dem Nichts auftauchte.

»Mach das nie wieder!« Peter versuchte wütend zu klingen, erntete aber nur ein Grinsen.

Dann schwenkte die leuchtende Hand in das Treppenhaus und beleuchtete es dürftig. Wie in einem Parkhaus führten immer nur wenige Stufen nach unten, denen nach einer 180-Grad-Drehung, weitere Stufen folgten.

Langsam und so leise wie möglich begann Mike die ersten Stufen hinunterzusteigen. Doch ganz wohl war ihm bei der Sache nicht. Durch die Hand vor der Lampe hatte er seine Waffe wegstecken müssen und war somit völlig auf Peter angewiesen.

Nach dem ersten Treppenabschnitt blieben sie erneut stehen, doch von dem Geräusch war nichts mehr zu hören. Beide warfen sich einen kurzen Blick zu und gingen dann weiter. Als nur noch drei Stufen übrig waren, ließ Mike etwas mehr Licht durch seine Finger und leuchtete nach vorne.

Eigentlich hatte er auch hier eine Tür erwartet, doch die Treppe endete direkt in einem weiteren Kellergang. Als er sich etwas orientiert hatte, setzte Mike den Fuß auf die letzte Stufe. Im selben Augenblick, in dem er spürte, dass etwas nicht stimmte, war es zu spät. Sein Fuß rollte über die leere Plastikflasche ab und Mike kippte nach hinten. Peter hatte schnell reagiert und konnte den Sturz verhindern, doch die Flasche rollte wie in Zeitlupe über die Stufenkante, und das Geräusch ihres Aufschlages brach sich mehrfach an den Wänden. Draußen hätte man es vermutlich gar nicht wahrgenommen, doch hier unten glich es einem Pistolenschuss. Die beiden Polizisten hielten die Luft an. Peter hatte seine Waffe instinktiv in Richtung des dunklen Ganges gehalten und Mike presste die Lampe an seinen Körper, um sie noch mehr zu verdunkeln. Beide hatten Schweißperlen auf der Stirn.

Einige Sekunden passierte nichts, dann hörten sie es deutlich und jetzt waren sie sich sicher. Das Geräusch kam eindeutig aus dieser Etage und es war mit Sicherheit kein Geräusch, welches das Gebäude machte. Jemand versuchte zu rufen, konnte aber nicht!

Beide ahnten, wen sie da hörten. Die Fahndung nach dem neunjährigen Tom lief seit drei Tagen und das Muster der Entführung stimmte exakt mit den anderen Fällen überein.

Mike machte etwas mehr Licht und sah seinen Partner fragend an. Peter deutete zuerst auf seine Handytasche am Gürtel, dann nach oben. Er wollte Verstärkung holen!

Wieder drang ein leises Wimmern durch die Dunkelheit. Mike warf einen kurzen Blick in den stockdunklen Keller, dann schüttelte er den Kopf und deutete auf seine Armbanduhr. Er wollte den Jungen keine Minute länger hier unten alleine lassen. Das Bild seines eigenen Sohnes schoss ihm in den Kopf und erzeugte eine Wut, der er sich nicht hingeben durfte, da er sonst einfach losgestürmt wäre.

Ohne auf Peters Reaktion zu warten, nahm er die letzte

Stufe und schlich dicht an der Wand zur ersten Türöffnung auf der linken Seite des Ganges. Anders als in der oberen Kelleretage gab es hier keine Türen, alle Räume hatten einen offenen Zugang.

Entgegen dem Lehrbuch sprang Mike nicht um die Ecke, um den Überraschungsmoment zu nutzen, sondern ging in die Hocke und sah vorsichtig in den Raum hinein. Er hatte Glück, denn das Licht eines kleinen LED-Lämpchens zeigte ihm, dass niemand hier war. Mike deutete seinem Partner, dass er hineingehen würde, und er verschwand um die Ecke.

Als Peter neben ihm stand, zog Mike die Hand etwas von seiner Lampe und im selben Augenblick begriffen sie, was sie da sahen. Das LED gehörte zu einer Kamera, welche auf einem Stativ in der Mitte des Raumes stand und auf etwas gerichtet war, das wie eine Folterbank aussah. Auf skurrile Weise saß mitten auf dieser Folterbank ein Plüschteddy und blickte sie mit seinem einzig verbliebenen Auge traurig an. Mike wurde schlecht!

Der Rest des Raumes war, bis auf einen alten Holzstuhl, unter dem eine Knabenunterhose lag, leer.

»Dieser Bastard!«, stieß Peter leise aus. Doch Mike deutete ihm ruhig zu sein und trat bereits wieder in den Mittelgang hinaus. Soweit er sehen konnte und auch noch von dem Notfallplan wusste, gab es auf dieser Seite noch zwei weitere Räume, während gegenüber nur ein einziger großer Keller das Hauptarchiv gebildet hatte, dessen Zugang ganz hinten lag.

Sie tasteten sich weiter vor und standen kurz darauf im nächsten Raum, der mehr an ein Schlafzimmer als an einen Keller erinnerte. Wieder brach sich das leise Wimmern an den Wänden und trieb sie zur Eile. Auch wenn sie sich inzwischen ziemlich sicher waren, dass sich das Kind in dem großen Raum gegenüber befand, mussten sie auch noch die letzte Kammer auf dieser Seite untersuchen, um nicht in einen Hinterhalt zu geraten. Wieder machte Mike das gleiche Spiel. Er ging in die Hocke, schob den Kopf nach vorne und sah um die Ecke. Fast hätte er einen Schrei ausgestoßen, konnte diesen aber gerade noch dadurch unterdrücken, dass er die Hand von der Taschenlampe riss und sie sich auf den Mund presste. Für endlos lange Sekunden standen die beiden Polizisten im hellen Schein der Lampe, bis Mike endlich den Druckknopf fand. Doch das Gegenteil war nicht besser, denn was jetzt folgte, war erneut die undurchdringliche Dunkelheit des Kellers. Wieder ertönte das verzweifelte Jammern, doch diesmal viel näher. Peter spürte, wie sich eine Panikattacke ihren Weg durch seinen Geist bahnte, und umfasste den Griff seiner Waffe derart, dass sich seine Fingernägel ins eigene Fleisch bohrten.

»Ist er da drinnen?«, flüsterte er in die Richtung, in der er Mike vermutete.

»Ich hoffe nicht!«, kam gepresst zurück und weiter: »Achtung, ich mache jetzt das Licht wieder an.«

Im selben Moment leuchtete Mikes Hand knapp neben seinem Partner auf und hüllte den Kellergang in diffuses, rötliches Licht.

»Was hast du gefunden?«, flüsterte Peter.

Mike schluckte: »Das, was bei allen gefehlt hat!«

Nun traten sie beide vor die Öffnung und Mike richtete den Strahl seiner Lampe hinein. »Gottverdammt!«, stieß Peter aus und wendete sich ab. An der Rückwand des Raumes war ein riesiges Brett mit Garderobenhaken angebracht und aufgrund der Nummerierung konnte man schnell erfassen, dass dort nicht weniger als siebzehn Haarbüschel hingen. Auch wenn sie nicht daran gezweifelt hatten, dem Richtigen auf der Spur zu sein; jetzt waren sie sich sicher!

Allerdings war man bisher immer von dreizehn Kindern

ausgegangen, offensichtlich waren vier Leichen noch gar nicht aufgetaucht.

Erneutes Wimmern erinnerte sie daran, dass es noch nicht zu Ende war, und auch Mike riss sich von dem schockierenden Anblick los. Jetzt gab es nur noch einen Raum und beide wussten, was auf dem Spiel stand. Allerdings wussten sie nicht, ob der Täter auch noch hier war. Vielleicht hatte er etwas gemerkt und den Jungen zurückgelassen, oder aber der Junge war eine Falle.

Mike und Peter postierten sich zunächst rechts und links des letzten Durchganges und warfen einen kurzen Blick hinein. Nichts als Schwärze!

Mike überlegte kurz und flüsterte dann: »Ich leuchte kurz hinein. Versuche dir den Raum einzuprägen, dann gehen wir ohne Licht. Da drinnen ist es dunkel wie in einem Bärenarsch, er wird uns nicht sehen können!« Peter nickte und blickte erneut um die Ecke. Mike hielt die Lampe für höchstens zwei Sekunden in den Raum, der die Größe einer kleinen Halle hatte, doch dieser Augenblick genügte, um alles aufnehmen zu können, denn es gab nicht wirklich viel zu sehen.

Soweit Peter es erfasst hatte, teilte auf der linken Seite eine weitere Mauer den Keller. Allerdings nur zu zwei Dritteln, und was dahinterlag, war von ihrem Standort aus nicht einzusehen. Beide nickten sich zu, worauf Peter als Erster durch den Durchgang trat; dann steckte Mike seine Lampe weg und folgte ihm.

Da nun absolut nichts mehr zu sehen war, stellte sich Peter mit dem Rücken an die angrenzende Wand, hielt seine Waffe im Anschlag und schob sich so immer weiter in den Raum hinein. Auf den ersten Metern spürte er immer wieder, wie sein Partner leicht gegen ihn stieß, dann hatten beide den gleichen Rhythmus gefunden und kamen sich nicht mehr in die Quere.

Irgendetwas stimmte nicht und Peter brauchte einen Moment, um zu realisieren, was es war. Wenn der Junge in dem Nebenraum war, hätte er das Licht sehen, oder sie zumindest hören müssen, und hätte sie dann sicher auf sich aufmerksam gemacht. Doch jetzt herrschte, abgesehen von ihren eigenen Geräuschen, absolute Stille. Kein Jammern, kein Versuch zu schreien, nichts! Oder der Junge war so verängstigt, dass er sich nicht traute?

Endlich war er am Ende der Wand angekommen und wusste dadurch, dass der Durchgang zur anderen Raumhälfte jetzt genau gegenüberlag.

Was sollten sie tun? Das Licht kurz anmachen und damit ihren Standort verraten oder der nächsten Wand in unbekanntes Gebiet folgen?

Mike hatte inzwischen aufgeholt und stand nur wenige Zentimeter neben Peter, als ihnen die Frage abgenommen wurde.

Für einen kurzen Augenblick flammte gleißend helles Licht auf, das sich förmlich in ihre viel zu weit aufgerissenen Augen bohrte. Peter musste einige Male zwinkern, schaffte es aber, die Lider einen kleinen Spalt breit zu öffnen. Tränen verschleierten seine Sicht und trotzdem sah er das Phantom zum ersten Mal wahrhaftig. Der Mann saß ihm genau gegenüber in einem alten Sessel und hatte ein kurzes Gewehr auf ihn gerichtet.

Peter konnte das Ziel gerade noch erfassen, dann erlosch das Licht so plötzlich, wie es angegangen war, was ihm jetzt aber egal war! Sein Finger arbeitete automatisch und zog den Abzug selbst dann noch durch, als das Magazin längst leer war.

Mike knipste seine Taschenlampe an und erstarrte. Dort, wo auch er zuvor den Mann gesehen hatte, lagen jetzt die Scherben eines riesigen Spiegels. Dann richtete er den

Strahl etwas höher und erstarrte. Der Junge saß zusammengesunken auf einen Stuhl gefesselt da und hatte die Augen weit aufgerissen. Soweit Mike von hier aus erkennen konnte, waren mindestens drei von Peters Projektilen in den Kopf des Kindes eingeschlagen und hatten ihm fast den gesamten Hinterkopf weggesprengt.

»Verdammte Scheiße!« Mehr brachte er nicht heraus. Im Augenwinkel sah er, wie sein Partner neben ihm in die Knie ging und sich übergab. Sein erster Reflex war Peter zu helfen, doch dann schoss ihm ein elementarer Gedanke durch den Kopf. Wenn der Mann im Spiegel zu sehen gewesen ist, dann ist er auch jetzt noch in diesem Raum. Im selben Augenblick dieser Erkenntnis brachte Mike seine Waffe, zusammen mit der Lampe, wieder in Anschlag und richtete beides auf das Ende der Zwischenwand. Er konnte jetzt keine Rücksicht auf Peter, der sich immer noch die Seele aus dem Leib kotzte, nehmen. Schritt für Schritt ging er auf die Ecke zu, versuchte dabei den Anblick des Jungen auszublenden und stattdessen eine Spiegelscherbe zu finden, die so günstig lag, dass er erkennen konnte, was ihn auf der Rückseite dieser Wand erwarten würde. Doch es gab keine solche Scherbe!

Endlich hatte er sein Ziel erreicht und wollte sich gerade zum finalen Sprung fertigmachen, als er hinter sich erst das vertraute Geräusch des Magazinauswurfes und dann rennende Schritte hörte. Peter stürmte ohne jede Deckung an ihm vorbei, ließ sich kurz nach der Mauer fallen und schlitterte dann noch einige Meter, mit Waffe und Lampe im Anschlag, weiter. Doch es passierte nichts! Kein Schrei, kein Schuss. Als Peter endlich zum Stillstand kam, blieb er regungslos liegen und schien ungläubig auf irgendetwas zu starren.

»Was ist los?« Doch statt zu antworten, winkte Peter Mike zu sich.

Es war alles umsonst, war Mikes erster Gedanke, als er zögernd um die Ecke blickte. Zwar gab es den Sessel tatsächlich, aber der Mann, welcher darin saß, war mit Sicherheit nicht ihr Täter! Er hatte die Augen ebenso weit aufgerissen wie der Junge ihm gegenüber. Zwei Tote, die sich verzweifelt anstarrten.

Der Uniform nach handelte es sich bei dem Toten um einen Mitarbeiter der Wachgesellschaft, die das Gebäude ab und zu von außen kontrollierte. Den dunkelroten Striemen nach, die einmal quer über den Hals liefen, war er erst erdrosselt und dann in dem Sessel fixiert worden. Schließlich hatte man ihm noch ein altes, verrostetes Gewehr auf den Arm gebunden und ihn so zu einer scheinbaren Bedrohung werden lassen.

Nachdem Mike den ersten Schock überwunden hatte, leuchtete er den restlichen Raum ab und blieb dabei an einem kleinen Kästchen, das an der Decke befestigt war, hängen. Er hatte sich schon gefragt, wie der Täter es geschafft hatte, den richtigen Zeitpunkt für die kurze Beleuchtung zu treffen. Erst hatte er an eine Art Bewegungsmelder gedacht, als er jedoch näher an das Kästchen heranging, erkannte er, dass es sich dabei um eine Wärmebildkamera handelte.

Dieses Schwein hatte sie auch noch dabei beobachtet, wie sie auf ein unschuldiges Kind schossen! Und er beobachtete sie vielleicht noch immer!

Mikes erster Reflex war, das Ding einfach herunterzuschießen, doch dann besann er sich. Vielleicht war das die einzige Spur zum Täter. Ohne sich weiter umzublicken, ging er zu seinem Partner, der inzwischen wieder aufgestanden war, und sagte so sanft, aber bestimmt wie möglich: »Komm, lass uns nach oben gehen. Wir können hier nichts mehr tun!«

Peter nickte leicht und ließ sich dann, wie eine Marionette, durch die Gänge zurück nach draußen führen.

Oben angekommen atmeten beide tief durch und Peter setzte sich mit dem Rücken an die kalte Backsteinwand. Ohne noch irgendetwas zu sagen, starrte er einfach nur geradeaus in die Nacht.

Mike zog sein Handy heraus und informierte die Zentrale, mit der Bitte, auch einen Psychologen zu schicken.

Es vergingen zwanzig Minuten Ewigkeit, in der Mike sich nach fast einem Jahr eine Zigarette von Peter geben ließ, und diese auch doppelt so schnell wie gewöhnlich inhalierte. Gegen das Zittern half das Nikotin zwar nicht, aber er wurde dadurch etwas ruhiger.

Kurze Zeit später schien der Parkplatz vor dem alten Versandhaus regelrecht zu explodieren. Offensichtlich hatte man alles zusammengetrommelt, was um diese Uhrzeit verfügbar war. Sie kamen zwar ohne Sirenen, doch alleine das unregelmäßige Zucken von zwanzig Blaulichtern reichte, um alles verändert wirken zu lassen.

Peter wurde in einen Krankenwagen gebracht, der, ohne dass Mike seinen Partner noch einmal zu Gesicht bekam, in Richtung des städtischen Krankenhauses davonfuhr.

Nach einer kurzen Lagebesprechung begann die Spurensicherung ihre Arbeit aufzunehmen und kurz darauf leuchtete das alte Gebäude wie in früheren Zeiten.

Eigentlich hatte Mike vorgehabt, noch einmal mit in den Keller zu gehen, doch bereits an der ersten Brandschutztür verließen ihn die Kräfte. Ein junger Streifenpolizist begleitete ihn zu seinem Auto, und nachdem Mike mehrfach versichert hatte, fit zu sein, ließ man ihn alleine nach Hause fahren.

– 2 –

Es dämmerte bereits, als Mike das Auto vor seinem kleinen, aber fast bezahlten Einfamilienhaus unter das Carport fuhr und ausstieg. Die Morgenluft war jetzt im Juni noch angenehm frisch, hatte aber keine Chance gegen die Geister in seinem Kopf. Noch eine Stunde, bis Petra und die Kinder aufstehen werden. Eine Stunde Ruhe, die er dringend für sich brauchte!

Auch wenn alles in ihm nach einem Glas Bourbon schrie, tat er erst, was er sich vorgenommen hatte. So leise wie möglich schloss er die Haustür auf, zog seine Schuhe aus und schlich hinauf in die erste Etage. Die Tür zu Felix' Zimmer stand wie immer einen Spalt breit offen, doch er wollte zuerst zu Katja.

Es war das typische Zimmer einer Sechzehnjährigen! An den Wänden gab es kaum einen Quadratzentimeter, den nicht das Gesicht irgendeines Teeniestars zierte, und für einen kurzen Augenblick stieg Ärger in ihm hoch. Er hatte schon tausendmal darum gebeten, dass abends alle Geräte ausgeschaltet werden und wieder war der CD-Player die ganze Nacht durchgelaufen. Doch dann kamen wieder die Geister und der Ärger wich dem dankbaren Gefühl, zwei gesunde Kinder zu haben. Leise schlich Mike zu dem Bett seiner Tochter und war kurz versucht, ihr über das verstrubbelte, blonde Haar zu streicheln.

Felix' Zimmer stellte den totalen Kontrast zum Zimmer seiner Tochter dar. Der spärliche Wandschmuck beschränkte sich auf Szenen aus den Star-Wars-Filmen und der Teppich glich einem Minenfeld aus Autos, Lego-Spielzeug und undefinierbaren Dingen aus dem nahen Wald.

Irgendwie schaffte Mike es, bis zum Bett seines Sohnes zu gelangen, ohne auf irgendetwas zu treten. Felix' Gesicht war ihm zugewandt und sah unendlich friedlich aus.

Das Bild des erschossenen Jungen blitzte in Mikes Kopf auf und für einen Augenblick war Felix' Hinterkopf genauso explodiert. Fast hätte sich der Brechreiz durchgesetzt, aber Mike konnte ihn gerade noch rechtzeitig unterdrücken und den Raum verlassen.

Der Bourbon stand wie immer in der kleinen Schrankbar und es war Gott sei Dank auch noch genug in der Flasche, um Wirkung zu zeigen. Mike griff sich ein Glas und die Flasche, öffnete die Terrassentür und setzte sich hinaus in den Sonnenaufgang. Dann goss er sich großzügig ein und leerte das Glas schnell, aber mit Genuss. Nach zwei weiteren Gläsern stellte sich endlich etwas Wirkung ein, und ohne darüber nachzudenken, griff Mike nach dem Päckchen Zigaretten seiner Frau, das noch vom Vorabend auf dem Tisch lag.

»Du rauchst wieder?« Petras leise Stimme ließ ihn zusammenzucken. Dann blickte er über die Schulter zu ihr auf und versuchte ein Lächeln.

Petra kannte ihren Mann seit fast neunzehn Jahren und wusste, dass Mike hier nicht ohne Grund mit Schnaps und Zigarette saß. Und sie wusste auch, dass er nur reden würde, wenn er es wollte, daher fragte sie nur: »Gibst du mir auch eine Zigarette?«

Während sich Petra auf den Stuhl neben ihm setzte, schob er ihr das Päckchen hin und legte das Feuerzeug oben drauf. Dann wartete er, bis sich seine Frau ebenfalls eine Zigarette angezündet hatte, und begann kurz zu schildern, was sich ereignet hatte.

Petra betrachtete ihren Mann einige Sekunden lang, dann fragte sie voll Sorge in der Stimme: »Wie geht es dir jetzt?«

Mike suchte nach den richtigen Worten, fand keine und schenkte sich stattdessen noch einmal nach. Diesmal nippte er aber nur etwas, zuckte mit den Schultern und antwortete knapp: »Die Bilder werden blasser werden!« Und nach einer etwas zu langen Pause fügte er hinzu: »Ich hoffe nur, Peter zerbricht nicht daran!« Dann blickte er mit leeren Augen in den Garten hinaus und stieß verbittert aus: »Gottverdammt, er hat ein Kind erschossen!«

Petra nahm seine Hand und drückte sie bewusst etwas zu fest. Es schien zu helfen! Mike sah sie traurig an, aber keiner von beiden musste noch etwas zu sagen. Jeder wusste, was der andere fühlte und das Gefühl von Liebe vertrieb die düsteren Gedanken ein wenig. Mike schaffte ein kleines Lächeln und beschloss: »Eine rauche ich noch mit dir, dann versuche ich ein wenig zu schlafen. Die Kinder müssen mich nicht unbedingt so sehen, es reicht schon, wenn ich so oft nicht da bin.« Dann sah er Petra in die Augen und flüsterte ein einfaches »Danke!«.

Als Mike die Augen wieder öffnete, stellte er verwundert fest, dass er tatsächlich geschlafen hatte. Offensichtlich hatte der Alkohol seine Wirkung nicht verfehlt, denn der Wecker zeigte bereits kurz vor 12 Uhr mittags.

Er stand auf, duschte sich und trank einen Kaffee in der Ruhe des Hauses. Die Kinder waren noch in der Schule und Petra besuchte ihren Vater im Altersheim. Grundsätzlich hatte Mike gerne Leben um sich herum, eine Ausnahme bildete allerdings die erste halbe Stunde nach dem Aufstehen. In dieser Zeit war er weder aufnahmefähig noch gesprächsbereit.

Verzweifelt versuchte er über die vergangene Nacht nachzudenken, doch diese Gedanken wurden immer wieder von dem Wunsch nach einer weiteren Zigarette attackiert. Schon der erste Zug nach ihrem Einsatz hatte die Mauer eines ganzen Jahres eingerissen und sein Körper schrie wieder nach dem Gift!

Nach der ersten halben Tasse Kaffee beendete Mike den Kampf und holte sich eine Packung L&M aus dem Versteck seiner Frau. Ein einziger Zug reichte und die Gedanken an die letzten Stunden schafften es, wieder in den Vordergrund zu treten.

Seine Hauptsorge galt Peter! Er wäre nicht der erste Polizist, den so ein Ereignis völlig aus der Bahn warf und letztlich dienstunfähig machte. Er dachte kurz daran seinen Chef anzurufen, um nach Peter zu fragen, ließ es aber bleiben, da seine Kollegen mit Sicherheit genug zu tun hatten. Dann trank er den letzten Schluck Kaffee, legte den Brustgurt mit seiner Waffe an und verließ das Haus.

Vor Nürnbergs Hauptwache bestätigten sich seine schlimmsten Befürchtungen in Form zahlreicher Übertragungswagen der Radio- und Fernsehsender. Noch hatte man nicht herausgefunden, wer die undichte Stelle im Präsidium war, aber es gab sie! Und offensichtlich wurden auch die Geschehnisse der letzten Nacht schon verbreitet.

Am liebsten wäre Mike direkt in den Innenhof des Präsidiums gefahren, was aber angesichts einer Baustelle zurzeit nicht möglich war. Ihm blieb nichts anderes übrig, als sein Auto auf dem Notparkplatz abzustellen und den Spießrutenlauf über sich ergehen zu lassen. Noch hatte ihn niemand entdeckt und Mike beschloss, es über einen der Seiteneingänge zu versuchen. Er stieg aus, nahm eine der kleineren Gassen, die zunächst weg vom Präsidium führten, und umrundete dann das Gebäude in einigem Abstand. Doch als er schon fast den Liefereingang der Polizeikantine erreicht hatte, stellte sich eine ihm schon seit Längerem bekannte Reporterin in den Weg.

»Herr Köstner, was sagen Sie zu den Vorfällen von letzter Nacht? Hat Ihr Partner fahrlässig gehandelt? Haben Sie durch Ihre Vorgehensweise ein Kind auf dem Gewissen?«

Mike hasste diese Person! Er konnte mit gestylten Blondinen in Hosenanzügen einfach nichts anfangen und ihre penetrant-aufdringliche Art machte es nicht besser. Diese Radioreporterin schien langsam zu seinem Schatten zu werden. Egal wo er war, sie fand ihn! Verärgert sah er der Frau in die Augen und erwiderte abweisend: »Für Sie immer noch Hauptkommissar Köstner!«

Ihre Irritation hielt nicht lange an, dann setzte sie ihr überlegenes Lächeln auf und fragte erneut: »Und was sagen Sie zu den Vorwürfen, die gegen Sie und Ihren Kollegen erhoben werden?«

Mikes Gesicht nahm einen Ausdruck an, den zumindest seine Kinder fürchteten und für einen Augenblick war er kurz davor, die Beherrschung zu verlieren. Dann setzte die antrainierte Reaktionsweise ein und er antwortete mit emotionsloser Stimme: »Wenden Sie sich bitte an die Presseabteilung!« Mit diesen Worten umrundete er das Blondchen und schaffte es ohne weitere Vorfälle bis zum Lieferanteneingang.

Einen Haken hatte der von ihm gewählte Weg allerdings, er würde nun durch die ganze Kantine müssen, um zu seinem Büro zu kommen.

Die noch anwesenden Mittagsgäste taten zwar so, als wäre es ein ganz normaler Tag, aber ihre schnellen Seitenblicke sagten etwas anderes! Punkt 13 Uhr hatte es Mike geschafft und schloss erleichtert die Bürotür hinter sich.

Dann ließ er sich in seinen Stuhl fallen und dachte über die nächsten Schritte nach.

Es würde sich nicht vermeiden lassen: Als Erstes musste er zu seinem Chef, und als hätte dieser nur darauf gewartet, klingelte das Telefon.

»Ja!«, meldete sich Mike formlos, da er durch das Display wusste, wer am anderen Ende der Leitung war.

»Mike, gut, dass du da bist!«, stellte Karl Steinbach, sein Vorgesetzter, fest. Sie kannten sich schon einige Jahre und hatten sich schon geduzt, bevor Karl aufgestiegen war.

»Weißt du etwas von Peter?«, fragte Mike, noch bevor Karl irgendetwas sagen konnte. Dann herrschte kurz Stille, die Mike als kein gutes Zeichen deutete.

»Ja, weiß ich, es ist aber besser, du kommst zu mir rüber. Es gibt einiges zu besprechen!«

»Ist gut, ich komme!«

Karl sah so aus, wie Mike sich fühlte! Er war in der Nacht, kurz nachdem Mike nach Hause gefahren war, zum Tatort beordert worden und vermutlich seitdem auf den Beinen. Sein fahles Gesicht wirkte eingefallen und sah selbst im Licht der einfallenden Sonne grau aus.

»Nimm Platz«, sagte er und deutete auf einen der beiden Stühle vor seinem Schreibtisch. Mike setzte sich und sah seinen Chef erwartungsvoll und ungeduldig an. Karl nahm noch einen Schluck Wasser und begann dann endlich zu reden: »Peter geht es den Umständen entsprechend gut. Allerdings hat man ihn erst einmal ruhig gestellt, und erst, wenn er wieder aufwacht, wird man sehen, wie er mit seiner Tat umgeht.«

»Was heißt da mit seiner Tat?«, explodierte Mike ohne Vorwarnung. »Glaubt hier irgendjemand, dass er auch nur geahnt hatte, auf wen er da schoss?«

Karl machte eine beschwichtigende Handbewegung:

»Nein natürlich nicht! Es tut mir leid, ich habe mich dumm ausgedrückt!«

Mike entspannte sich ein wenig und ließ sich wieder in den Stuhl zurücksinken. Dann fragte er: »Ab wann macht es Sinn ins Krankenhaus zu fahren? Wie lange wollen sie ihn schlafen lassen?«

Karl machte ein Gesicht, als würde er gleich den nächsten Ausbruch erwarten. Dann sagte er vorsichtig: »Ich denke, wenn du den Termin bei Dr. Stein hast, ist Peter sicher auch wieder wach.«

Mike begriff nicht sofort, runzelte die Stirn und fragte: »Was für einen Termin? Weiß dieser Dr. Stein etwas über den Fall?«

Karl schüttelte den Kopf: »Nein. Dr. Stein ist Psychologe und ich habe ihn gebeten, sich mit dir zu unterhalten.«

Mikes Gesichtsfarbe nahm einen rötlichen Schimmer an. »Du meinst also, ich brauche einen Seelenklempner?« Dann sah er Karl in die Augen: »Ich brauche keinen, und ich werde mich auch mit keinem unterhalten! Wir sollten uns vielmehr Gedanken darüber machen, wie wir diesem Kindermörder endlich beikommen. Was hat denn die Spurensicherung ergeben?«

Karl ging nicht auf die Frage ein, sondern atmete stattdessen einmal tief durch, dann brachte er es hinter sich: »Ich nehme dich raus!«

Der rötliche Schimmer auf Mikes Gesicht wechselte zu dunkelrot und sein Blick wurde stechend. »Das kannst du nicht!« Es war nur ein Flüstern und doch bedrohlich.

»Ich kann nicht nur, ich muss! Abgesehen davon, dass diese Anweisung von ganz oben kommt, halte ich es auch für das Beste! Du bist nicht mehr neutral. Nach dem, was dieser Irre euch heute Nacht angetan hat, kannst du ihn nicht mehr einfach als Täter sehen.« Mit diesen Worten erhob sich Karl und ging um seinen Schreibtisch herum. Dann blieb er in der Tür stehen und fragte: »Kommst du mit in die Kantine? Ich brauche dringend einen Kaffee und wir können auch dort noch alles Weitere besprechen.«

Mike kochte, sagte aber nichts mehr. Er wusste, dass es keinen Sinn mehr hatte, weiter zu diskutieren. Wenn diese Anweisung wirklich von oberster Stelle kam, konnte auch Karl nichts daran ändern. Er stand ebenfalls auf und folgte seinem Chef schweigend durch die Gänge des Präsidiums.

»Also gut, und wie geht es nun weiter?«, fragte Mike gepresst, nachdem sie sich einen großen Pott Kaffee geholt und einen Platz an der Fensterreihe gesucht hatten. Die Kantine war jetzt, nach der Mittagszeit, so gut wie leer. Nur Henrik, ihr Computerexperte, saß zwei Tische weiter, war aber derart in ein Fachbuch vertieft, dass er überhaupt nicht mitbekam, was um ihn herum passierte.

Karl nippte ein wenig an der dampfenden Flüssigkeit, setzte sich dann bequemer hin und begann: »Die Spurensicherung ist noch nicht fertig, aber wir können mit ziemlicher Sicherheit sagen, dass ihr den Haupttatort entdeckt habt. Wir gehen davon aus, dass dort alle Kinder misshandelt und getötet wurden.« Dann senkte Karl die Stimme: »Und wie du selbst gesehen hast, waren es mehr Opfer, als wir bisher Leichen haben.«

Nach einem kurzen Schweigen fragte Mike: »Wie viele? Ich habe siebzehn gesehen.«

»Einundzwanzig Haarbüschel ...«, antwortete Karl, »... und der Junge, den ihr ...«. Er wollte es nicht aussprechen.

»Gottverdammte Scheiße!« Mike fuhr sich mir den Händen über das Gesicht. »Wie gestört ist dieser Typ?« Nach einer weiteren Pause fragte er: »Hat die Nachtsichtkamera etwas ergeben? Das Ding lief doch sicher über Funk oder über das Internet und lässt sich bestimmt nachverfolgen.«

Karl nickte zu Henrik hinüber: »Er ist gerade dabei, dies herauszufinden. Die Kamera war tatsächlich ans Internet gekoppelt, aber offensichtlich so gekonnt, dass es bis jetzt kaum Spuren gibt.«

Mike sah mit finsterer Miene aus dem Fenster, wo die Sonne ein friedliches Bild der Stadt zeichnete. »Ich muss diesen Irren finden! Du musst mir den Fall lassen!«

Karl schüttelte kaum merklich den Kopf: »Mike, ich kann das nicht tun! Der Polizeichef hat bereits zwei Spezialisten von Interpol geordert, sie werden morgen eintreffen. Und er will, dass Peter und du Abstand zu der Sache bekommt und erst einmal freinehmt ... freiwillig oder befohlen.« Karl sah Mike offen an: »Pfingsten steht vor der Tür! Warum schnappst du dir nicht deine Familie und ihr verreist für ein paar Tage. Ich habe mir deine Überstunden angesehen und mich gefragt, ob dich deine Kinder überhaupt noch kennen.«

»Nach alldem soll ich Urlaub machen?«, keifte Mike etwas zu laut, was Henrik dazu brachte, kurz den Blick von seinen Unterlagen zu nehmen und ihm zuzunicken.

»Genau das!«, erwiderte Karl. »Such dir ein schönes Ferienhaus, weit weg von diesem Wahnsinn, und entspann dich. Ich bin mir sicher, dass Petra und die Kinder begeistert wären!«

Während Mike von seinem Kaffee trank, dachte er kurz darüber nach. Vor einer halben Stunde wäre es ihm noch völlig absurd vorgekommen, gerade jetzt in den Urlaub zu fahren. Doch so langsam nahm dieser Gedanke Gestalt an. »Und was ist mit Peter?«, fragte er etwas versöhnlicher.

»Was soll mit Peter sein?« Karl sah ihn fragend an. »Ich denke, heute Abend ist er auf jeden Fall wieder wach und ansprechbar. Fahr hin und rede mit ihm, mehr kannst du sowieso nicht tun. Wie du dir denken kannst, ist auch er aus dem Fall raus, und nach dem, was passiert ist, wird er eine Weile brauchen, um überhaupt wieder arbeiten zu können.«

Noch einmal blickte Mike in den stahlblauen Himmel, dann atmete er kurz durch: »Also gut, ich denke, du hast recht! Ich fahre jetzt dann zu Peter, schreibe morgen meinen Bericht und mache dann über Pfingsten Urlaub.«

»Wo?«, fragte Karl, dem die Einsicht seines Freundes nicht geheuer war.

Mike brachte ein Lächeln zustande: »Hast du Angst, dass ich alleine losziehe?« Er sah Karl in die Augen: »Mir gefällt deine Idee mit dem Ferienhaus! Ich werde nachher mal kurz ins Netz schauen, ob sich so kurzfristig noch etwas Bezahlbares findet.«

Karl sah ihn mit einem milden Gesichtsausdruck an: »Glaub mir, es tut dir und euch gut!«

– 3 –

Nachdem Mike wieder in seinem Büro angekommen war, suchte er die Nummer des Klinikums heraus und griff zum Telefon. Überraschenderweise wurde dort schon nach dem zweiten Klingeln abgehoben, und als wäre dies nicht schon ein kleines Wunder, meldete sich eine gut gelaunte und sehr auskunftsfreudige Schwester. Ohne jede Legitimation erfuhr er, dass man Peter noch einmal ruhig stellen musste und er nicht vor 18 Uhr ansprechbar sein würde.

Mike legte auf und machte automatisiert die Bildschirmseite des Berichtswesens auf, dann erinnerte er sich an das Gespräch mit Karl, schloss die Seite wieder, um stattdessen den Internetbrowser zu öffnen.

Er hatte Facebook so lange wie möglich ignoriert, aber Petra konnte ihn schließlich davon überzeugen, dass es schon deshalb wichtig war, sich damit zu befassen, um Katjas Aktivitäten dort etwas im Auge zu behalten. Inzwischen konnte er sich die Plattform nicht mehr wegdenken und wie so oft, war es auch heute die erste Seite im Netz, die er besuchte. Wie erhofft zeigte der grüne Punkt im Chatfenster, dass auch Petra online war. Er beschloss, nicht lange um den heißen Brei herum zu reden und tippte seine Frage direkt ein: »Hallo, Schatz, was würdest du davon halten, Urlaub zu machen?« Über den Bildschirm lief ein kurzes Flackern und er dachte schon, die Verbindung wäre abgerissen, doch das Netz blieb stabil und Petras Antwort erschien in dem kleinen Fenster.

»Hi, Schatz, wie geht es dir ... und Peter?« Eigentlich hatte er ein Hurra oder etwas Ähnliches erwartet, aber im Grunde war es klar, dass sie seine Frage nicht sonderlich ernst nahm. Der letzte Urlaub war drei Jahre her und beschränkte sich auf eine Woche im Bayerischen Wald, in der alle paar Stunden sein Handy gebrüllt hatte. Also schrieb er: »Mir geht es so weit ganz gut, aber Peter hat man noch einmal ruhig stellen müssen.«

Die Antwort ließ nicht lange auf sich warten: »Ich bin froh, dass du nicht in der Klinik liegst!«

Dann folgte eine kurze Pause und anschließend die Wörter »Aber wie kommst du auf Urlaub, du hast doch einen Fall?«.

Über Mikes Gesicht huschte ein Anflug von Zorn, dann tippte er: »Hab ich nicht mehr, und ich muss Zwangsurlaub nehmen.« Im selben Augenblick, als er ENTER drückte, merkte er, was er da gerade geschrieben hatte. Es klang, als müsste er Zwangsurlaub mit seiner Familie machen. Schnell schickte er noch hinterher: »Bitte entschuldige, das klang blöd. Ich würde GERNE mit euch wegfahren!«

Diesmal dauerte die Antwort länger, doch als sie erschien, atmete Mike etwas durch. Petra hatte es ihm nicht krumm genommen und stattdessen geschrieben: »Schöne Idee, wo willst du denn hin?«

Mike hatte schon vorher darüber nachgedacht: »Ich dachte an zwei Wochen in einem Ferienhaus in Dänemark.« Er wusste, dass seine Frau seit Langem in den Norden wollte und er mit diesem Vorschlag eigentlich nichts falsch machen konnte. Doch die Antwort war ernüchternd: »Können wir uns das leisten?«

Etwas genervt schrieb er zurück: »Ich wollte gerade nach Häusern suchen; hast du Lust oder nicht?«

Fast im selben Augenblick erschien »Ja, habe ich!!!!«, dann lief wieder ein Flimmern über den Bildschirm und es folgte der Nachsatz »Aber Finnland wäre mir lieber.«.

Jetzt musste er etwas lächeln und antwortete: »Schön, dann werde ich mich jetzt auf die Suche machen. Bis später, mein Schatz ... Ich liebe dich.«

»Und ich liebe Dich!«, schrieb sie zurück. »Mailst du mir, wenn du etwas gefunden hast?«

»Mach ich! Bis später ...« Mike beendete den Chat, meldete sich bei Facebook ab und versuchte vergeblich die Seite einer Suchmaschine aufzurufen. Entnervt wählte er die Nummer des Netzwerkservice, erfuhr dort aber nur, dass alles ordnungsgemäß arbeitete und wie auf Kommando baute sich auch die gewünschte Internetseite auf.

Wie er befürchtet hatte, brachte die Anfrage nach »Ferienhaus« und »Finnland« kaum noch freie, bezahlbare Häuser. Nach den einschlägigen Suchseiten versuchte er es direkt über private Anbieter und tatsächlich stieß er auf ein Angebot, das ordentlich aussah und zu seinem Budget passte. Gerade, als er auf den *Reservieren*-Button klicken wollte, stürzte der Internetbrowser endgültig ab. »Verdammte Kiste!«, stieß Mike aus und schlug mit der flachen Hand auf die Tastatur. Nachdem er sich etwas beruhigt hatte, öffnete er die Anwendung erneut und versuchte sich an den genauen Wortlaut seiner letzten Suchanfrage zu erinnern. Dann drehte sich für einige Sekunden die Sanduhr auf dem Monitor und im Anschluss wurde ihm eine völlig andere Seite angezeigt. Mike fluchte und wollte seine Anfrage gerade erneut starten, als er stutzte. Das angezeigte Angebot musste er vorher übersehen haben, denn es würde perfekt zu seinen Plänen passen. Er scrollte nach unten und konnte es kaum fassen, es war tatsächlich noch über Pfingsten frei!

Alle weiteren Schritte machte er nun bewusst langsam, um nicht wieder einen Absturz zu provozieren, und einige Klicks später war das Haus reserviert. Danach kopierte er noch ein paar der angezeigten Fotos in eine E-Mail und schickte diese Petra, mit der Bitte, den Kindern noch nichts zu verraten.

Seine kleine Schreibtischuhr gab einen kurzen Ton von sich und zeigte damit an, dass es erst halb vier war. Er beschloss in Erfahrung zu bringen, ob die Nachtbildkamera inzwischen irgendwelche neuen Spuren offenbart hatte. Auch wenn er vorerst aus dem Fall raus war, konnte ihn niemand davon abhalten, etwas über die Geschehnisse in diesem Keller in Erfahrung zu bringen. Peter und er hatten ein Recht auf Information; schließlich war das, weiß Gott, kein alltäglicher Einsatz gewesen.

Dann fuhr er den Computer herunter, warf seine dünne Jacke über die Schulter und schloss das Büro ab. Die Gerüchte über die letzte Nacht hatten offenbar ihren Höhepunkt erreicht, denn selbst altbekannte Kollegen vermieden es, Mike direkt zu begegnen oder ihn gar darauf anzusprechen.

Der zentrale Serverraum und damit auch Henriks Wirkungsstätte befand sich im Kellergeschoss des burgähnlichen Präsidiums. Da Mike eine Abneigung gegen Aufzüge hatte, nahm er das Treppenhaus und betrat den riesigen, klimatisierten Raum durch eine Tür, die eigentlich als Notausgang gedacht war. Henrik saß in einer vom Rest abgetrennten Kammer und starrte konzentriert auf seine Bildschirme. Erst als Mike an die gläserne Tür klopfte, schien der Computerexperte seine Umwelt wieder wahrzunehmen und schloss reflexartig die Internetseite, die er gerade studiert hatte.

»Hallo, Mike!«, begrüßte er ihn mit etwas Mitgefühl in der Stimme und stellte dann als Erstes die Frage: »Wie geht es dir und deinem Partner? Das war ja eine elende Scheiße heute Nacht! Ich habe hier ja auch schon viel erlebt, aber das ...« Henrik schien keine Worte zu finden.

Mike betrat den Raum vollständig und sah abwesend auf einen der Monitore. »Mir geht es einigermaßen, aber was mit Peter wird, bleibt abzuwarten.« Er machte eine kurze Pause. »Aber du hast recht! Dieses Monster ist anders als alles, mit dem wir es sonst zu tun haben. Er ist ...«, auch Mike musste nach Worten suchen, »er ist einerseits völlig entgleist und andererseits überlegt und intelligent. Eine Mischung, die es uns nicht leichter macht.«

Henrik ging nicht weiter darauf ein, sondern kam gleich zur Sache: »Du bist sicher wegen der Kamera hier! Leider weiß ich immer noch nicht viel mehr, als ich deinem Chef schon gesagt habe.«

»Warte!«, unterbrach ihn Mike mit einer abwehrenden Geste. »Ich bin offiziell raus aus dem Fall, und ich möchte nicht, dass du meinetwegen Ärger bekommst. Alles, was du mir erzählst, bleibt unter uns, aber du musst es nicht tun. O. k.?«

Henrik winkte ab: »Nach dem, was ihr erlebt habt, scheiß ich auf die da oben. Also Folgendes: Die Kamera und der Halogenscheinwerfer, von dem ihr geblendet wurdet, wurden eindeutig per Funkverbindung über das Internet gesteuert. Allerdings war der Täter schlau genug, sich in einen Zugang in der Nähe einzuhacken, und hat damit keine eigenen Spuren hinterlassen. Dass auch die Spurensicherung keinerlei Fingerabdrücke oder Ähnliches gefunden hat, kannst du dir denken. Unsere einzige Chance sind jetzt noch die Skalps der Kinder, aber wie man mir sagte, wird die DNA-Auswertung noch eine kleine Ewigkeit dauern.«

Die Art wie Henrik »Skalps« sagte, ließ Mike mehr als einen Schauer über den Rücken laufen. Zu frisch war das Bild mit den Trophäen des Mörders. Dann zwang er sich, analytisch zu denken, und fragte: »Weiß man wenigstens, woher die Geräte stammen?«

»Das ist allerdings eine andere Geschichte«, bestätigte Henrik Mikes Denkrichtung. »Sowohl der Scheinwerfer als auch die Kamera stammen aus Polizeibeständen!«

»Was?«, fragte Mike ungläubig.

Henrik nickte mit zusammengekniffenen Lippen: »So ist es! Da allerdings die Serienschilder fehlen, wird es auch hier eine Weile dauern, bis man weiß, wer so etwas vermisst. Komischerweise muss jeder Tante-Emma-Laden eine Inventur machen, nur die Polizei nicht.«

»Na gut«, stellte Mike resigniert fest und wollte sich, da ihm keine weiteren Fragen mehr einfielen, schon von Henrik verabschieden, blieb dann aber doch noch in der Drehung stehen. »Eins noch. Hattest du heute auch Probleme mit dem Internet?«

»Nein, warum?«

»Mein Arbeitsplatzrechner hat vorhin einige Zicken gemacht. Ging dann aber wieder!«, erzählte Mike.

Aber Henrik winkte nur ab: »Die Dinger spinnen doch immer mal. Ich fordere schon seit einer gefühlten Ewigkeit neue, modernere Geräte, aber du weißt ja ...«

Mike nickte verständnisvoll, dann verabschiedete er sich und verließ den Keller auf demselben Weg, wie er ihn betreten hatte.

Da es immer noch zu früh war, ging Mike noch einmal in sein Büro und schaltete erneut den Computer ein. Diesmal schien alles wieder zu funktionieren und erfreut stellte er fest, dass die Reservierung des Ferienhauses bereits bestätigt wurde. Für einen kurzen Moment dachte er daran, die Anzahlung sofort zu leisten, entschloss sich dann aber doch, erst das Urteil seiner Frau und der Kinder abzuwarten. Da ihm sein Chef aber sowieso keine Wahl gelassen hatte, verschickte er wenigstens schon einmal den Urlaubsantrag, der übermorgen beginnen sollte und über drei Wochen ging. Es dauerte keine Minute, dann kam die Bestätigungsmail zurück und im selben Augenblick klingelte sein Telefon.

»Ich bin es noch mal«, ertönte Karls zufriedene Stimme. »Ich wollte nur wissen, wo es hingehen soll?«

Mike räusperte sich: »Ich habe gerade ein Ferienhaus in Finnland reserviert! Du siehst also, ich bin weit genug weg.«

»Das ist gut!« Karl machte eine kurze Pause, bevor er mit völlig veränderter Stimme fortfuhr: »Wir haben Grund zur Annahme, dass die Aktion letzte Nacht gezielt gegen euch gerichtet war und ich möchte, dass du, solange ihr noch in Deutschland seid, vorsichtig bist!«

Mehr als »Was soll das heißen?« brachte Mike nicht heraus.

»Die Kollegen haben ein Bild von dir und Peter am Tatort gefunden. Offensichtlich seid ihr dem Täter zu nahe gekommen und er hat beschlossen, das zu bestrafen!«

»Was ihm ja auch gelungen ist!«, warf Mike ein.

»Nun wie auch immer, mach mir morgen noch den Bericht fertig und dann mach Urlaub. Und wenn du zurück bist, ist die Sache vielleicht schon erledigt.«

»Was ist mit Peter, wer schützt ihn?«, fragte Mike.

»Peter hat keine Familie; das macht es leichter«, antwortete Karl und gab ihm damit gleichzeitig zu verstehen, dass auch Petra und die Kinder bedroht werden könnten. Diese Möglichkeit war Mike noch gar nicht in den Sinn gekommen und für einen Moment wurde ihm flau im

Magen. Schockiert sagte er: »Scheiße, du hast recht! Daran habe ich noch gar nicht gedacht! Aber es sind noch drei Tage Schule!«

»Ich glaube nicht, dass er so schnell wieder zuschlägt! Er muss wissen, dass jetzt alle in Alarmstellung sind und das Risiko wird er nicht eingehen. Mach mir morgen noch schnell den Bericht fertig und dann gehe zu deiner Familie. Zu Hause kannst du auch Katja und Felix besser im Blick behalten und ab Samstag seid ihr aus der Schussbahn!«

Mike dachte kurz darüber nach. »In Ordnung! Ich melde mich morgen bei dir ab und gebe dir die Adresse unseres Aufenthaltsortes!«

Beide beendeten das Gespräch und Mike verließ zum letzten Mal an diesem Tag sein Büro.

Das Personal der Krankenstation hatte inzwischen gewechselt und von Freundlichkeit war nun nichts mehr zu spüren. Nicht einmal sein Dienstausweis reichte, um zu seinem Partner gelassen zu werden. Die diensthabende Stationsschwester bestand auch noch auf einem Anruf im Präsidium. Nach geschlagenen zwanzig Minuten hatte es Mike endlich in Peters Zimmer geschafft und konnte nicht glauben, was er da sah. Man hätte den Eindruck haben können, dass vor ihm ein Unfallopfer mit den übelsten Verletzungen lag. Nicht weniger als drei Tropfe liefen kurz vor einer gewaltigen Nadel, die in Peters Unterarm steckte, zusammen und zahllose Kabel und Geräte verstärkten das Bild eines Schwerverletzten noch zusätzlich.

»Was haben die denn mit dir gemacht?«, begann Mike fast schon scherzhaft, als Peter die Augen öffnete. Dann leckte sich dieser über die trocknen Lippen und antwortete kehlig: »Hol mich bloß hier raus!«

Mike ging nicht darauf ein, sondern fragte: »Wie geht es

dir denn? Der Chef meinte, man hätte dich mehrmals ruhig stellen müssen.«

Peters Augen verengten sich, dann griff er schwach nach einem Glas Wasser und trank es in einem Zug leer. »Mussten sie auch, aber nicht wegen meiner ...«, er stockte, »... Tat.«

Mikes erster Impuls war dagegen anzureden, dass es seine Tat gewesen sein sollte, ließ Peter dann aber doch weitersprechen.

»Ich war kaum aufgewacht, als sie mir schon die nächste Infusion geben wollten ...«, Peter versuchte ein Grinsen, »... und dann haben die meine Gegenwehr wohl ein bisschen falsch interpretiert.«

Mike lachte: »Kann ich mir vorstellen, man sollte dich nicht reizen! Aber sag, wie geht es dir, abgesehen von dem hier?« Er machte eine Geste zu den Gerätschaften, die um Peter herumstanden. Sein Partner sah ihm eine Weile in die Augen: »Geht schon ... solange ich die Augen nicht zumache.«

»Geht mir genauso, aber glaube mir, dich trifft keine Schuld! Wäre ich schneller gewesen, hätte ich geschossen. Der Täter wollte, dass es genauso ablaufen sollte, die Falle war perfekt geplant. Der Chef hat die Vermutung geäußert, dass er es gezielt auf uns abgesehen hatte. Man hat ein Bild von uns gefunden, und je länger ich darüber nachdenke, desto sicherer bin ich mir, dass er uns nicht einfach erledigen wollte. Er will uns nach den Regeln seiner kranken Phantasien fertigmachen!«

Peter hörte sich all das an und dachte dann eine Minute lang darüber nach, bevor er feststellte: »Dann ist deine Familie ebenfalls in Gefahr und du musst um deine Ablösung von dem Fall bitten!«

Mike kniff die Lippen zusammen: »Hat sich beides schon erledigt!«

Sein Partner sah ihn fragend an, worauf Mike erklärte: »Wir sind beide raus! Die großen Jungs von Interpol werden jetzt übernehmen, und was mich betrifft, ich mache mit Petra und den Kindern Zwangsurlaub in Finnland. Wie du dir vorstellen kannst, war ich zunächst auf hundertachtzig, aber es ist wohl wirklich besser so!«

Peter deutete ein Nicken an: »Es ist besser so! Ich würde dem Typen erst den Kopf wegblasen und ihn dann festnehmen! Und was deine Familie betrifft, darfst du kein Risiko eingehen. Wir haben gesehen, zu was dieser Irre fähig ist und du hast auch einen Jungen!«

Mike sah Peter verwundert an: »So viel Vernunft hätte ich dir gar nicht zugetraut. Ich dachte, du springst frei weg aus dem Bett, wenn ich dir das erzähle!«

»Wäre ich fit, hätte das passieren können, aber hey, ich habe einen Jungen erschossen.« Peter musste sein Gesicht abwenden und Mike konnte sehen, wie sein Partner um Fassung rang.

Mike beließ es dabei und lenkte das Gespräch auf alltägliche Dinge. Dann leistete er Peter noch zum Abendessen Gesellschaft und verließ anschließend das Krankenhaus, um nach Hause zu fahren.

– 4 –

Die ersten Sommergewitter des Jahres begannen gerade ihre Last fallen zu lassen, als Mike die Haustür aufschloss. An der Anzahl der Schuhe im Flur konnte er sehen, dass alle zu Hause waren, und war erleichtert. Während der ganzen Heimfahrt war ihm immer wieder der Satz seines Partners durch den Kopf gegangen: »Du musst deine Familie schützen!« Und weniger die Tatsache, dass es der Irre vielleicht wirklich auf ihn und seine Familie abgesehen haben könnte, hatte ihn erschreckt. Viel schlimmer war, dass ihn erst sein Chef und dann auch noch Peter daran erinnern mussten. Es war kein Wunder, dass so viele seiner Kollegen geschieden waren, oder gleich freiwillig alleine blieben. Dieser Job war wie ein zweites Leben, neben dem alles andere einen verdammt schweren Stand hatte.

Wie so oft versuchte er auch heute den Weg zwischen Haustür und Wohnzimmertür zu nutzen, um von dem einen Leben auf das andere umzuschalten. Doch erst sein heranstürmender Sohn Felix schaffte es, aus der aufgesetzten Fassade ein echtes Lächeln zu machen.

»Hallo, Paps. Fahren wir in den Urlaub?«, überrumpelte Felix ihn ohne jede Vorwarnung.

»Wie kommst du denn darauf?« Mike wusste, dass Petra weich geworden war, wollte das Spiel aber noch ein bisschen spielen.

Mit einem frechen Grinsen zeigte Felix auf seine Mutter, die in der offenen Wohnküche stand und das Abendessen vorbereitete.

»Also da muss sich deine Mutter aber getäuscht haben! Wir können doch nicht einfach Urlaub machen«, versuchte Mike ernst zu bleiben und sah seinem Sohn von oben herab in die hellblauen Augen.

»Hat sie nicht, du hast ein Grinsen hinter deinem ernsten Gesicht«, verkündetet Felix und brachte sich angesichts seiner frechen Worte lieber auf dem Sofa in Sicherheit. Mike lachte, ging zu Petra hinüber und gab ihr einen kurzen Kuss.

Nachdem sich Petra versichert hatte, dass es ihrem Mann einigermaßen gut ging, fragte sie: »Warst du bei Peter?«

Mike nickte: »Ja! Er ist jetzt wach und es geht ihm den Umständen entsprechend gut. Allerdings gibt er zu, dass ihn die Sache ziemlich mitnimmt. Und wenn Peter das schon zugibt, dann hat der Schlag gesessen!« Mike wollte gerade weitersprechen, als Katja die Treppe herunterkam und in ihrer erfrischend pubertierenden Art verkündete: »Ich habe keinen Bock auf Urlaub!«

Mike hatte inzwischen gelernt mit seiner Sechzehnjährigen umzugehen und erwiderte nur: »Dir auch ein herzliches Hallo!«

Katja schaute ihn irritiert an: »Hallo, Paps!«

Petra konnte sich ein Grinsen nicht verkneifen und verkündete, dass das Essen fertig sei.

Nach dem Essen bat Mike seine Familie noch sitzen zu bleiben und holte seinen Laptop aus dem Schrank. Dann öffnete er die E-Mail, die er Petra geschickt hatte, und zeigte den Kindern, wo sie über Pfingsten hinfahren würden. Schon das erste Foto schaffte es, Felix zu überzeugen. Das Bild zeigte das Ferienhaus, welches ein bisschen wie eine kanadische Holzfällerhütte aussah und direkt über einem riesigen See stand. Die Fotos der Inneneinrichtung passten zwar nicht zum äußeren Erscheinungsbild, ließen aber Katjas Widerstand etwas bröckeln. Offensichtlich hatte man nachträglich einen Anbau geschaffen, in dem sich ein kleiner Innenpool befand und durch dessen Scheiben man einen gigantischen Ausblick über den See hatte. Das ganze Anwesen thronte auf dem Felsvorsprung einer nicht sehr hohen Steilküste und direkt hinter dem Haus standen die ersten Tannen eines verwunschen aussehenden Waldes. Jede der Außenaufnahmen hätte genauso gut eine Postkarte sein können und Mike konnte noch immer nicht glauben, dass er es zu diesem Preis bekommen hatte.

»Aber dort ist es bestimmt stinklangweilig!«, warf Katja ein und fragte dann: »Ist denn wenigstens ein Ort in der Nähe?«

Mike wechselte zu der Beschreibung des Hauses und las vor: »In etwa einem Kilometer Entfernung befindet sich der kleine Touristenort Tonstad mit einigen Bars und einem Fischerhafen.« Dann gab er den Laptop frei und Petra und die Kinder studierten noch einmal die komplette Beschreibung.

»Und? Was sagt ihr?«, fragte er, nachdem er eine Zigarette auf der Terrasse geraucht hatte und wieder in das Wohnzimmer trat. Zwei begeisterte und ein skeptisches Gesicht sahen zu ihm hoch.

»Ich will!«, begann sein Sohn.

Petras Strahlen brauchte keine Worte, und Katjas »Und ich muss!« klang nicht wirklich ernst.

»Prima!«, verkündetet Mike und bat Petra auf den *VERBINDLICH BUCHEN*-Knopf zu klicken.

Zwei Stunden später, als das Gewitter wieder vorüber war, saßen Mike und Petra, wie schon am frühen Morgen, auf der Terrasse und unterhielten sich bei einem Glas Wein über die kommenden Tage. Mike hatte beschlossen, offen zu sein und erzählte ihr auch von den Bedenken seiner Kollegen bezüglich des Kinderschänders.

»Du nimmst das ernst, oder?«, fragte Petra.

»Ich kann es zumindest nicht ausschließen!«, entgegnete Mike vorsichtig.

»Sollen wir es den Kindern sagen?«

Mike nickte: »Das müssen wir! Ich werde bis zum Urlaub ein Auge auf die beiden haben, auch wenn das Katja nicht gefallen wird, aber sie müssen auch selbst vorsichtig sein. Vielleicht hat sich alles erledigt, wenn wir wieder zurück sind.«

»Und wenn nicht?«, fragte Petra, bekam aber nur ein Schulterzucken als Antwort. Dann sagte Mike: »Lass uns jetzt nicht darüber nachdenken, sondern auf Finnland freuen. Wir können sowieso nichts ändern!«

Doch so cool, wie Mike tat, war er nicht. Anders als sonst, sperrte er seine Dienstpistole nicht wie üblich in den Tresor, sondern legte sie in sein Nachtkästchen. Natürlich ohne dass Petra davon etwas mitbekam.

Sobald er im Bett lag, spürte er die Anstrengung des Tages, denn bis auf die paar Stunden Schlaf am Vormittag war er fast vierzig Stunden auf den Beinen gewesen. Alles, was er noch mitbekam, war das »Gute Nacht« von Petra, dann fiel er in eine traumlose Dunkelheit.

Sein Kopf vermochte es nicht, die ganze Nacht abzuschalten. Fast genau zu der Zeit, in der Peter und er vor vierundzwanzig Stunden den letzten Kellerraum betreten hatten, begannen die Bilder in seinen Träumen Gestalt anzunehmen. Das kurze Aufblitzen der Lampe, Peter, der seine Waffe neben ihm in die Höhe riss und die ohrenbetäubenden Schläge der abgefeuerten Schüsse. Dann die Scherben auf dem Boden und die substanzlose Masse, welche wie in Zeitlupe hinter dem Jungen die Wand herunterlief. Mike schreckte hoch und konnte das ausgestoßene »Nein!« gerade noch etwas mäßigen. Er fror und brauchte einen Augenblick, um zu realisieren, dass die Kälte von seinem komplett durchnässten Bettzeug ausging. Zum Glück war Petra nicht aufgewacht! Ihr ebenmäßiges Gesicht lag friedlich zu ihm geneigt und ihr Mund deutete ein Lächeln an. Nach dem ersten Schock ergriff ihn eine Angst, die er so nicht kannte. Angst, dass dieses Monster seiner Familie etwas antun könnte.

Dann wendete er seine Zudecke, ließ sich zurücksinken und schlief, nachdem er eine Stunde lang in die Stille des Hauses hineingehört hatte, um 4 Uhr wieder ein.

Bei ihrem gemeinsamen Frühstück versuchte Mike seinen Kindern möglichst schonend beizubringen, dass sie in Gefahr sein könnten und auf alles Ungewöhnliche achten sollten. Außerdem ließ er sich versprechen, dass beide nur zusammen mit Freunden auf die Straße gingen und selbst kurze Strecken nur in Begleitung zurücklegten. Gerade von Katja hatte er eigentlich Proteste gegen diese Bevormundung erwartet, aber sie schien ihn ernst zu nehmen und rief daraufhin eine Freundin in der Nachbarschaft an, um mit ihr gemeinsam in die Schule zu gehen. Petra hatte Zeit und konnte Felix fahren, so dass Mike halbwegs beruhigt ins Präsidium konnte.

Pünktlich um 8 Uhr schloss er sein Büro auf und fand eine Notiz, die an seinen Monitor geklebt war: »Um 08:30 Uhr im großen Konferenzzimmer! Gruß Karl.«

Nach einem Telefonat mit Peter, dessen Nacht um einiges schlimmer gewesen war als seine eigene, rauchte Mike noch eine Zigarette im Innenhof und begab sich dann zu dem Konferenzzimmer.

Als ehemaliger Leiter der Einsatzgruppe hatte man ihm einen Stuhl frei gehalten und auf ihn gewartet. Noch vor zwei Tagen hatte der Raum für ihre täglichen Besprechungen ausgereicht, jetzt mussten drei Beamte an der Wand stehen.

Entgegen Karls Aussage waren gleich vier Mann von Interpol angereist, was angesichts der Schwere des Falles aber auch nicht verwunderlich war.

Die Konferenz und die damit verbundene Abgabe des Falles dauerte dank der sehr gut vorbereiteten neuen Kollegen nur eine knappe Stunde, was Mike entgegenkam. Er hatte sich halbwegs mit den Umständen abgefunden und wollte nur noch seinen wohlverdienten Urlaub antreten.

Nach weiteren zwei Stunden, in denen er seinen Abschlussbericht tippte, gab er Karl die Adresse seines Urlaubsortes und verabschiedete sich schließlich von ihm.

– 5 –

Die letzten Tage bis zur Abreise vergingen wie im Fluge und ohne besondere Vorkommnisse. Es gab allerhand zu erledigen, einzukaufen und zu packen, was Mike einigermaßen abschalten ließ. Auch die Kinder hielten sich an seine Anweisungen und berichteten alles, was ihnen aufgefallen war. Nichts davon deutete jedoch auf eine Gefährdung hin und so wurden Petra und er langsam ruhiger.

Seine einzige Verbindung zu dem Fall und seiner Arbeit war noch Peter, den er am Freitag, einen Tag vor ihrer Abreise, ein letztes Mal besuchte. Die Medikamente und einige Gespräche mit seinem Psychologen hatten Wirkung gezeigt und die Alpträume und Selbstvorwürfe etwas mindern können. Wenn es keinen Rückfall geben sollte, würde Peter am kommenden Montag die Klinik verlassen können.

Am Samstagmorgen, um 4 Uhr, war es dann endlich soweit und bei Familie Köstner klingelten drei Wecker fast gleichzeitig. Katja brauchte, wie befürchtet, am längsten und trotzdem schaffte es Mike, seine gesamte Familie um halb fünf in das vollgepackte Auto zu befördern und zu starten. Er hasste es gegen die Uhr fahren zu müssen, aber die Fähre war für den frühen Nachmittag gebucht und auf der nächsten war, wie er im Internet erfahren hatte, kein einziger Platz mehr frei.

Bis Berlin ging alles reibungslos und sie kamen gut

voran, doch auf der Umgehungsautobahn, die rund um die Metropole führte, verdichtete sich der Verkehr zusehends und kam schließlich ganz zum Stillstand. Noch hatten sie ein gutes Zeitpolster, und aus den Verkehrsmeldungen erfuhren sie, dass es bald weitergehen würde, trotzdem machte sich eine gewisse Nervosität breit. Mike nutzte die kurze Pause, um schnell an den Kofferraum zu gehen und ein paar Getränke zu holen. Der Tag war für diese Jahreszeit ziemlich heiß und ihre Vorräte schwanden schon in den ersten paar Stunden rapide. Gerade als Mike den Kofferraumdeckel wieder schloss, begannen die Fahrzeuge vor ihm anzufahren und sein Hintermann hupte kurz. Mike drehte sich um und wollte schon eine beruhigende Geste machen, als sein Blick auf ein Auto weiter hinten in der Reihe fiel. Für einen kurzen Augenblick dachte er, den Fahrer zu kennen, doch er hatte keine Zeit, um ihn genauer zu mustern, denn jetzt hupten auch noch andere in der Schlange und zwangen ihn endlich wieder einzusteigen.

»Was ist?«, fragte Petra, als sie wieder losgefahren waren und Mike ständig in den Rückspiegel blickte.

»Ach nichts!«, tat er ab. »Ich dachte nur, in einem Auto hinter uns jemanden erkannt zu haben. Das Gesicht kam mir bekannt vor, ich weiß aber nicht woher ...«

Nachdem sich der Stau aufgelöst hatte und sie wieder mit normaler Geschwindigkeit vorankamen, war von dem roten VW nichts mehr zu sehen und Mike vergaß den Vorfall.

Pünktlich, aber ziemlich fertig erreichten sie den Fährhafen, eine gute halbe Stunde, bevor man auf das Schiff fahren durfte.

»Darf ich mich ein bisschen umsehen?«, fragte Felix und hüpfte dabei unruhig von einem Bein auf das andere. Mike überflog den riesigen Parkplatz bis zur Kaimauer und nickte: »Klar, aber bleib bitte in Sichtweite.«

»Mach ich!«, sagte Felix und stürmte auch schon in Richtung Ostsee davon. Mike drehte den Fahrersitz etwas zurück und versuchte ein paar Minuten abzuschalten, während Petra und Katja schon einmal den Verkaufsprospekt der Schiffsboutique studierten.

Felix hatte die Hafenkante erreicht und blickte fasziniert in das klare Wasser hinab. Er hatte noch nie so große Fische in freier Wildbahn gesehen und fand ein altes, weg geworfenes Brötchen, um sie anzulocken. Gedankenverloren versuchte er auch einige, weiter entfernt schwimmende Fische zu erreichen, wozu er seinen Köder mit immer mehr Schwung werfen musste. Dreimal ging es gut, dann sah er einen riesigen Schatten in etwa zehn Meter Entfernung vorbeischwimmen. Felix stand auf, brach ein besonders wurftaugliches Stück von seinem Brötchen ab und schleuderte es in Richtung des Schattens. Die marode Betonkante bröckelte unter seinem Gewicht, und sein linker Turnschuh fand keinen Halt mehr. Wie in Zeitlupe spürte Felix, dass er es nicht mehr verhindern konnte und unweigerlich nach vorne kippte. Gerade noch rechtzeitig, genau in dem Moment des Überkippens, packte ihn eine Hand an der Schulter und zog ihn zurück.

Zitternd und mit weichen Knien drehte sich Felix um. Hinter ihm stand ein noch nicht sehr alter, blonder Mann und sah ihn mild lächelnd an: »Das ist keine gute Stelle zum Baden!«

»Danke!«, stammelte Felix und sah betreten drein.

»Kein Problem!«, antwortete der Mann freundlich und im selben Augenblick ertönte ein kurzer Signalton von der Fähre.

»Ich muss zu meinen Eltern!«, stellte Felix fest und setzte noch ein »Tschüss!« hinten dran.

»Erzähle das besser nicht deiner Mutter, sonst darfst

du nie mehr alleine ans Wasser!«, rief ihm der Mann hinterher, drehte sich um und ging ebenfalls davon.

Das Einladen der Fähre geschah professionell zügig, und schon eine viertel Stunde später schlossen sie das Auto ab und begannen das Schiff zu erkunden. Während Mutter und Tochter es auf die zahlreichen Shops abgesehen hatten, zog es Mike mit seinem Sohn in Richtung der kleinen Spielhalle, die mit den verschiedensten Automaten bestückt war. Nach drei Partien Flipper trafen alle vier wieder zusammen und gingen in den Außenbereich, wo bereits alle Schattenplätze von Touristen belegt waren. Doch die frische Meeresluft machte es auch in der Sonne erträglich und so ließ sich die Familie auf einer der vielen Sitzgelegenheiten nieder.

»Wie weit ist es in Finnland noch bis zu unserem Haus?«, fragte Katja, der jeder Versuch misslang, ihre von der Fahrt etwas mitgenommenen, langen Haare zu zähmen.

»Ungefähr drei Stunden«, antwortete Mike, worauf er ein »Nee, oder? Nicht noch einmal solange!« erntete.

»Aber dann haben wir zwei Wochen Ruhe!«, versuchte Petra die Stimmung zu retten.

»Und warum sind wir nicht nach Italien gefahren? Das wäre nicht so weit und nicht so viel ...«, ihre Tochter suchte nach den richtigen Worten, »... Natur. Ich habe keine Lust zwei Wochen lang Bäume anzustarren!«

»Es reicht, Katja!« Mike hatte nach 700 Kilometern nicht mehr die besten Nerven und überhaupt keine Lust auf Teenagergezicke: »Finnland ist seit Jahren der Traum deiner Mutter und es wird dort schon auch etwas für dich geben!« Dann konnte er es nicht lassen und stichelte weiter: »Und die finnischen Jungs sind bestimmt nicht so arrogant wie die italienischen.«

Katja verkniff sich jede Bemerkung, warf ihrem Vater

einen wütenden Blick zu und ging dann an die Reling, um den über dem Schiff kreisenden Möwen bei ihren waghalsigen Flugmanövern zuzusehen.

»Sie beruhigt sich schon wieder; es ist auch für die Kinder anstrengend!«, flüsterte Petra leise und strich ihrem Mann sanft über das stoppelige Gesicht, was ihm ein Lächeln entlockte.

Die Zwangspause auf der Fähre hatte allen gut getan. Wieder etwas ausgeruhter, vergingen die letzten drei Stunden Fahrt relativ schnell und auch das fremde Land lenkte sie zusätzlich ab.

Schwierig wurde es erst am Ende, als sie ihrem Ziel näher kamen und dafür die Autobahn verlassen mussten. Anders als in Deutschland war hier nicht jeder kleine Ort ausgeschildert und Tonstad lag, wie sich herausstellte, ziemlich abseits der Hauptroute. Auch die Umgebung hatte sich merklich verändert. Die schmale Straße folgte nun tiefen Einschnitten zwischen immer höher werdenden Bergen, deren Hänge mit fast schon monströsen Tannen bewachsen waren. Immer öfter verschwand die schon tief stehende Sonne hinter den Höhenzügen, wodurch es in den Wäldern immer dunkler wurde, was allen vieren eine gewisse Ehrfurcht abrang.

»Sind wir hier richtig?«, fragte Petra so leise, dass es die Kinder nicht mitbekamen.

»Laut Karte ja, aber wenn in der nächsten Viertelstunde nichts von dem Ort zu sehen ist, schaue ich noch einmal auf den Routenplan!«, gab Mike zurück.

Kurz darauf folgte die Straße einem Knick und vor ihnen öffnete sich ein riesiges Tal mit dem See in der Mitte.

Mike nutzte den schmalen Standstreifen und hielt das Auto an. Als alle ausgestiegen waren, schaffte es noch nicht einmal Katja, ihr Staunen zu verbergen. Der See wirkte, als hätte man einen riesigen Spiegel genau zwischen zwei Bergketten eingepasst. Auf der gegenüberliegenden Seite, wo es keine Straße gab, wuchs der sattgrüne Wald bis kurz vor den Uferstreifen und man erwartete fast, dass jeden Moment ein Bär zwischen den Bäumen auftauchte, um sein Abendessen zu fischen.

Am anderen Ende des lang gezogenen Sees konnte man eine Reihe kleinerer Bauten erkennen, die zu ihrem Zielort gehören mussten.

»Geschafft!«, stieß Mike erschöpft, aber zufrieden mit dem, was er sah, aus. Petra trat hinter ihn und schlang ihre Arme um ihren Mann, dann flüsterte sie ihm ins Ohr: »Danke für den Urlaub, Schatz! Ich liebe dich.«

Mike klatschte in die Hände: »Also kommt, ein letztes Mal rein ins Auto. Wir haben es gleich geschafft!«

»Wo bekommen wir eigentlich den Schlüssel her?«, fragte Petra, während sie einstiegen, worauf Mike ihr einen Zettel hinhielt: »Den können wir in dieser unaussprechlichen Straße abholen.«

Die Uferstraße zog sich dann doch noch in die Länge, und als sie endlich den Ort erreichten, war es bereits dunkel. Aber sie hatten Glück und fanden die angegebene Straße auf Anhieb. Mike war gerade ausgestiegen und wollte nach dem Haus mit der richtigen Nummer suchen, als eine Tür aufging und ein ziemlich alter, aber sehr rüstig wirkender Mann mit traurigen Augen heraustrat. »Sie müssen Familie Köstner sein!«, rief er Mike schon von Weitem in fast perfektem Deutsch zu. Mike ging auf ihn zu, bestätigte dies und streckte ihm die Hand entgegen.

»Hatten Sie eine gute Reise?«, fragte der Mann und kramte dabei in einer kleinen Tasche, die er zuvor in der Hand gehalten hatte.

»Hatten wir, aber dass es so weit ist, hätte ich nicht gedacht!«, stellte Mike mit höflicher Stimme fest.

Der Alte hatte gefunden, was er gesucht hatte, und hielt es Mike hin: »Hier sind die Schlüssel zum Haus und ein Anfahrtsplan.«

»Ist es noch weit?«, fragte Mike.

Der Alte deutete die Straße hinunter: »Nein! Sie folgen dieser Straße bis zum Ortsausgang, dann fahren Sie nach rechts auf einen Schotterweg, der ein Stück den See entlang führt und an dessen Ende steht das Haus. Sie können es gar nicht verfehlen! Aber seien Sie vorsichtig! Jetzt in der Dämmerung kann immer mal ein Tier Ihren Weg kreuzen.«

»Alles klar! Brauchen Sie von mir noch irgendetwas? Die Buchungsbestätigung oder so?«

Doch zu Mikes Verwunderung schüttelte der Alte den Kopf: »Nein, nein! Alles in Ordnung! Sollten Sie etwas brauchen oder etwas nicht in Ordnung sein, können Sie gerne herkommen. Sie wissen ja jetzt, wo Sie mich finden können.«

Mike wollte sich schon verabschieden, als ihm noch etwas einfiel: »Gehört die Hütte eigentlich Ihnen? Ich bin aus den Buchungsunterlagen nicht ganz schlau geworden.«

Erneut schüttelte der Alte den Kopf: »Ich bin nur so eine Art Verwalter, die Hütte gehört seit Kurzem einem Finnen, der jetzt in Deutschland lebt.«

Mike bedankte sich und stieg wieder in das Auto, dann traten sie die letzten Meter ihrer Reise an.

Der Ort war kleiner, als sie laut der Karte vermutet hatten, und kaum jemand war auf den Straßen zu sehen. Kurz vor dem Ortsausgang drohte Katjas Stimmung schon wieder zu kippen, als ihr zwei finnische Jungs, die mit ihrem Mofa auf dem Gehsteig standen, zuwinkten. Natürlich tat sie so, als würde sie das überhaupt nicht interessieren, aber ihre

Gesichtszüge sagten etwas anderes.

Es war so, wie es der Alte beschrieben hatte, und man konnte den Schotterweg, der von der Hauptstraße abzweigte, auch in der Dunkelheit nicht übersehen. Allerdings endete hier auch die spärliche Straßenbeleuchtung und schon nach wenigen Metern herrschte völlige Dunkelheit. Mike schaltete das Fernlicht ein und konzentrierte sich auf den Weg, der, wie beschrieben, erst dem Seeufer folgte und dann durch den Wald zu einem der Hügel hinaufführte.

»Hast du eine Taschenlampe dabei?«, fragte Petra, der immer mulmiger wurde, und an Mikes Stelle bejahte Felix von hinten die Frage.

Die Zufahrt war erstaunlich gut in Schuss, führte aber zwischen immer enger stehenden Bäumen hindurch. So langsam bekam auch Mike Bedenken, fuhr aber weiter. Nach dem Wald folgte ein Stück Wiese, an deren Ende das Dach einer Hütte auftauchte. Eine Minute später stoppte Mike das Auto zum letzten Mal an diesem Tag und schloss kurz die Augen.

»Ich habe Angst!« Die Aussage kam von Mutter und Tochter gleichzeitig. Mike und Felix mussten lachen.

»Bleibt noch sitzen und ich mache erst einmal Licht im Haus!«, sagte Mike, der das Autolicht erst aus und dann, als draußen kaum noch etwas zu erkennen war, wieder eingeschaltet hatte. Zusammen mit Felix stieg er aus und schloss die Hütte auf.

Entgegen seinen Befürchtungen gab es in dem Haus elektrischen Strom und bald darauf sah die Sache schon einladender aus. Jetzt trauten sich auch die Frauen aus dem Auto, und zusammen besichtigten sie ihr Feriendomizil.

Dass am gegenüberliegen Ufer jemand stand, der sehr zufrieden mit dieser Entwicklung war, konnten die vier nicht ahnen.

– 6 –

Das Haus bot in seinem Inneren mehr Platz, als man von außen vermutet hätte. Es gab drei kleine, aber gemütliche Schlafzimmer und einen großzügigen Wohnraum mit integrierter Küche. Der kleine Pool befand sich in einem Anbau auf der Rückseite und war offensichtlich jüngeren Datums.

Die Köstners waren mit dem ersten Eindruck absolut zufrieden und sogar der befürchtete Streit um das schönste Kinderschlafzimmer blieb aus. Katja überließ ihrem Bruder gerne das größere der beiden Zimmer. Allerdings nur, weil es sein Fenster nach hinten zum Wald hinaus hatte. Felix fühlte sich als der große Gewinner und war zufrieden.

Nachdem alle beim Ausladen des Autos mit angepackt hatten, saßen sie kurz nach 22 Uhr auf der kleinen Terrasse und nahmen noch ein spätes Abendessen zu sich.

»Und wie findet ihr es?«, fragte Mike nach einem großen Schluck aus der mitgebrachten Bierflasche.

»Toll!«, platze Felix heraus.

Katja sah zu dem nahen Waldrand hinüber: »Gruselig!«

Mike legte seine Hand auf Katjas Arm und sagte mit verständnisvoller Stimme: »Du brauchst keine Angst zu haben, in den Städten passiert viel mehr als außerhalb. Wer sollte uns denn hier etwas tun? Soweit ich weiß, gibt es die bösen Waldschrate nur in Märchenbüchern.«

Katja machte eine freche Grimasse zu ihrem Vater, wirkte

aber etwas entspannter. Auch Petra meldete sich zu Wort: »Ich finde es ja auch etwas unheimlich, aber das liegt sicher nur daran, dass wir so viel Natur nicht gewöhnt sind. Wir werden hier bestimmt eine tolle Zeit haben!« Dann musste sie herzhaft gähnen und meinte: »Wir sollten langsam ins Bett gehen, und morgen sieht die Welt schon ganz anders aus.« Der Rest der Familie nickte zustimmend. Dann räumten sie den Tisch ab und gingen hinein.

»Machst du alles zu?«, fragte Katja unsicher, bevor sie im Bad verschwand. »Na klar!«, antwortete ihr Vater und lächelte sie an. Eine viertel Stunde später löschte er als Letzter das Licht im Wohnzimmer und legte sich zu Petra ins Bett. Durch das gekippte Fenster drangen nur die ungewohnten Geräusche des nahen Waldes und auch in Mike machte sich ein mulmiges Gefühl breit, welches er allerdings auf seinen Beruf und auf zu viele üble Filme schob. Jetzt war er froh, dass sie Felix nur erlaubt hatten, altersgemäße Filme zu schauen. Wenigstens war er dadurch unbelasteter und ruhiger.

Katja brauchte am längsten, um einzuschlafen, schaffte es dann aber irgendwann doch. Allerdings brachte sie die Bilder der langen Fahrt nicht aus ihrem Kopf und wälzte sich unruhig herum. Außerdem war sie diese Dunkelheit nicht gewohnt, denn zu Hause stand genau vor ihrem Fenster eine Straßenlaterne, die immer für ein dämmriges Licht in ihrem Zimmer sorgte. Hier hatte sie noch nicht einmal einen leuchtenden Wecker und nur der schwache Schein des Mondes sorgte dafür, dass es nicht völlig dunkel war.

Gegen halb vier schreckte Katja erneut hoch und verfluchte sich, zum Abendessen so viel getrunken zu haben. Sie wollte sich nicht durch das stille, dunkle Haus bis zur Toilette vortasten und versuchte, ihre volle Blase zu ignorieren. Zehn Minuten später gab sie es auf und verließ ihr

Bett. Zum Glück leuchtete im Wohnraum die Digitalanzeige einer nicht mehr ganz neuen Mikrowelle, wodurch sie es, ohne gegen irgendetwas zu stoßen, bis in das Bad schaffte.

Auch der Rückweg ging ganz gut, und als sie wieder in ihr Zimmer trat, flatterten die dünnen, fast durchsichtigen Vorhänge im Luftzug. Doch etwas irritierte sie. Und dann wusste sie auch was. Es hatte vorher keinen Schatten vor ihrem Fenster gegeben, es war vollständig und gleichmäßig von dem schwachen Nachtlicht erhellt gewesen. Jetzt aber war die untere rechte Ecke dunkel! Katjas Herz machte einen Satz und mit einem Mal schnürte es ihr den Hals zusammen. Was sollte sie tun? Unschlüssig blickte sie zurück in den Wohnraum, und als sie wieder zum Fenster sah, war der Schatten verschwunden. Es dauerte noch mindestens zwei Minuten, in denen sie einfach nur dastand und überlegte. Ihr Vater wäre nach diesem langen Tag sicher begeistert, wegen einer Nichtigkeit geweckt zu werden! Immer noch leicht zitternd wagte sie es, die drei Schritte bis zum Fenster zu gehen, hielt sich dabei aber eng an der Wand. Dann nahm sie allen Mut zusammen und zog den Vorhang beiseite. Fast direkt vor ihrem Fenster begann die große Wiese, durch die der Zufahrtsweg bis vor das Haus führte. Rechts von ihr stand das Auto und weiter hinten begann das Dickicht des Waldes. Links von ihrem Fenster zog sich die Wiese bis an die Kante, von der es ziemlich steil bis zum See hinunterging. Sonst war nichts zu sehen! Sie überlegte noch kurz, ob sie das Fenster ganz öffnen sollte, um bis an die Hauswand sehen zu können, beschloss dann aber, dass sie sich getäuscht haben musste, und zog den Vorhang wieder zu. Dann legte sie sich ins Bett und fiel endlich in einen tiefen, erholsamen Schlaf.

Felix' Schlaf hatte, wie immer, nichts stören können, und wie zu Hause auch stand er morgens als Erster auf. Die Digitalanzeige der Mikrowelle sagte ihm, dass es gerade einmal 7 Uhr war und er noch mindestens eine Stunde warten musste, bis wenigstens seine Mutter aufstehen würde.

Leise schlich er zum Kühlschrank und holte sich den Rest des fertigen Kakaos, den sie für die Fahrt mitgenommen hatten. Dann schob er die leise knarrende Terrassentür zurück und trat hinaus.

Der Morgen war empfindlich frisch, aber die klare Luft vertrieb den letzten Schlaf aus seinen Knochen. Felix griff sich seine Jacke und ging bis zum Ende des Gartens, der sich nur deshalb von der großen Wiese abhob, weil er frisch gemäht war. Einen Zaun oder eine sonstige Begrenzung gab es nicht, was aber auch keinen Sinn gemacht hätte, denn außen herum gab es nichts, außer Natur. Direkt nach dem Garten fiel die Böschung steil bis zum See hinunter ab und endete an einem unberührten Kiesstrand. *Ich brauche eine Angel!*, stellte Felix für sich selbst fest und überlegte, wie viel Geld nach dem Taschenmesser, das er sich auf der Fähre gekauft hatte, noch übrig war.

Nachdem er sich an dem phantastischen Anblick des Sees satt gesehen hatte, drehte er sich um und ging zurück zum Haus. An der Grenze von Wiese und gepflasterter Terrasse stutzte er. Etwas unter einem Busch versteckt, und nur von dieser Seite aus sichtbar, lag ein Büschel Haare.

Felix schluckte, denn auch er hatte den Zeitungsartikel über die Kindermorde gesehen und wusste, dass den Leichen die Haare abgezogen wurden.

»Guten Morgen!«, riss ihn die Stimme seines Vaters aus seinen Gedanken und ließ ihn zusammenzucken. Dann sah er hoch.

»Was hast du?«, fragte Mike. »Du siehst aus, als hättest du ein Gespenst gesehen!«

Felix zeigte auf den Busch und sagte mit einer Stimme,

so leise, als dürfte er nicht entdeckt werden: »Da liegen Haare.«

Mike runzelte die Stirn und ging zu seinem Sohn hinüber: »Wo?«

Felix deutete auf die Stelle, worauf Mike in die Hocke ging und den Fund betrachtete. Dann nahm er sich einen kleinen Stock, der in dem Beet lag, und zog damit den Batzen vorsichtig aus dem Busch. Entspannt stellte er fest: »Das ist nur ein totes Eichhörnchen!« Dann erst begriff er den Zusammenhang, welchen sein Sohn hergestellt hatte: »Dachtest du ...?« Felix nickte. »Mach dir keine Sorgen, wir sind weit weg, und bis wir zurückfahren, haben meine Kollegen den Kerl sicher schon geschnappt!«

»Tut mir leid«, stammelte Felix.

»Es muss dir nicht leidtun! Ganz im Gegenteil, es ist sehr gut, dass du mit offenen Augen durch die Welt läufst!«

Felix fand seinen Mut wieder und meinte: »Ich bring das Vieh mal lieber weg ... du kennst ja Mom und Katja.«

»Ja, gute Idee!«, antwortete Mike und wollte sich schon abwenden, als sein Blick noch einmal auf das Tier fiel und ihn stutzen ließ. Der komplette Kopf des Eichhörnchens fehlte, und dort wo der Hals endete, befand sich ein sauberer Schnitt. Felix war das offenbar noch gar nicht aufgefallen.

»Obwohl, lass mich das lieber machen«, warf Mike schnell ein. »Die Viecher haben oft Krankheiten und ich will nicht, dass du dir den Urlaub versaust! Aber du kannst ja schon einmal ein Loch im Garten graben«, wollte er seinen Sohn ablenken.

Felix sah seinen Vater verwundert an, nahm sich dann aber den Spaten, den er neben anderen Gartenwerkzeugen in einer kleinen Kunststoffbox gefunden hatte, und ging damit an den Rand des Gartens.

Mike wartete, bis sich Felix entfernt hatte, holte dann ein paar Seiten Zeitungspapier und wickelte den Kadaver darin ein. Felix hatte bereits ein ordentliches Loch ausgehoben und so war die Sache kurz darauf erledigt.

»So, und jetzt lass uns endlich Frühstück machen!«, drängte Mike, der selbst auf andere Gedanken kommen wollte. *Wer oder was hat dieses Tier, in aller Herrgotts Namen, derart zugerichtet? Es sieht fast so aus, als hätte man den Kopf mit einer Axt oder einem Messer abgetrennt*, ging es Mike durch den Kopf.

Eine halbe Stunde später, als die ganze Familie beim Frühstück saß, hatten Mike und Felix die Angelegenheit so gut wie vergessen. Ausgeschlafen und bei herrlichem Wetter, fanden nun auch Petra und Katja, dass es keinen schöneren Ort auf der Welt geben konnte.

»Was wollen wir heute machen?«, fragte Mike.

Petra antwortete zuerst: »Ich würde gerne noch etwas auspacken und nachher vielleicht mal in den Ort fahren. Was haltet ihr davon?«

Felix stimmte sofort zu, da er hoffte, möglichst schnell zu einer Angel zu kommen. Katja zögerte zunächst, doch dann fielen ihr wieder die Jungs mit dem Mofa ein und so nickte auch sie.

Zehn Minuten später mussten die Kinder den Frühstückstisch abräumen und Mike und Petra machten sich ans Auspacken. Im Grunde gab es nicht viel zu tun und schon kurze Zeit später stellte Mike die leeren Koffer auf den Schlafzimmerschrank, ging zu Petra und nahm sie zärtlich in den Arm. Zuerst wehrte sie sich halbherzig, dann ließ sie sich auf einen langen, diese gewisse Spannung erzeugenden Kuss ein. Mikes Hände zogen sie fester an seinen Körper und Petra spürte, dass ihre Nähe ihn nicht kalt ließ. Doch als seine Lippen drängender wurden, löste sie sich etwas und sagte gespielt echauffiert: »Die Kinder können jeden Moment hereinkommen.«

Mike wollte etwas erwidern, wusste aber, dass sie sich jetzt nicht darauf einlassen würde. Statt zu diskutieren, nahm er sie noch einmal sanft in den Arm und flüsterte: »Ich liebe dich!«

Während der Umarmung fiel sein Blick auf die Holztäfelung hinter der Kopfseite des Bettes und er stellte belustigt fest: »Dieser Ort scheint gewisse Gefühle zu wecken.«

»Was meinst du?«, fragte Petra, während sie sich aus seiner Umarmung löste. Mike nickte zu der Stelle, doch da Petra nicht über das geschulte Auge ihres Mannes verfügte, brauchte sie einige Augenblicke, bis sie es ebenfalls erkannte.

Auch wenn die Stelle übermalt worden war, zeigte sie doch fünf, etwa zehn Zentimeter lange Kratzspuren, die sich tief in das Holz gegraben hatten.

Petra legte den Kopf schief und sah ihren Mann durch schmale, aber lächelnde Augen an: »Also was du für Phantasien hast ...« Mike zuckte unschuldig mit den Schultern und ging dann hinaus ins Wohnzimmer, wo er noch den Rest ihres Proviants in die Küchenschränke räumen wollte. Unbewusst fiel sein Blick durch das Küchenfenster und, mehr zu sich als zu Petra, sagte er verwundert: »Was tut sie da?«

Petra war hinter ihn getreten und lachte: »Sie sucht ein Netz!«

»Sie sucht was?«, fragte Mike und sah seiner Tochter weiter dabei zu, wie sie im Zickzack über die große Wiese lief und dabei einen kleinen schwarzen Gegenstand in die Höhe streckte. Dann, fast am anderen Ende und knapp vor der Böschung, die zum See hinunterging, blieb Katja stehen und beugte ihren Kopf nach unten.

»Jetzt hat sie ein Handynetz gefunden«, meinte Petra trocken und schmunzelte über Mikes Kopfschütteln.

Felix kam herein und fragte, wann sie endlich in den Ort fahren würden. »Gleich, mein Schatz! Geh schon mal zum Auto und ruf deine Schwester, wir kommen sofort«, antwortete Petra.

Mike schloss die Terrassentür, nahm die volle Mülltüte und eine Einkauftasche und ging ebenfalls hinaus, wobei er noch über die Schulter »Schließt du ab, der Schlüssel hängt neben der Tür?« rief.

Petra holte ihre dünne Jacke, warf einen Kontrollblick in die Küche und ging dann zur Tür. Erst ging der Schlüssel nicht vom Haken, dann löste er sich plötzlich und flog hinter das Schuhregal. Petra fluchte, aber das Regal ließ sich ohne Mühe verschieben. Dann stutzte sie und eine leichte Gänsehaut überzog ihren Arm. Auch hier zeigte die Wand ähnliche Spuren wie im Schlafzimmer. Die Kratzer zogen sich etwa zwanzig Zentimeter über dem Boden bis zum Türstock der Haustür, wo sie abrupt endeten. *Ob ich Mike davon erzählen sollte? Er ist mit Leib und Seele Polizist und es könnte leicht passieren, dass er aus diesem Haus einen Tatort machen würde. Außerdem, wer weiß schon, was diese Spuren verursacht hat? Es könnten genauso gut die Schleifspuren eines schweren Schrankes sein, den man im Ganzen hereingebracht hatte.*

Petra schob das Schuhregal zurück, ging hinaus und schloss die Tür hinter sich.

Kurz darauf fuhren sie, deutlich entspannter als am Vorabend, den Feldweg zurück zur Hauptstraße.

– 7 –

Obwohl es Sonntagvormittag war, hatten einige Geschäfte und ein Café, das direkt am See stand, geöffnet. Überhaupt stellte sich der Ort, jetzt bei Tageslicht, völlig anders dar als am Abend zuvor. Es war eine Mischung aus altem Fischerdorf und modernem Ferienort, auch wenn es nicht wirklich viele Touristen zu geben schien. Auf der Fahrt in die Ortsmitte waren sie gerade einmal an zwei Schildern vorbeigekommen, die auf Ferienhäuser hinwiesen, und neben dem Café gab es noch ein kleines Haus mit der Aufschrift *Hotel*. Auch auf den Straßen waren eindeutig mehr Einwohner als Ausländer zu sehen, da die Urlauber wesentlich luftiger gekleidet waren.

Mike parkte den Wagen auf einem größeren Parkplatz, etwas abseits des Zentrums, und Petra schlug vor, zuerst ein paar Lebensmittel einzukaufen.

»Müssen wir da mit?«, fragte Katja in ihrer gewohnt gelangweilten Art.

»Also ich will mit!«, beschwerte sich Felix umgehend.

»Dann kommt Felix mit. Und was willst du in der Zwischenzeit machen?«, fragte Mike an seine Tochter gewandt.

»Ich gehe mal runter zum See!«

»Na gut, aber bleib in der Nähe des Cafés, wir kommen dann dort hin!«

Nachdem sich die Familie getrennt hatte, sah sich Katja unentschlossen um. Eigentlich hatte sie gehofft, auf andere Jugendliche zu treffen, aber auf der kurzen Strandpromenade saß nur eine Handvoll älterer Leute.

»Kann ich dir helfen?« Katja zuckte zusammen, die Stimme hinter ihrem Rücken hatte sie erschreckt. Doch als sie sich umdrehte, stand ein jüngerer Mann, der einigermaßen gepflegt aussah, in gebührendem Abstand hinter ihr und lächelte sie an.

Trotzdem stammelte sie etwas: »Äh, nein, eigentlich nicht. Ich sehe mich nur etwas um.«

»Ach so!«, antwortete der Mann mit einem Dialekt, der ihr irgendwie bekannt vorkam. »Du hast ausgesehen, als hättest du dich verlaufen. Aber wenn alles in Ordnung ist, dann brauchst du mich ja nicht.« Wieder grinste er breit und Katja bestätigte noch einmal, dass sie keine Hilfe brauchte.

»Gut, dann wünsche ich dir noch viel Spaß und vielleicht sieht man sich mal wieder.«

»Ja vielleicht!«, erwiderte sie knapp, sagte dann: »Tschüss!«, und ging in Richtung Wasser davon. Als sie sich nach ein paar Metern noch einmal umdrehte, war der Mann bereits verschwunden. *Irgendwie seltsam, der Typ*, dachte sie noch, dann wurde ihre Aufmerksamkeit auf ein sich näherndes Geräusch gelenkt. Einige Sekunden später rollten zwei Jungs auf einem alten Mofa um die Ecke des Cafés und hielten nur wenige Meter neben ihr. Die beiden stiegen ab und zogen sich die Helme vom Kopf. Einen erkannte Katja sofort wieder. Es war einer der beiden Typen, die ihr am Abend zuvor zugewunken hatten. Sie schätzte ihn ein bisschen älter als sich selbst, und auch wenn sie es nicht so mit blonden Jungs hatte, der gefiel ihr!

Ohne dass es ihr bewusst war, hatte sie ihn etwas zu lange angestarrt, was die beiden offenbar ziemlich belustigte. Sie wechselten ein paar Worte auf Finnisch und kicherten auf eine Art, die Katja rot werden ließ. Doch dann wurde der Junge vom Vortag etwas ernster, ging ein paar Schritte auf sie zu und sagte in erstaunlich gutem Deutsch: »Hallo! Du kommst aus Deutschland, oder?«

Schon wieder starrte Katja zu lange, diesmal allerdings in seine wasserblauen Augen.

»Ja«, stammelte sie, streckte ihm die Hand entgegen und stellte sich vor. Er brauchte offensichtlich etwas, um die richtigen Worte zu finden: »Ich bin Sjören ...«, und weiter in Lehrbuchdeutsch, »... schön, dich kennen zu lernen!«

Erst jetzt merkte Katja, dass sie ein ziemlich dümmliches Grinsen aufgesetzt hatte, und entspannte ihre Gesichtszüge so weit, bis nur noch ein Lächeln übrig war. Dann stellte sie fest: »Du sprichst gut Deutsch! Ich kann leider kein Wort Finnisch.«

»Wir können das in der Schule lernen«, antwortete Sjören und deutete auf seinen Freund, der jetzt ebenfalls näher gekommen war. »Das ist Erik.« Auch Erik gab Katja die Hand, er konnte aber im Gegensatz zu Sjören kaum ein Wort ihrer Sprache. Er war etwa einen halben Kopf kleiner als sie und wirkte etwas dümmlich.

»Was kann man hier so machen?«, fragte Katja, die erstens das Gespräch aufrechterhalten und zweitens wirklich wissen wollte, was hier so los war.

»Moment bitte«, sagte Sjören und sprach ein paar Sätze mit Erik, der sich danach verabschiedete und zu Fuß in einer kleinen Gasse verschwand.

Jetzt lächelte Sjören noch offener und beantwortete ihre Frage: »Man kann schwimmen, angeln, Mountainbike fahren.«

»Und abends?«, fiel ihm Katja fast ins Wort.

»Nicht so viel. Aber es gibt ... wie heißt das?« Er machte

eine Geste und Katja half ihm: »Meinst du Billard spielen?«

»Ja, genau! Es gibt eine kleine Billardhalle da hinten«, deutete er den bebauten Berghang hinauf.

»Oh, schön!«, stellte Katja fest, die tatsächlich gerne und gut spielte.

»Möchtest du einmal mit dahin kommen?«, fragte Sjören erwartungsvoll.

»Wenn mich mein Vater mit lässt, gerne!«, antwortete sie wenig überzeugt. Dann fragte sie: »Was machst du denn heute noch?«

Wieder brauchte er ein bisschen, um es ins Deutsche zu übersetzten. »Ich treffe mich in einer halben Stunde mit Freunden zum Baden.« Offenbar sah ihn Katja neidisch an, denn er fragte schnell: »Kommst du mit? Gleich dahinten ist ein schöner Strand.« Diesmal deutete er in die Richtung, aus der sie am Vortag gekommen waren.

Katja blickte ihn verzweifelt an: »Auch da muss ich erst meine Eltern fragen.« Dann sah sie an Sjören vorbei und sagte: »Oh ... da kommen sie! Sag bitte noch nichts vom Billard, vielleicht darf ich wenigstens mit zum Baden.« Er nickte, drehte sich um und hatte offenbar kapiert, worauf es ankam, da er Mike, Perta und Felix in dem höflichsten Deutsch begrüßte, das er beherrschte.

Obwohl Felix Sjören noch gar nicht kannte, musste er ihm unbedingt seine neue Angel unter die Nase halten. Sjören ging darauf ein und begutachtete das neue Stück kritisch, dann sagte er: »Die ist gut, ich habe so eine ähnliche!« Damit war Felix zufrieden und zog sich etwas zurück.

»Paps!« Katja sah ihren Vater mit ihrem typischen, *Ich will etwas*-Blick an. Er sagte nichts, sondern wartete, bis sie von alleine ihren Wunsch äußerte.

»Sjören geht nachher mit Freunden im See baden, kann ich da mit?«

Mike hatte sich abgewöhnt, vorschnelle Antworten zu geben, daher musterte er noch einmal Katjas neue Bekanntschaft und sagte dann: »Wann ist nachher?«

»So in einer halben Stunde«, antwortete Sjören an Katjas Stelle.

»Dann gehen wir jetzt da oben einen Kaffee trinken und besprechen das. Kommst du noch einmal hier vorbei?« Der Junge nickte: »Klar, ich muss sowieso noch meine Badesachen holen.«

»Gut, dann machen wir das so!«, stellte Mike fest und sah im Augenwinkel, wie Katja Sjören zuzwinkerte.

Eine Tasse Kaffee später hatte Katja die Erlaubnis, hier bleiben zu dürfen, was sie vor allem ihrer Mutter zu verdanken hatte. Und wie abgesprochen kam Sjören mit seinem Mofa um die Ecke und hielt vor dem Café. Mike lud ihn ein, sich zu setzen: »Wie lange wollt ihr denn bleiben? Ich muss Katja später wieder abholen.« Als der Junge begriff, dass Katja tatsächlich mit durfte, konnte er ein leichtes Grinsen nicht vermeiden und schlug vor: »Aber ich kann sie doch heimfahren. Sie wohnen doch in der Hütte, draußen beim Teufelsloch.«

Die ganze Familie sah ihn erschrocken an und Sjören brauchte einen Augenblick, um zu begreifen, was er gerade gesagt hatte. »Entschuldigung, ich wollte Sie nicht erschrecken. Teufelsloch nennt man ein kleines Tal, ein Stück tiefer im Wald«

»Mach das nie wieder«, sagte Petra gespielt drohend: »Es ist nachts schon unheimlich genug da oben!«

Sjören hätte noch so einiges erzählen können, hielt aber den Mund.

Mike wandte sich an seine Frau: »Was denkst du, soll ich sie holen?«

»Hast du einen zweiten Helm?«, fragte Petra und der

Junge nickte zu seinem Mofa, an dessen Lenker ein zweiter Helm hing.

»Aber fahre vorsichtig!«

»Danke, Mama!«, stieß Katja aus, die kaum glauben konnte, wie locker ihre Eltern auf einmal waren.

Als sie bezahlt hatten, ging Katja noch mit zum Auto, um ihre Badesachen zu holen. Dann verabschiedete sie sich und war kurz darauf, fast schon rennend, um die nächste Hausecke verschwunden.

»Ganz wohl ist mir dabei nicht!«, stellte Mike fest, doch Petra gab ihm einen Kuss auf den Mund und belehrte ihn: »Sie ist sechzehn, was erwartest du? Glaubst du, zu Hause sitzt sie in ihrem Zimmer und spielt mit Puppen?«

Mike atmete durch: »Ich bin wohl wirklich zu selten daheim!«

– 8 –

»Darf ich zum See, angeln?«, fragte Felix, noch bevor sie aus dem Auto gestiegen waren.

»Ja, aber creme dich erst mit Sonnenmilch ein!«, antwortete Petra und wischte sich einen Schweißtropfen von der Stirn. Dass das Wetter gut werden sollte, hatten sie bereits vorher im Internet recherchiert, aber dass es in Finnland so heiß werden konnte, hatten sie nicht gedacht.

»Soll ich noch mit runter kommen?«, fragte Mike, als sein Sohn nur zwei Minuten später aus dem Bad kam. Doch Felix winkte ab: »Ich schaff das schon!« Dann schnappte er sich Angel, Netz und Köder und war kurz darauf verschwunden.

»Wow!«, stellte Petra fest, worauf Mike sie fragend ansah. »Ich hätte nicht gedacht, dass wir so viel Zeit für uns haben würden!«

»Und, schlimm?«, fragte Mike, nahm seine Frau in den Arm und drängte sie sanft ins Schlafzimmer, wo er sie sachte auf das Bett schubste.

»Total schlimm«, antwortete Petra und rollte sich auf Mike, der sich neben sie gelegt hatte. Dann sah sie ihm in die Augen und gab ihm einen langen, intensiven Kuss. Während einer kurzen Unterbrechung flüsterte sie: »Aber wir werden schon eine Beschäftigung für uns finden.«

»An was denkst du dabei?«, fragte Mike unschuldig, umgriff ihre Hüfte und zog sie etwas enger an sich heran.

Trotz der Kleidung spürten beide die Lust des anderen, und ohne dass es noch eines Wortes bedurft hätte, lagen sie kurz darauf nackt nebeneinander und verwöhnten sich.

»Warte«, flüsterte Petra und hielt Mikes Hand zurück: »Was ist, wenn Felix kommt?«

»Er ist doch gerade erst weg, so schnell kommt er nicht wieder!«, versuchte Mike seine Frau zu beruhigen. Doch sie wollte es ohne Angst genießen und forderte: »Kannst du bitte die Terrassentür zumachen, dann muss er klopfen.«

Mike erhob sich und ging so nackt, wie er war, hinüber in den Wohnraum. Während er die Tür zuzog, fiel sein Blick zum Ende der Wiese und für einen kurzen Moment dachte er, dort den Kopf eines Mannes zu sehen. Doch als er die Augen zusammenkniff, um gegen das Reflektieren der Sonne auf dem See anzukommen, war nichts mehr Ungewöhnliches zu sehen. Er musste sich getäuscht haben! Mike verschloss die Tür, ging zurück ins Schlafzimmer und begann erneut Petras Körper zu küssen. Dieses Mal begann er bei ihren Oberschenkeln und küsste sich langsam nach oben. Kurz vor ihrer empfindlichsten Stelle hielt er inne und Petra drückte ihm sehnsüchtig ihr Becken entgegen. Er spürte ihre Lust und steigerte diese, bis kurz sie kurz vor ihrem Höhepunkt stand, dann hörte er auf und schob sich langsam über ihr nach oben. Endlich liebten sie sich richtig und so intensiv wie schon lange nicht mehr, bis eine gemeinsame Explosion sie erlöste.

Mike hatte sich nicht getäuscht! Der alte Mann saß lange hinter Felix und schaute ihm dabei zu, wie dieser versuchte, seinen Schwimmer an die gewünschte Stelle zu manövrieren. Doch den kleinen Stab aus Plastik trieb es immer wieder zurück in Richtung Ufer. Erst, als der Junge sich umdrehte, um einen neuen Köder zu holen, bemerkte er den Alten und stieß einen kurzen Schrei aus. Im ersten Moment hob sich der Mann kaum von den Felsen, auf denen er nur zwei Meter hinter Felix saß, ab. Alles an ihm schien grau zu sein. Angefangen vom Bart über die fahle, zerfurchte Gesichtshaut bis zu der schlichten Kleidung.

»Wer sind Sie?«, fragte Felix mit erstickter Stimme und trat einige Schritte zurück, sodass er fast im Wasser stand. Doch statt einer Antwort lächelte der Alte nur, wodurch sein unvollständiges Gebiss zum Vorschein kam, und machte dabei eine beruhigende Handbewegung. Da er keine Anstalten machte aufzustehen, beruhigte sich Felix ein wenig und fragte erneut: »Was wollen Sie?«

Der Alte schien zu ahnen, was ihn der Junge gefragt hatte, deutete aber auf seinen Mund und machte dann eine Geste, die Felix schon bei taubstummen Menschen gesehen hatte.

»Können Sie nicht sprechen?« Statt einer Antwort deutete der Mann erst auf die Angel, dann auf sich und anschließend auf Felix. Felix überlegte kurz und gab dem Alten die Angel, aber nicht ohne genug Abstand zu halten.

Zuerst wurde der Köder begutachtet, dann legte der Alte die Angel beiseite, ging zum Ufer und hob einen größeren Stein hoch. Nach zwei weiteren Steinen hatte er offensichtlich, was er wollte, suchte sich einen etwas kleineren Stein und zermalmte damit das Gehäuse der Muschel, die er gefunden hatte. Felix konnte kaum folgen, so schnell war der neue Köder am Haken befestigt. Doch statt den Schwimmer einfach in den See zu schleudern, schritt der Mann nun das Ufer ab und schien dabei das Wasser zu beobachten. Als Felix schon glaubte, er wolle sich mit seiner Angel aus dem Staub machen, blieb der Alte stehen und warf die Schnur derart gekonnt, dass nicht einmal der Schwimmer einen Wasserspritzer verursachte. Nun winkte er Felix heran und kaum, dass der die Rute richtig in der Hand hatte, wurde energisch an der Schnur gezogen. Zwei Minuten später lag eine ausgewachsene Forelle vor seinen Füßen und Felix konnte sein Glück kaum fassen. Sein Vater würde bestimmt stolz auf ihn sein!

Eigentlich hatte er den Alten fragen wollen, ob er noch einmal werfen wolle, aber dieser winkte ab und deutete an, gehen zu müssen. Dann drehte er sich noch einmal zu dem Jungen um und sah ernst zum Wald hinüber. »Was ist?«, fragte Felix.

Der Alte deutete zu den nahen Bäumen und schüttelte dann den Kopf. Felix begriff noch immer nicht und runzelte die Stirn. Das Gesicht des Mannes zeigte deutlich, dass er nachdachte.

Schließlich nahm er einen kleinen Stock, wischte ein Stück Sand glatt und malte erst drei Bäume darauf, um diese dann mit einem großen X wieder durchzustreichen.

Jetzt blickte auch Felix zu den Bäumen und sagte fast schon zu sich selbst: »Ich soll nicht in den Wald gehen?«

Offenbar zufrieden deutete der Alte noch ein Winken an, drehte sich endgültig um und ging zurück in die Richtung, aus der er gekommen war.

Felix sah ihm noch kurz hinterher, zuckte dann mit den Schultern und begann ebenfalls nach einer Muschel zu suchen.

»Ich sehe mal nach dem Jungen!«, verkündetet Mike, als sie wieder angezogen waren und eine Zigarette geraucht hatten. »Mach das, und ich mache uns eine kleine Stärkung.« Verschmitzt fügte Petra hinzu: »Die kannst du doch jetzt brauchen, oder?«

Mike kniff seine Frau kurz in den Po und ging dann über die Terrasse zum See hinunter. Felix versuchte es immer noch mit Muscheln, hatte aber bis auf einen kleinen Fisch kein Glück mehr.

»Und wie läuft es, Großer?«, rief ihm sein Vater schon von Weitem zu und erntete ein breites Grinsen.

»Da war ein alter Mann«, plapperte Felix aufgeregt drauf los: »Der hat mir gezeigt, dass man hier mit Muscheln angeln muss, dann suchte er die richtige Stelle und schon ein paar Sekunden später war der da am Haken.«

Mike folgte dem Finger seines Sohnes und staunte, doch dann wurde sein Blick düster: »Was für ein alter Mann?«

Sein Sohn zuckte mit den Schultern: »Er war einfach da und ich glaube, er war stumm.« Schnell fügte er hinzu: »Aber keine Sorge, er wollte mir wirklich nur das Angeln zeigen und dann ist er wieder gegangen ... sonst wäre ich natürlich zu dir gerannt!« Felix kannte die Vorträge seines Vaters gut genug, um zu wissen, was der hören wollte. Daher sagte er auch lieber nichts von der Warnung, in den Wald zu gehen.

Mike überlegte einen Augenblick und beschloss Felix die Freude über seinen Fang nicht zu nehmen: »Na gut, aber wenn er noch einmal kommt, sagst du mir Bescheid!« Dann sah er sich den Fisch genauer an: »Aber dein Fang ist wirklich toll! Was hältst du davon, wenn wir den heute Abend auf den Grill legen?« Felix strahlte.

Zusammen gingen sie zurück zum Haus, wo Petra schon den Terrassentisch gedeckt hatte, und nahmen ein kleines Mittagessen ein.

Den restlichen Tag verbrachten sie damit, immer wieder in den kleinen Innenpool zu springen und sich danach im Garten zu sonnen. Pünktlich um 17 Uhr ertönte das rasenmäherähnliche Geräusch von Sjörens Mofa und erstarb wenig später vor dem Haus.

Als die beiden um die Hausecke kamen, sah Petra sofort, dass Katja über beide Ohren verliebt war. Vor etwa einem halben Jahr hatte ihre Tochter das gleiche Strahlen im Gesicht gehabt, doch damals war es nur von kurzer Dauer gewesen. Wie sich herausstellte, ging es ihrem Exfreund Thomas mehr um die Anzahl seiner Trophäen als um Liebe, und es hatte Wochen gedauert, bis Katja wieder lachen konnte. Fast im selben Moment dieser Gedanken wich die Freude darüber, ihre Tochter so glücklich zu sehen, der Erkenntnis, dass dies nur ein Urlaubsflirt war. Aber auch Petra wollte nicht schon am ersten Urlaubstag an die Heimreise denken und so wischte sie diesen Gedanken fort.

»Wollt ihr etwas trinken?«, fragte sie, an Sjören gewandt.

»Ja gerne!«, antwortete dieser höflich und setzte sich mit Katja an den Tisch, wo bereits ein Krug mit Eistee stand. Mike, der gerade aus dem Pool kam, begrüßte die beiden und setzte sich dazu. Eine Frage brannte ihm auf der Zunge, aber er wusste, dass seine Familie allergisch auf seine etwas überzogene Vorsicht reagierte, darum begann er mit der Floskel: »Wie war euer Tag?«

Mike ließ Katja reden, hörte ihr aber nicht wirklich zu, und als sie endlich fertig war, stellte er seine Frage: »Sag mal, Sjören ...« Der Junge bemerkte den speziellen Polizeitonfall und sah Mike aufmerksam an. »Felix ist heute am See einem sehr alten Mann begegnet und offenbar konnte dieser nicht sprechen. Kennst du den?«

Sjören, der schon Wunder was erwartete hatte, entspannte sich sichtlich: »Aber klar! Im Dorf wird er nur der alte Björn genannt. Er war früher Fischer, aber vor einigen Jahren ist sein Sohn hier in den Wäldern verschwunden und seitdem trinkt er mehr, als er fischt. Aber keine Sorge. Björn ist absolut harmlos und macht nur gerne einmal Quatsch mit Kindern.«

»Wie alt war sein Sohn?«, hakte Mike nach.

Sjören schüttelte den Kopf: »Keine Ahnung! Aber ich glaube, er ist zu dem gleichen Sprachunterricht gegangen wie ich. Jedenfalls habe ich, als er verschwand, meine Lehrerin so etwas reden hören.«

»Hat man nicht nach ihm gesucht?«, fragte Mike, dessen Berufsinstinkt wieder zutage trat.

»Doch hat man, aber man fand nur seine Kleider. Von ihm selbst fehlt bis heute jede Spur.«

»Das ist ja gruselig!«, stellte Katja fest und warf einen bangen Blick in Richtung des dunklen Waldes.

»Vielleicht ist er ja nur abgehauen«, versuchte Sjören sie zu beruhigen und Mike sprang auf den Zug auf: »Ja, das kommt öfter vor, als man denkt!«

Als Katja Sjören vor dem Haus verabschiedet hatte, zündete Mike die Kohlen an und überließ es Felix seinen Fang zu grillen. Nach dem Essen saßen alle vier noch lange draußen und ließen ihren ersten richtigen Urlaubstag ausklingen.

– 9 –

Die inzwischen schmutzigen Finger trommelten immer energischer auf die Tastatur des zerbrechlich wirkenden Laptops und fanden bald ihren eigenen Rhythmus: *Glück muss man strafen, Familie muss man strafen, Kinder muss man strafen, Glück muss man strafen, Familie muss man strafen, Kinder muss man strafen ...* Seite um Seite füllte sich mit den Worten, die direkt aus seiner Seele kamen. Es war, als würde sich der Dämon in ihm endlich wieder heraustrauen. Als wühlten sich seine langen spitzen Klauen immer weiter dem Licht entgegen. Mit jedem Wort ein Stückchen weiter und weiter und weiter. Zu lange musste er ihn wegsperren, ihn bändigen. Aber jetzt und hier, in seinem alten Zuhause konnte er es zulassen.

Das feuchte Gestein um ihn herum gefiel dem Dämon auch viel besser als der Beton seiner Einzimmerwohnung. Hier war nichts steril, hier hatten sie zusammen Geschichte geschrieben. Ein verzerrtes Grinsen machte sich auf seinem Gesicht breit und die linke Hand unterbrach den Rhythmus der Worte. Sie fuhr nach unten und quetschte seinen Schritt solange, bis endlich der wohlverdiente Schmerz einsetzte und ihm auf schönste Weise die Luft nahm. Dies war der Zustand, den *ER* brauchte, um für ein paar Sekunden alles noch einmal zu erleben. Um zu hören, wie sie geschrien hatten, um zu spüren, wie ihr letztes bisschen Atem sich mit seinem vermengt hatte, wie ihr Blut schmeckte und wie letztlich ihre Verzweiflung aus den toten Augen gewichen war ... ein Hochgefühl jagte das nächste!

ER beruhigte sich ein wenig und drückte dann die SENDEN-Schaltfläche. Im Geist verfolgte er den Weg seiner E-Mail, wie sie zuerst über sein Satellitentelefon hinaus ins All geschossen wurde. Dort fing sie ein Satellit auf, zerstückelte die Daten, um sie schließlich wieder zurück zur Erde zu katapultieren. Beim ersten Server angekommen, würde sich die E-Mail eine fremde IP-Adresse stehlen und sich anschließend an zehn zufällig ausgewählte E-Mail-Adressen im Raum Nürnberg versenden.

Auch wenn sie ihn verachteten, eine kleine Chance wollte er ihnen lassen! Das war sozusagen das Salz in der Suppe, denn ohne einen Hinweis würden sie nie kapieren, wie mächtig er zusammen mit seinem Dämon war.

Sanft schloss er den Monitor des Laptops, prüfte kurz, ob die Tür aus den abgeschlagenen Ästen einer Eiche noch frisch genug war und nahm dann wieder die Buntstifte zur Hand.

– 10 –

Der Montagmorgen begann sonnig und warm, sodass die ganze Familie noch vor dem Frühstück ein kurzes Bad nahm. Der Ausblick aus dem Anbau mit dem Pool war atemberaubend. Zur Linken standen die mächtigen Tannen des nahen Waldes, der sich über den Hang bis hinunter zum Wasser zog. Dichte Nebelschleier zogen über den spiegelglatten See und man hatte fast den Eindruck, dass der Nebel den Wald suchte, um darin Schutz vor der Sonne zu finden.

Petra stand am Rand des Pools und genoss sowohl das warme Wasser als auch den Blick auf die Natur. Die beiden Kinder hatten sich bereit erklärt, das Frühstück zu machen, was Mike und seiner Frau ein paar zweisame Minuten verschaffte. Mike tauchte einmal der Länge nach durch das Becken, stellte sich hinter Petra und umschloss sie mit seinen Armen. »Da oben wäre ich jetzt gerne mit dir!«, flüsterte er und deutete auf eine kleine Lichtung, knapp unterhalb des Gipfels. Ihr Blick folgte dem Berghang, der fast direkt hinter dem Haus begann und sich sanft in die Höhe zog. Auch sie konnte sich das Gefühl vorstellen, dort oben im Gras zu liegen und den gesamten See unter sich zu haben. Ebenso leise fragte sie: »Und was würden wir dort machen?«

»Uns frei fühlen«, erwiderte Mike und drückte sich etwas fester an ihren Körper.

»Schon wieder?«, fragte sie verschmitzt, löste sich dann aus seiner Umarmung und stieg aus dem Pool. »Die Kinder warten!«

Mike sah sie böse an: »Du bist eine Spielverderberin!«

Sie ignorierte den Satz, zog sich ein dünnes Kleid über und ging in das eigentliche Wohnhaus. Mike ließ noch einmal den Blick über den dunkelgrünen Berghang gleiten und stutzte.

War das Nebel, oder Rauch? Fast schon durch die Hausecke verdeckt, dort wo eine kleine Felsformation aus dem Wald ragte, hatte sich ein weißes Wölkchen aus den Baumkronen gelöst und schwebte in den Himmel. Mike starrte weiter auf die Stelle, die geschätzt einen halben Kilometer weit weg war, konnte aber nichts mehr erkennen. *Bestimmt nur Nebel*, beschloss er und stieg ebenfalls aus dem Wasser.

»Was machen wir heute?«, fragte Felix nach dem zweiten Frühstücksbrot und sah seinen Vater dabei erwartungsvoll an. Doch der gab die Frage an seine Frauen weiter.

»Wir könnten doch etwas besichtigen«, schlug Petra vor, worauf Mike Einspruch einlegte, da er nach der langen Anreise noch keine Lust auf weitere Autofahrten hatte.

»Also mir würde Tonstad völlig reichen«, stellte Katja nüchtern fest und alle lachten.

»Warum denn nur? Kennst du da wohl jemanden?«, neckte Mike sie, worauf er einen leichten Schlag auf den Arm erhielt.

»Gehen wir zum See?«, fragte Felix, der nur seine Angel im Kopf hatte. Petra überlegte einen Moment und schlug dann vor: »Wir könnten doch den Vormittag unten am Strand verbringen, und wenn wir Lust haben, später noch mal in den Ort rüberfahren.« Die Kinder waren mehr als zufrieden mit diesem Plan und auch Mike stimmte zu, sagte dann aber etwas ernster: »Zum Ort fahren wäre gut! Ich wollte heute mal kurz Peter anrufen und fragen, wie es ihm geht, ich habe hier auch keinen Netzempfang.«

»Ja klar!«, antwortete Petra verständnisvoll, hatte aber insgeheim gehofft, dass Mike seine Arbeit schon etwas vergessen hatte.

Eine halbe Stunde später schloss Mike die Terrassentür, schulterte die schwere Badetasche und verließ das Haus durch die Vordertür. Ein weiterer Blick den Berg hinauf bestätigte seine Annahme, dass es sich bei der Felsformation um Nebel gehandelt hatte. Ohne einen weiteren Gedanken daran zu verschwenden, umrundete er das Haus und stieg dann mit seiner Familie zum Seeufer hinab.

Der einfache Campingtisch hatte alle Mühe, dem Schlag der wütenden Faust standzuhalten. Eigentlich hatte der Ausbruch dem Laptop gegolten, aber diesem würde er nie etwas antun! *ER* hatte so lange Daten in die Welt geschickt, bis nur noch ein letzter Notakku übrig geblieben war und ihn zum Aufhören zwang. Keines dieser Datenpakete hatte es geschafft, bis zu der entscheidenden Schaltung des Telefonanbieters durchzukommen, dann begriff er auch, warum. Das Handy befand sich im Ausland und war damit ungewollt geschützt. Sicher, er hätte die Sache einfacher erledigen können, doch dabei hätte er auf so viel Leid verzichten müssen und niemand hätte etwas daraus gelernt! Nein, er hatte zehn Tage Zeit und wollte jeden Einzelnen davon auskosten!

Die Webcam hatte deutlich gezeigt, dass auch diese Familie nur den Schein wahrte! Dass sie sich Gefühle vorspielten, die sie nicht hatten. Sie wollten die Kinder Glauben machen, in einer heilen Welt zu leben, und dabei war alles nur Lug und Trug. Köstner war genau der Richtige, um der Welt wieder eine Lektion zu erteilen. Und seinen Kindern tat er letztendlich nur einen Gefallen. Denn was sollte das für ein Leben sein, wenn man über so viele Jahre in einer Scheinwelt lebte und dann irgendwann begreifen musste, dass man von den eigenen Eltern hintergangen wurde.

Köstner würde lernen müssen, wie es war, verlassen, allein und verzweifelt zu sein!

ER atmete einmal tief durch und versuchte seine Wut unter Kontrolle zu bringen, denn es half nichts, er musste an das Handy!

Nach nur drei Stunden Schlaf weckte ihn sein Laptop mit der Meldung, dass ein Bewegungsmelder im Haus aktiviert wurde. Er erhob sich von seiner Luftmatratze, befahl dem Dämon seiner Träume, sich zurückzuziehen und klickte durch die einzelnen Webcams. Dann machte er sich ein winziges Feuer und hing den kleinen Wasserkessel darüber. Ein dünner Rauchfaden ließ sich nicht vermeiden, aber er war sich sicher, dass dieser durch die Blätter seiner provisorischen Tür genug verteilt wurde. Alkohol, Zigaretten, auf alles konnte er verzichten, nur auf heißen Kaffee nicht. Er brauchte den Schmerz, der entstand, wenn die fast noch kochende Flüssigkeit seine Kehle hinunterlief. Erst dann konnte er sich vorstellen, wie es sein musste, wenn er das Messer ansetzte, um langsam die Kopfhaut abzulösen. Dieses Gefühl musste unbeschreiblich sein, was ja auch die lustvollen Schreie derer, die das schon genießen durften, immer wieder bestätigten.

Er goss den Kaffee auf und nahm sofort den ersten Schluck des noch brodelnden Getränks. Webcam Nummer vier erwachte zum Leben und zeigte die ganze Familie, wie sie schlaftrunken versuchte, langsam in den Pool zu kommen. Nur der große Herr und Meister sprang natürlich sofort in das Wasser und tat dann so, als wäre gar nichts dabei, was bei seiner Tochter einen angepissten Gesichtsausdruck auslöste.

Felix schien es dagegen zu imponieren und anzutreiben. Der schmutzige Finger strich über die Stelle des Monitors, auf der der Junge zu sehen war, und laut sagte er: »Du hast es bald geschafft, bald werde ich dich erlösen!«

Nach nur zwei geschwommenen Bahnen verschwanden die Kinder und, wie schon kurz nach der Ankunft, versuchte Köstner bei seiner Frau zum Zuge zu kommen, bekam aber offensichtlich eine Abfuhr. Schließlich verschwand auch sie und nur der Polizist blieb im Bild. Irgendetwas schien ihn zu irritieren, da Köstner eindeutig zu den Bergen hinaufstarrte?

Etwas stimmte nicht, und als er sich umdrehte, wusste er auch was! Er war so auf den Monitor konzentriert, dass er den Rauch, der ihn umgab, nicht mitbekommen hatte. Eine Ecke seines Schlafsackes hatte zu nahe am Feuer gelegen und langsam begonnen, vor sich hin zu qualmen. Er sprang auf und stampfte barfuß auf dem Stoff herum, bis dieser zu qualmen aufhörte. Dann löschte er auch noch das Feuer mit einem großen Blecheimer, den er einfach darüberstülpte. Danach war auch Köstner vom Bildschirm verschwunden und Webcam vier schaltete sich ab, um dem Bild von Nummer drei Platz zu machen.

Als er wusste, was sie geplant hatten, galt es keine Zeit zu verlieren. Er zog sich an, nahm das vorbereitete Handy und verließ die Höhle.

Petra und Katja zierten sich erst ein wenig, wagten sich dann aber doch in das kalte Wasser des Sees. Ein Umstand, den Felix sofort nutzte, um die beiden mit seiner Luftmatratze aufzunehmen. Mike saß am Ufer und sah seiner Familie dabei zu, wie sie nebeneinander liegend immer weiter auf den See hinaus paddelten. Ein tiefes Gefühl von Liebe und Zufriedenheit machte sich in ihm breit. Es war heutzutage nicht mehr selbstverständlich, in einer intakten Ehe zu leben und die eigenen Kinder aufwachsen zu sehen! Wie viele seiner Kollegen waren inzwischen geschieden? Er hatte viele von ihnen leiden sehen, weil erst die Frau und dann auch noch die Kinder aus ihrem Leben verschwanden. Manchmal kamen sie ihm vor wie Zombies, die einsam und dumpf durch das Leben stolperten, weil es einfach keinen Sinn mehr hatte.

Auch Katja würde nicht mehr ewig bleiben, dachte er, als er sie so neben ihrer Mutter sah. Beide waren schon gleich groß und von hinten fast nicht zu unterscheiden. Einzig die etwas sportlichere Figur und Katjas lange braune Haare bildeten noch einen Unterschied. Wo waren nur die Jahre geblieben? Mike hatte das Gefühl, dass sich Katja immer schneller entfernte. Sicher, er wusste, dass es normal war, dass sie sich irgendwann abnabelte, aber leicht war es trotz dieses Wissens nicht!

Felix war mit seinen zehn Jahren dagegen immer noch das Nesthäkchen. Sie hatten lange überlegt, ob sie mit fünf Jahren Abstand noch einmal ein Kind wollten, doch jetzt stellte sich diese Frage nicht mehr. Vor allem Mike war stolz noch einen Sohn zu haben, denn Töchter waren einfach anders!

Er zündete sich die letzte Zigarette aus dem Päckchen an und genoss es einfach einmal, nichts tun zu müssen. Petras Wunsch hierher nach Finnland zu fahren war genau das Richtige gewesen und er fragte sich, warum sie das nicht schon viel früher gemacht hatten. Urlaub zu Hause bedeutete Post, Computer und im schlimmsten Fall auch noch Anrufe vom Revier. Hier war alles ganz weit weg. Hier gab es nur ihn selbst und seine Familie!

»Kann ich auch eine Zigarette haben?« Mike hatte gar nicht mitbekommen. dass die drei inzwischen wieder an Land gekommen waren.

»Die sind leider leer, aber ich könnte sowieso langsam eine Kleinigkeit zu essen vertragen!«, antwortete Mike.

»Willst du etwa schon wieder zum Haus?«, fragte Petra.

»Nein, aber wir könnten etwas holen!«

»Soll ich?«, fragte Felix beflissen. »Ich brauche eh noch einen Haken für meine Angel, der andere ist mir vorhin abgerissen.«

»Wenn du magst! Wir bräuchten das Brot, ein Messer und die Dose mit der Wurst. Ach, und ein Päckchen Zigaretten aus dem Schlafzimmer. Schaffst du das?« Felix sah seine Mutter empört an: »Natürlich schaffe ich das!« Dann zog er seine Sandalen an und verschwand über die Böschung in Richtung Ferienhaus.

Erst klemmte der Schlüssel, ließ sich dann aber doch umdrehen und mit einem leisen Schnalzen schlug der Riegel zurück. Felix überkam ein eigenartiges Gefühl der Angst. Trotz des strahlenden Sonnenscheins wirkte der Waldrand hinter ihm dunkel und bedrohlich. Schnell schlüpfte er durch die Tür und schloss sie von innen. Im Haus war es still, sehr still! Felix fühlte sich unwohl und beschloss den Toilettengang auf später zu verlegen. Dann kam ihm der Gedanke in jedes Zimmer zu schauen, um sich selbst damit zu zeigen, dass seine Angst unbegründet war, aber er konnte nicht. Am liebsten hätte er kehrtgemacht und seinen Vater gebeten, die Sachen zu holen, aber wie würde er dann dastehen?

Er nahm seinen ganzen Mut zusammen, schimpfte sich selbst einen Narren und ging dann in den großen Wohnraum, wo es etwas besser wurde. Durch die große Terrassentür fiel genug Licht herein und man hatte einen besseren Überblick als in dem kurzen, engen Flur. Er schnappte sich eine leere Tüte und stopfte schnell die Lebensmittel hinein.

Die Tür zu seinem Zimmer stand wie immer offen, was es leichter machte, die Angelhaken zu holen. Jetzt musste er nur wieder durch den Flur zurück und dann hatte er es geschafft! Er hatte die Klinke der Haustür schon in der Hand, als ihm die Worte seiner Mutter durch den Kopf gingen: »Ach, und ein Päckchen Zigaretten, die liegen im Schlafzimmer …« Felix hielt inne. Wenn er ohne die Zigaretten zurückkam, würden sie ihn bestimmt noch einmal schicken! Ein leises Knarren drang von der Wohnstube herüber und sorgte dafür, dass sich jedes Härchen in seinem Nacken aufstellte. Wie paralysiert machte er einen Schritt in die Richtung und schaute vorsichtig um die Ecke des Durchlasses in den Wohnraum. Alles sah so aus wie gerade eben, nur dass jetzt die Tür zu Katjas Zimmer einen winzigen Spaltbreit offen stand.

»Ist da jemand?«, fragte er mit zu leiser Stimme und wie als Antwort darauf ließ ein Luftzug die Vorhänge des gekippten Küchenfensters ein wenig flattern. *Nur der Wind*, dachte er. *Es war nur der Wind.* Mit neuem Mut und energischen Schritten ging er in das Elternschlafzimmer, schnappte sich eine Packung L&M und verließ das Haus fast rennend.

Sein Beobachter schaffte es nur mit Mühe und Not die Erregung unter Kontrolle zu halten. Einzig der Geruch der jungen Frau, die hier schlief, wirkte abturnend und verhinderte, dass er es jetzt gleich tat. Endlich schloss sich die Haustür und er konnte den Griff um seine Hoden lockern.

- 11 -

Als sie vom See zurückkamen, betrat Felix als Letzter das Haus, sonst hätte er vielleicht bemerkt, dass die Tür zu Katjas Zimmer nun wieder geschlossen war.

»Kann ich noch duschen?«, fragte Katja, worauf Mike nickte. »Klar, lass dir Zeit. Wir haben ja schließlich Urlaub!« Er selbst ging ins Schlafzimmer, zog sich um und suchte nach seinem Handy. Als er es nirgends finden konnte, rief er in den Wohnraum hinüber: »Felix, warst du an meinem Handy?«

»Nein, warum?«, antwortete Felix und steckte dabei den Kopf in das Schlafzimmer. »Weil ich es nicht finden kann! Ich bin sicher, dass es auf meinem Nachtkästchen lag!«

Felix runzelte die Stirn: »Stimmt! Ich erinnere mich. Als ich vorhin eure Zigaretten geholt habe, lag es auch noch dort.« Sein Vater sah ihn mit einem Blick an, den er nicht deuten konnte und dann erinnerte er sich an das komische Gefühl, als er alleine in dem Haus war. Vorsichtig fragte er: »Glaubst du, es war jemand hier?« Mike, dem dieser Gedanke auch schon gekommen war, wollte seinen Jungen nicht verängstigen: »Ach Quatsch, dann hätten wir doch ein Auto gehört und außerdem, was sollte jemand hier wollen?« Dann verfiel er ins Scherzhafte: »Du kannst aber mal nachschauen, ob ein paar deiner alten und selten gewechselten Socken fehlen.«

»Ich wechsle immer meine Socken!«, stieg Felix darauf ein. »Immer seltener«, stichelte Mike weiter. Felix wollte gerade protestieren, als Petra in das Zimmer kam und mit der Hand, in der sie das Handy hielt, wedelte: »Suchst du das hier?«

»Wo war es?«, fragte Mike ein wenig beruhigter. »Na drüben auf der Küchenplatte.«

»Hast du es dort hingelegt?« Mikes Tonfall war jetzt fast beschuldigend und Felix zog es vor, sich in sein Zimmer zurückzuziehen.

»Wird das ein Verhör?«, beschwerte sich Petra, fuhr dann aber fort: »Ich kann mich zwar nicht daran erinnern, aber möglicherweise habe ich es beim Aufräumen mitgenommen.«

Mike erwiderte nichts mehr, sondern nahm das Gerät in Empfang und drückte den Knopf, der den Standby-Modus beendete. Für einen kurzen Augenblick leuchtete das Hauptmenü auf dem Display auf, dann ging nichts mehr.

»Verflucht!«

»Was ist?« Petra sah ihren Mann kritisch an.

»Irgendjemand hat doch an dem Ding herumgespielt, es hat sich aufgehängt!«, schimpfte Mike und blickte zu der Wand, hinter der das Zimmer seines Sohnes lag.

»Ich frage ihn nochmal!« Petra wusste, dass ihr Mann bei solchen Angelegenheiten gerne einmal unangemessen laut wurde. Mike nahm leise schimpfend den Akku aus dem Handy und Petra verschwand in Felix' Zimmer.

Fünf Minuten später kam Petra zurück und setzte sich neben ihrem Mann auf das Bett. »Er war nicht an deinem Handy, dazu hatte er viel zu viel Angst!«

»Angst vor mir?«, fragte Mike etwas empört.

»Nein, er hatte Angst alleine im Haus zu sein! Er kann es nicht erklären, aber er beschrieb es mit der Angst, die einen manchmal in einem dunklen Keller überkommt.«

»Jaja, sonst die große Klappe, aber am helllichten Tag Angst haben«, lachte Mike und sah zufrieden dabei zu, wie sein Handy ohne Probleme wieder startete. Dann wechselte er das Thema: »Wollen wir dann langsam los?«

Petra gab ihm einen Kuss auf die Wange, stand auf und zog ihr Strandkleid aus, was Mike zu einem leisen Pfiff inspirierte. »Denk gar nicht daran!«, sagte Petra lachend und streifte sich schnell eine dünne Bluse über.

Es wurde fast 13 Uhr, bis alle fertig waren und im Auto saßen. Dann fuhren sie langsam über den Schotterweg, der erst durch die große Wiese führte, um anschließend von einem dunklen Waldstück verschluckt zu werden. Jedenfalls sah es für Felix so aus, als die gleißende Mittagssonne schlagartig von den dicht stehenden Bäumen abgehalten wurde und man im ersten Moment fast nichts mehr sah. Auch Mike ging es nicht besser und seine Hand ging automatisiert zum Lichtschalter am Armaturenbrett. Da sich seine Augen aber schnell an das fehlende Licht gewöhnt hatten und er wusste, dass die Straße schon nach wenigen hunderten Metern an den See stoßen würde, ließ er das Licht aus.

»Was wollen …«, weiter kam Petra nicht. Mike war voll auf die Bremse gestiegen und alle vier wurden in ihren Sicherheitsgurt gedrückt. Keine fünf Meter vor ihnen stand eine ausgewachsene Elchkuh und starrte sie mit ihren dümmlichen Augen an.

»Hat jemand einen Fotoapparat dabei?«, fragte Mike, nachdem sich der erste Schock gelegt hatte, doch Petra verneinte.

»Nimm doch dein Handy!«, schlug Katja vor.

Mike zog es aus der Hosentasche, ließ das Fenster herunter und schoss ein paar Fotos. Dann startete er den durch die Vollbremsung abgestorbenen Motor und das mächtige Tier verschwand zwischen den Bäumen. »Wow!«, stieß Mike aus: »Im Zoo sehen Elche irgendwie kleiner aus!«

»Sind die gefährlich?«, fragte Felix, worauf sein Vater den Kopf schüttelte: »Nein, überhaupt nicht! Normalerweise hauen Elche sofort ab, wenn sie Menschen wittern. Diesen hier haben wir wohl überrascht. Vermutlich ist das Haus nicht das ganze Jahr vermietet und die Tiere haben hier sonst ihre Ruhe.«

Noch langsamer als zuvor setzten sie die Fahrt fort und kamen schließlich ohne weitere Zwischenfälle am kleinen Hafen von Tonstad an.

»Und jetzt?«, fragte Petra.

Mike zog erneut das Handy heraus und stellte erfreut fest, dass die Netzanzeige vollen Empfang anzeigte. »Ich möchte erst einmal Peter anrufen! Wollt ihr in der Zwischenzeit etwas anderes machen?«

»Lass uns doch ein bisschen in den Läden stöbern«, schlug Katja ihrer Mutter vor, wofür sie von Felix einen abwertenden Blick erntete.

»Gute Idee!«, fand Petra und öffnete ihre Tür.

»Kann ich dann solange zum Hafen?«, fragte Felix, der nichts mehr hasste, als sinnlos in Geschäften herumzustehen.

»Na klar!«, antwortete Mike und bestimmte: »Dann würde ich sagen, wir treffen uns später alle unten bei den Booten wieder!«

Die Familie trennte sich, wobei Mike im Auto sitzen blieb, sich eine Zigarette anzündete und die Nummer seines Partners in den Kontakten seines Handys suchte. Dann drückte er auf *ANRUFEN* und kurz darauf begann das Freizeichen zu tuten.

»Hallo, Mike!«, ertönte Peters erstaunlich gut gelaunte Stimme aus der Freisprechanlage des Autos.

»Hallo, Peter! Was haben sie denn mit dir gemacht, bist du auf Drogen?«

»Nein, warum?«

»Weil du am Freitag noch am Boden lagst und jetzt so klingst, als hättest du einen Lottogewinn gemacht«, antwortete Mike mit erleichterter Stimme, da er seinen Partner in einem anderen Zustand erwartet hatte, und trotzdem fragte er: »Wie geht es dir denn inzwischen?«

Peter wusste natürlich, worauf sein Freund hinaus wollte. »Es ist sicher nicht weg, aber die Bilder werden blasser.« Dann konnte er nicht länger an sich halten: »Und es gibt sehr gute Nachrichten!«

Es folgte ein kurzes Schweigen in der Leitung, bis ihn Mike fast anfuhr: »Na rede endlich!«

»Sie haben ihn!«, platzte Peter heraus.

»So schnell? Glaube ich nicht!«, reagierte Mike zurückhaltend. Es konnte nicht sein, dass seine SOKO zwei Jahre lang einem Phantom hinterherjagte und die von Interpol nur ein paar Tage brauchten.

»Kannst du aber glauben! Offensichtlich hat man aufgrund des Pressedrucks fast die gesamte Internetabteilung von Interpol auf die E-Mail, wegen der wir beim Lagerhaus waren, angesetzt. So genau habe ich es auch nicht verstanden, aber wie es aussieht, hat unser Henrik etwas übersehen. Auf jeden Fall konnten sie den Weg der E-Mail zurückverfolgen und du wirst nicht glauben, wo diese geschrieben wurde. Dieser Arsch saß ungefähr fünfzig Meter neben dem Lagerhaus in einer Einzimmerwohnung, und hat uns wahrscheinlich schon beobachtet, als wir noch im Auto warteten.«

»Haben sie ihn schon verhört?«, warf Mike ein, worauf einige Sekunden Ruhe in der Leitung war.

»Also hier im Protokoll steht ...«, wollte Peter gerade ansetzen, als ihm sein Partner ein weiteres Mal ins Wort fiel: »Protokoll? Wo bist du denn? Ich dachte, du sitzt zu Hause und erholst dich!«

Peter lachte: »Nein, ich bin in unserem Büro, aber das erzähle ich dir später. Also Folgendes ... Hier im Protokoll steht, dass sich das SEK von Samstag auf Sonntagnacht Zutritt zu dieser Wohnung verschafft hatte, aber auf keinerlei Gegenwehr gestoßen war.«

Mike runzelte die Stirn: »Und das bei einem Serienkiller?«

»Lässt du mich jetzt vielleicht einmal ausreden?«, beschwerte sich Peter am anderen Ende der Leitung. »Finzer, so hieß der Kerl, konnte sich nicht mehr wehren! Er hatte wohl vergessen, dass sein Notebook noch am Strom hing, und ist damit in die Badewanne gestiegen.«

Nun schwieg Mike eine Weile. Eigentlich hätte er sich freuen sollen, aber irgendetwas sagte ihm, dass etwas nicht stimmte. Daher entgegnete er matt: »Und die sind sich sicher, dass sie den Richtigen haben? Ich meine, der Typ läuft seit Jahren unbehelligt durch die Gegend und schnappt sich fast nach Belieben kleine Jungs. Er hat sich in diesem Keller völlig unbemerkt eingerichtet, seine ganz persönliche Freakshow, mit allen nur denkbaren technischen Spielereien, und steigt dann mit seinem am Strom hängenden Notebook in die Badewanne und röstet sich selbst? Wie glaubwürdig klingt das?«

»Das habe ich ja auch erst gedacht«, gab Peter zu, »aber die Beweise sind eindeutig! Man hat DNA im Keller gefunden, außerdem konnte man auf dem Notebook kleine Filmsequenzen wiederherstellen, bei denen offensichtlich selbst den Jungs von Interpol ziemlich schlecht geworden ist. Es stimmt einfach alles!«

»Und genau das ist es, was mich nachdenklich macht!«,

stellte Mike fest, fuhr dann aber fort: »Aber gut, es wäre ja schön, wenn es dieses Monster erwischt hätte. Und sollte nach einem halben Jahr nichts mehr passiert sein, glaube auch ich daran!«

»Du bist ein Schwarzseher!«, warf Peter ein. Doch Mike widersprach umgehend: »Nein! Ich habe nur schon zu viel gesehen!« Dann fummelte er sich eine weitere Zigarette aus der Packung und fragte: »Aber jetzt erzähle, warum bist du im Büro? Du willst mir doch nicht erzählen, dass dich Karl schon wieder arbeiten lässt.«

Peter räusperte sich und Mike glaubte, ein Grinsen hören zu können: »Kannst du dich an die Stationsärztin im Krankenhaus erinnern?« Mike dachte kurz nach, dann fiel es ihm wieder ein: »Meinst du die leicht untersetzte, mit dem hübschen Gesicht? Die, die mich rausgeworfen hat, als sie dir einen neuen Tropf angelegt hat?«

»Ja genau! Susanne!« Nun musste auch Mike grinsen, da er sich bereits vorstellen konnte, was jetzt kam. »Aber die war doch höchstens Ende zwanzig«, warf er ein.

»Nicht ganz! Sie ist Mitte dreißig und hat am Samstag ein paar Überstunden gemacht, um einen traumatisierten Patienten intensiv zu betreuen.«

»Du hast doch nicht im Krankenhaus ...«

Peter lachte: »Nein, aber wir sehen uns heute Abend wieder. Und weil Susanne mich ebenfalls so schnell wie möglich in freier Wildbahn treffen wollte, hat sie mir schon gestern einen 1-a-Entlassungsbericht geschrieben. Karl wollte natürlich, dass ich noch einige Tage zu Hause bleibe, aber was soll ich da? Also habe ich ihm das Schreiben von Susanne unter die Nase gehalten, das mir Diensttauglichkeit bescheinigt. Dank dieses Schreibens und dem toten Irren kann ich jetzt zumindest am Schreibtisch arbeiten. Karl hat sich zwar wie ein Aal gewunden, mir dann aber wenigstens Telefondienst zugestanden. Also nehme ich in den nächsten zwei Wochen die Anrufe über Ufosichtungen und Nachbarschaftsstreitigkeiten entgegen.«

Auch Mike konnte sich ein Lachen nicht verkneifen: »Was aber sicher kein Problem ist, weil du sowieso nur an deine Ärztin denkst!«

»Stimmt«, rutschte es seinem Partner heraus und jetzt lachten beide.

Nachdem sie sich noch eine Weile über Banalitäten unterhalten hatten und das Gespräch zum Ende kam, konnte es sich Mike nicht verkneifen, seinen Partner noch einmal zu ermahnen, vorsichtig zu sein. Es war nur ein Gefühl, aber er hielt den Fall noch lange nicht für abgeschlossen.

»O. k., dann lass uns mal Schluss machen, meine Familie wartet bestimmt schon. Obwohl, meine beiden Frauen sind gerade shoppen, es kann also dunkel werden, bis die wiederkommen.« Wieder lachten beide und Peter scherzte: »Ich hoffe, du hast den Kreditrahmen deiner VISA Card eingeschränkt.«

»Habe ich! Ach, weil es mir gerade einfällt. Wir haben in unserem Haus keinen Handyempfang, schreibe mir eine SMS, falls du mich erreichen möchtest. Ich rufe dich dann zurück, wenn wir mal wieder unterwegs sind!«

»Alles klar! Macht euch einen schönen Urlaub und grüß deine Familie von mir!«, erwiderte Peter.

»Und dir viel Spaß bei deinen Doktorspielchen«, war das Letzte, was Mike sagte, dann legte er auf und fast im gleichen Augenblick erschienen drei kleine Symbole am oberen Rand seines Smartphones. Er zog die Anzeige nach unten und stellte fest, dass das Gerät einige Updates durchführen wollte, die er auch bestätigte. Dann steckte er es in seine Gürteltasche und blieb noch einige Minuten im Wagen sitzen, um über das Gespräch nachzudenken.

Sollte die Sache wirklich so zu Ende gegangen sein? Im Grunde hätten sie dann überhaupt nichts erreicht. Ganz im Gegenteil, selbst der Junge, den Peter erschossen hatte, wäre völlig umsonst gestorben. Aber hätte der Täter ihn am Leben gelassen? Sicher nicht, und das einzig Tröstliche war, dass Peter ihm vermutlich einige Qualen erspart hatte. Die Bilder in Mikes Kopf waren blass, aber nie verschwunden! Ein Umstand, den sein Beruf mit dem eines Rettungssanitäters oder Feuerwehrmannes gemein hatte. Man konnte nicht lernen, mit dem, was man sah, umzugehen. Entweder man konnte es oder eben nicht. Und im Augenblick hatte er alle Opfer wieder glasklar vor seinem inneren Auge. Dieser Psychopath hatte nichts ausgelassen! Jeder der Jungen wurde zweifelsfrei über einen langen Zeitraum gequält, wurde viel zu fest gefesselt, wurde geschlagen, und wenn man den letzten Ausdruck in ihren toten Gesichtern richtig deutete, flehten sie am Ende den Tod herbei. Ebenfalls sicher war, dass ausnahmslos jedem die Kopfhaut noch im lebenden Zustand abgezogen wurde und niemand, nicht einmal die Profiler, hatte eine Antwort darauf, warum der Täter dies machte.

Mike zündete sich die dritte Zigarette an, stieg aus dem Auto und schlug ganz bewusst eine falsche Richtung ein. Er musste erst noch ein paar Meter laufen, um den Kopf wieder freizubekommen. Petra hatte, auch wenn sie es nie zeigte, schon genug unter seinen beruflichen Problemen gelitten und es war seine Pflicht, die Arbeit wenigstens im Urlaub von ihr fernzuhalten.

»Und, wart ihr erfolgreich?«, fragte er seine Frauen schon von Weitem, erntete aber nur einen bösen Blick von seiner Tochter. »Hier gibt es überhaupt nichts! Ich frage mich, wie es die Leute hier schaffen, überhaupt Klamotten am Leib zu haben?«, nörgelte Katja, was Mike zum Lachen brachte: »So schlimm wird es schon nicht sein!«

»Doch, ist es!«, bestätigte Petra, und forderte dann mit einem verschmitzten Lächeln: »Du wirst nicht drum herumkommen, mit uns in eine größere Stadt zu fahren!«

»Heute?«, fragte Mike mit erschrockenem Gesichtsausdruck, was diesmal seine Frau zum Lachen brachte. Ohne weiter darauf einzugehen, fragte Petra: »Und was machen wir jetzt?«

»An dem Strand, wo ich gestern mit Sjören war, ist eine Art Strandcafé. Wollen wir da mal hinschauen?« Katja hatte schon vorher gehofft, irgendwie in die Nähe der Badebucht zu kommen und packte die Gelegenheit beim Schopf.

Das Ehepaar warf sich einen wissenden Blick zu und ging dann auf den Vorschlag ihrer Tochter ein. Nachdem sie Felix von den Anglern, die in der kleinen Hafenanlage verteilt standen, weggezerrt hatten, gingen sie zurück zum Auto und Katja lotste ihren Vater zu dem Abzweig am anderen Ende des Ortes.

Die kleine Bar schien eine Art Geheimtipp zu sein, denn wider Erwarten standen bereits fünf weitere Autos und einige Zweiräder auf dem provisorischen Parkplatz. Ohne den Ausblick auf die sattgrünen Wälder Finnlands hätte man fast den Eindruck haben können, irgendwo im Süden zu sein. Von dem hauptsächlich jungen Publikum saßen einige ziemlich cool wirkende Jungs und Mädchen mit halb geöffneten Surfanzügen lässig auf den Plastikstühlen.

Familie Köstner ließ die erste Musterung über sich ergehen und nahm dann an einem der freien Tische Platz.

»Was darf ich bringen?«, fragte, nur Sekunden später, eine junge Frau in bunten Hippieklamotten.

»Oh, Sie sprechen Deutsch!«, stellte Mike erstaunt fest.

»Das sollte man, wenn man aus München kommt!«, lautete die Antwort ohne jeden Vorwurf in der Stimme. Dann wartete sie geduldig, bis ihre Gäste die übersichtliche Karte studiert hatten.

Nachdem Mike seine Tochter, die mit ihren Augen den Strand abzutasten schien, zum dritten Mal angesprochen hatte, ohne dass diese reagierte, bestellte er ihr einfach eine Cola mit.

Die Getränke wurden gebracht, doch an Katjas Zustand hatte sich nichts geändert.

»Hast du keine Handynummer?«, fragte Petra, von dem Verhalten ihrer Tochter schon etwas genervt.

»Was?« Katja schien aus einer anderen Welt zu kommen.

»Ob du keine Handynummer von Sjören hast, habe ich gefragt.«

»Nein! Da wir am Haus sowieso keinen Empfang haben, bin ich gar nicht auf die Idee gekommen«, antwortete Katja knapp und wendete den Blick wieder in Richtung Strand.

Mike machte eine Grimasse, die in etwa *Scheiß-Pubertät!* heißen sollte, und entlockte seiner Frau damit ein Lächeln. Alle, außer Katja, genossen die besondere Atmosphäre dieses Ortes und Mike schaffte es seit Langem, sich richtig zu entspannen. Nach einem kleinen Imbiss und einer weiteren Runde Cola hob er seine Hand, um der Kellnerin anzuzeigen, dass er zahlen wollte. Im gleichen Moment hellten sich Katjas Gesichtszüge auf: »Da ist ja Hanna!«

»Wer ist da?«, fragte Mike mit Unverständnis.

»Hanna«, wiederholte Katja. »Ich habe sie gestern kennen gelernt. Sie gehört zu der Clique von Sjören. Darf ich kurz hingehen?«

»Geh ruhig, wir wollen jetzt eh noch etwas am Strand spazieren gehen«, schaltete sich Petra ein, worauf Katja fast aufsprang. »Aber bleib hier in der Nähe, bis wir wieder zurück sind!«, konnte Petra ihrer Tochter gerade noch hinterherrufen, dann war sie auch schon außer Hörweite.

Katja wusste, dass Hanna kaum Deutsch und nur wenige Worte Englisch sprechen konnte, aber irgendwie würde sie schon herausbekommen, ob Sjören heute noch hierher kommen würde.

»Hallo!«, begrüßte sie die junge Finnin, noch bevor sie ganz vor ihr stand. Hanna saß auf einer Badematte und schaute nicht wie die anderen Strandgäste in Richtung See, sondern hinauf zum Parkplatz. Erst als Katja direkt vor ihr stand und ihr damit die Sonne nahm, blickte sie von ihrem Handy auf. »Hallo!«, erwiderte sie, mit einem Gesichtsausdruck, als hätte sie Katja noch nie gesehen. Katja ließ sich nicht verunsichern und fragte sie auf Englisch, ob sie sich nicht an sie erinnerte und dass sie doch gestern mit Sjören hier gewesen war.

Hannas Blick verdunkelte sich. Dann suchte sie kurz nach den richtigen Worten, was ihr Englisch aber auch nicht besser machte. Irgendwie machte das Mädchen einen dümmlichen Eindruck auf Katja und so, wie sie die wild durcheinander geworfenen Worte verstand, wusste Hanna nicht, ob Sjören noch kommen würde.

Katja gab auf, murmelte ein kurzes »Bye« und sah sich unschlüssig um. Ihre Eltern verschwanden gerade hinter einer weit entfernten Baumgruppe, die dicht am Strand stand. Um diese noch einzuholen, hätte sie rennen müssen, worauf sie bei der Wärme keine Lust hatte. Also blieb ihr nur, sich an die Bar oder an den Strand zu setzten. Da sie noch etwas Geld eingesteckt hatte, wählte sie die schattige Bar.

»Du siehst aus, als würdest du auf jemanden warten!«, begrüßte sie die Bedienung ein zweites Mal und lächelte sie dabei freundlich an.

»Stimmt!«, erwiderte Katja und ein neuer Hoffnungsschimmer keimte in ihr auf. »Kennen Sie vielleicht Sjören? Er ist oft mit seinen Freunden zum Baden hier.«

»Ach darum warst du gerade bei Hanna.« Das war zwar nicht die Antwort, welche sich Katja erhofft hatte, zeigte aber, dass hier offenbar jeder jeden kannte.

»Also kennen Sie ihn?«, fragte Katja erneut.

»Aber klar! Ich denke, er müsste in ...«, sie sah auf ihr Swatch-Imitat, »... ungefähr zehn Minuten hier sein! Bei dem Wetter kommt er immer direkt nach der Schule her.«

Die Aussage erzeugte ein ungewolltes Lächeln um Katjas Mund, was auch der Bedienung nicht entging und ohne jede Diskretion fragte sie: »Du magst ihn wohl?«

Eigentlich erzählte Katja nicht gleich jedem von ihrem Leben, aber sie mochte die junge Frau in ihren bunten Klamotten, und die Tatsache, dass sie ebenfalls aus Deutschland kam, ließ sie etwas schneller Vertrauen fassen, also antwortete sie: »Ja! Wir haben uns gestern kennen gelernt und er hat mich mit hierher zum Baden eingeladen.« Dann runzelte sie die Stirn, da ihr ein Gedanke gekommen war, und fragte misstrauisch: »Wieso, müsste ich irgendetwas wissen?«

Doch die Bedienung machte zu ihrer Erleichterung eine abwehrende Geste: »Nein, nein! Sjören ist schwer in Ordnung.« Dann wurde ihre Stimme leiser und sie beugte sich etwas zu Katja herunter. »Und er ist hier auch nicht der große Touristen-Mädchen-Herzensbrecher. Das wolltest du doch wissen oder?« Katjas Lächeln erstrahlte erneut, wurde aber sofort wieder auf die Probe gestellt, als die junge Frau weiterredete: »Allerdings solltest du dich etwas vor Hanna in Acht nehmen. Sjören war letztes Jahr kurz mit ihr zusammen, und obwohl zwischen den beiden schon lange wieder Schluss ist, könnte man meinen, sie wäre sein Wachhund.«

»O. k. Danke!«, stotterte Katja, erholte sich aber schnell wieder und streckte ihre Hand aus. »Ich bin übrigens Katja!«

Die junge Frau gab ihr ebenfalls die Hand: »Und ich Jessi!« Eifriges Winken vom Nachbartisch beendete ihre kurze Unterhaltung. Jessi musste weiterarbeiten und Katja beobachtete Hanna, die sich inzwischen von ihrem Handydisplay gelöst hatte und nun wie gebannt in Richtung Zufahrtsweg starrte, von wo ein leises Motorengeräusch herüberdrang. Wenige Sekunden später tauchte Sjören zwischen den Bäumen auf, stellte seine Maschine im Schatten ab und zog sich den Helm über den Kopf. Da er sich offenbar unbeobachtet fühlte, zupfte er noch die kurzen blonden Haare zurecht und blickte dann kurz zur Kontrolle in den Rückspiegel seines Mofas. Katja musste grinsen.

Auf dem Weg zum Strand erblickte er Hanna und steuerte auf sie zu. Katja wollte ihn schon rufen, als er von selbst einen Blick zur Bar warf und sie entdeckte. Sein Gesichtsausdruck wechselte augenblicklich von angespannt auf entspannt und das Lächeln, welches Katja so an ihm gefiel, zog sich über sein Gesicht. Er hob die Hand, um Hanna zu grüßen, wechselte dann die Richtung und stand kurz darauf vor Katja. Die Frage der Begrüßung erledigte sich von alleine, da er sie einfach in den Arm nahm und ihr auf jede Wange ein Küsschen gab. Hanna war vergessen!

»Wie kommst du denn hier her?«, fragte er sichtlich erfreut.

»Ich habe meinen Eltern von dem Strand erzählt ... sie sind gerade etwas spazieren.« Katja spürte, dass sie schon wieder rot wurde, daher fragte sie schnell: »Wie geht es dir?«

»Ich habe heute Ärger wegen dir bekommen«, sagte er gespielt empört. Katja konnte nicht anders und wendete den Blick zum Strand, und damit zu seiner Exfreundin.

»Nicht mit ihr«, stellte Sjören fest und sagte nach einer kurzen Pause: »Zumindest noch nicht.« Dann runzelte er die Stirn: »Du weißt von Hanna und mir?«

Noch bevor Katja antworten konnte, war Jessi hinter die beiden getreten und verkündete: »Ich bin für klare Verhältnisse!« Sjören fuhr herum und die Bedienung sprach weiter: »Außerdem finde ich, dass Katja wissen sollte, mit wem sie es bei ihr zu tun hat!«

Sein Gesichtsausdruck wurde kurz sorgenvoll, dann nachdenklich und schließlich wieder lockerer: »Du hast recht! Bei ihr ...«, er nickte zu Hanna, »... weiß man nie!«

Katja wollte das Thema beenden: »Und warum hast du nun Ärger wegen mir bekommen?«

Er versuchte, ernst zu bleiben: »Weil ich gerade Deutschunterricht bei Frau Kaspar hatte!« Katja verstand nichts, doch er löste das Geheimnis auf: »Offensichtlich habe ich in den paar Stunden mit dir einiges von deinem Dialekt übernommen und das hat Frau Kaspar überhaupt nicht gefallen!« Beide lachten und Katja sagte gestelzt: »Dann werde ich jetzt immer ordentlich hochdeutsch sprechen.« Wieder lachten sie und als Katja erneut zum Strand hinunterschaute, sah sie gerade noch, wie Hanna am Ende der Bucht verschwand.

– 12 –

Nach dem Telefonat zwischen Mike Köstner und Peter Groß nahm *ER* die Kopfhörer ab und sah sich die übertragenen Fotos von Köstners Handy an. Geheucheltes Familienidyll und ein dümmlich dreinschauender Elch!

Aus der blechernen Kaffeetasse hüpften inzwischen kleine Spritzer der kochenden Flüssigkeit heraus und verdampften, schwach zischend, im Feuer darunter. Er zog seinen Ärmel bis über die Hand, griff die Tasse und ließ etwas von ihrem Inhalt in seinen Mund laufen. Der explodierende Schmerz auf seiner Zunge entspannte ihn soweit, dass er wieder klar denken konnte.

Dieser Peter Groß war ein harter Brocken! Erschießt erst ein Kind und fickt dann, nur ein paar Tage später, seine Ärztin. Groß hatte nichts gelernt, hatte nichts von seiner Doppelmoral begriffen und glaubte immer noch, der Gute zu sein! Er hätte den Jungen lieber selbst auf den richtigen Weg schicken sollen, anstatt ihn für die Läuterung eines Bullen zu missbrauchen. Ja, das hätte er tun sollen! Erst den Jungen langsam in einen besseren Zustand überführen und dann diesen Bullen in die sichere Hölle schicken. Aber auf Peter Groß würde die Hölle noch etwas warten müssen, er war einfach zu weit weg und der andere Auftrag seines Dämons musste zuerst erfüllt werden. Oder vielleicht konnte man der Hölle auch beides schenken …

Wieder fiel sein Blick auf den Elch, der ihn fragend vom Monitor her anglotzte. Das war wieder typisch, dachte er. Auf der einen Seite ein Tier, dem Intrigen und falsche Moral völlig fremd waren, und auf der anderen Seite ein Mensch, der falscher nicht hätte sein können.

Gerne hätte er noch länger darüber nachgedacht, aber da er nicht wusste, wann die Köstners zurückkommen würden, musste er hinunter zum Haus, um seine Akkus zu holen. Er löschte das Feuer und machte sich auf den Weg.

– 13 –

Die nächsten Tage vergingen, wie typische Urlaubstage eben vergingen. Die Familie machte ein paar kleinere Ausflüge, sah sich Land und Leute an und es kehrte fast so etwas wie Alltag ein, da sie meist am Vormittag unterwegs waren und sich an den Nachmittagen die Wege von Katja und dem Rest trennten. Petra und Mike war bewusst, dass ihrer Tochter der Abschied von Sjören am Ende des Urlaubs das Herz brechen würde, aber sie kamen zu dem Schluss, dass sie es nicht verhindern konnten. Also ließen sie ihr den Freiraum, auch weil Sjören ein grundanständiger Junge zu sein schien und Mike ihn mochte.

Zu Hause in Nürnberg hatte sich die Aufregung inzwischen gelegt. Typisch Presse, waren selbst die schlimmsten Verbrechen nach wenigen Tagen vergessen und andere Themen traten in den Vordergrund.

Wider Erwarten hatte Karl Peter nicht schon nach zwei Tagen zurück auf seinen eigentlichen Posten gelassen, und so saß dieser auch am Donnerstag noch in seinem Büro und wartete darauf, dass irgendein gelangweilter Bürger wegen einer Kleinigkeit Anzeige erstatten wollte.

Mitten in seine Erinnerungen an die letzte Nacht mit Susanne riss ihn der Schuss, den er als E-Mail-Signal eingestellt hatte, aus seinen Gedanken.

Gelangweilt öffnete er die eingegangene Nachricht und überflog den Text, der von einem Herrn Hugo Maier geschrieben wurde.

Herr Maier war, wenn die Angaben stimmten, früher selbst Polizist und jetzt im Ruhestand, was auch die Länge der E-Mail erklärte. Kein arbeitender Mensch hätte sich die Zeit genommen, soviel Unnützes zu schreiben!

Der eigentliche Grund des Schreibens war, dass Herrn Maier eine E-Mail erreicht hatte, welche ihn beunruhigte und hinter der er eine Gefahr zu erkennen glaubte. Diese angebliche E-Mail hatte er als Anhang beigefügt und bat um eine Beurteilung.

Peter verdrehte genervt die Augen und wollte schon auf das kleine Symbol der Heftklammer klicken, als ihm die Dienstanweisung wieder einfiel. Also jagte er die E-Mail samt Anhang erst durch den Virenscanner und als dieser grünes Licht gab, öffnete er sie erneut.

»Was zum Teufel ...«, sagte er laut, wohl wissend, dass er allein war. Auf seinem Bildschirm war ein mehrere Seiten langes Muster aus immer den gleichen Sätzen erschienen, die erst auf den zweiten Blick einen Sinn ergaben.

Glück muss man strafen, Familie muss man strafen,
Kinder muss man strafen, Glück muss man strafen,
Familie muss man strafen, Kinder muss man strafen,
Glück muss man strafen, Familie muss man strafen,
Kinder muss man strafen, Glück muss man strafen,
Familie muss man strafen, Kinder muss man strafen,
Glück muss man strafen, Familie muss man strafen,
Kinder muss man strafen, Glück muss man strafen,
Familie muss man strafen, Kinder muss man strafen ...

Sein erster Reflex war, die Sache als Spinnerei abzutun, doch dann sah er sich die E-Mail genauer an und wurde stutzig. Abgesehen von dem ziemlich unglaubwürdigen Namen des Absenders, der da *Benjamin Blume* lautete, fiel ihm vor allem das Datumsformat ins Auge. Das letzte Mal, als er dieses amerikanische Format gesehen hatte, starb ein Junge durch seine Kugeln. Und auch wenn dies vielleicht nichts zu sagen hatte, schrillte eine Alarmglocke in ihm auf.

Peter hatte schon zu schreiben begonnen, als ihm einfiel, dass dieser Herr Maier eine Telefonnummer in seiner E-Mail hinterlassen hatte. Also löschte er die angefangene Antwortmail und griff zum Telefonhörer. Nur zwei Freizeichen später meldete sich eine ziemlich alt klingende Männerstimme, der man anhörte, dass sie in ihrem Leben viel dienstlich telefoniert hatte: »Maier, Hugo Maier am Apparat.«

»Hallo, Herr Maier, hier ist die Polizeihauptwache Nürnberg, sie sprechen mit Hauptkommissar Peter Groß.« Man konnte fast spüren, wie am anderen Ende der Leitung nachgedacht wurde: »Oh! Guten Tag, Herr Hauptkommissar!«, grüßte Herr Maier ohne den schüchternen Unterton, den normale Bürger oft hatten, wenn sie von der Polizei angerufen wurden.

Peter räusperte sich: »Ich habe gerade Ihre E-Mail erhalten und hätte noch ein paar Fragen dazu.«

»Soll ich zu Ihnen in die Wache kommen?«, lautete die ungewöhnliche, fast schon hoffnungsvolle Antwort. »Nein ist nicht nötig!«, enttäuschte ihn Peter. »Ich wollte eigentlich nur wissen, wann Sie diese E-Mail erhalten haben und ob Sie wissen, von wem sie sein könnte?«

Nachdem in den ersten Worten noch deutlich die Enttäuschung darüber, seine alte Wirkungsstätte nicht besuchen zu dürfen, mitgeschwungen hatte, wurde Herr Maier schnell wieder sachlich: »Die E-Mail kann eigentlich nur heute Nacht gekommen sein, da ich gestern Abend noch im Internet gewesen bin. So genau kann ich das aber nicht sagen, da irgendetwas mit der Datumsanzeige nicht stimmt.«

»Habe ich gesehen!«, warf Peter ein, ließ Maier aber weitersprechen.

»Der Absender sagt mir leider auch nichts. Ich kenne weder einen Benjamin noch einen Herrn Blume!«

»Das dachte ich mir!«, sagte Peter lauter, als er wollte. »Bekommen Sie denn öfters solche E-Mails?«

»Nein, nein«, antwortete Maier, in einer Art, die typisch für alte Menschen war. »Ich bekomme zwar viel Werbung und komische Angebote, aber meine Tochter sagt, das wäre normal. So etwas, wie diese E-Mail, habe ich noch nie bekommen.« Entschuldigend fügte er hinzu: »Sie müssen wissen, mein Schwiegersohn hat mir das Internet eingerichtet, ich kenne mich da noch nicht so gut aus.«

»Aber die Weiterleitung zu uns haben Sie prima hinbekommen!«, lobte Peter den alten Mann.

»Ach, so schwer, wie die anderen Heimbewohner sagen, ist das auch alles gar nicht. Man muss sich nur ein wenig damit befassen.«

»Da haben Sie Recht!«, bestätigte ihn Peter, dem der Alte immer sympathischer wurde, auch wenn er ihn langsam verabschieden musste: »Gut, dann bedanke ich mich bei Ihnen. Wir werden uns die Sache auf jeden Fall genauer ansehen. Kann ich Sie denn wieder anrufen, wenn noch weitere Fragen auftauchen?«

»Aber natürlich!«, kam es erfreut aus der Leitung. Dann verabschiedeten sich beide und Peter wählte gleich die nächste Nummer, diesmal jedoch eine interne.

»Huber«, meldete sich eine furchtbar gelangweilte Stimme, als Peter schon fast wieder auflegen wollte. »Groß«, antwortete Peter ebenso knapp und fragte dann: »Ist Henrik nicht da?«

»Nein, der ist krank!« Henriks Kollege kommunizierte offensichtlich lieber mit Computern als mit Menschen.

Peter stockte. Damit, dass Henrik nicht da sein könnte, hatte er nicht gerechnet, aber es half wohl nichts, er musste mit Huber vorliebnehmen und fragte daher: »Haben Sie einen Augenblick Zeit?«

»Nicht wirklich. Worum geht es?« Hubers Stimmlage hatte von gelangweilt zu *Nerv mich nicht* gewechselt, doch Peter ließ sich nicht irritieren: »Ich habe heute eine E-Mail bekommen, von der ich wissen will, wo sie herkommt und wer sie geschrieben hat. Kann ich diese an Sie weiterleiten?«

»Wenn sie auf Viren geprüft ist!« Und sofort kam der Nachsatz »Das wird aber eine Weile dauern!«.

Langsam fing Henriks Kollege an, ihm auf die Nerven zu gehen. Doch er wusste, dass eine Unhöflichkeit sein Anliegen nur noch weiter verzögern würde, daher versuchte er freundlich zu bleiben: »Virengeprüft ist sie! Es wäre schön, wenn Sie wenigstens schon einmal einen kurzen Blick darauf werfen könnten, bevor Sie sie genauer untersuchen.«

»Also gut …«, lautete die jetzt wieder gelangweilt klingende Antwort, »… ich melde mich, wenn ich etwas weiß.«

Peter presste noch ein »Danke!« heraus, legte dann auf und leitete die E-Mail an das Postfach der Abteilung für Computer- und Internetkriminalität weiter.

– 14 –

Der Donnerstagmorgen begann mit Bauchkrämpfen und *ER* wusste auch, warum. Bis jetzt war alles nur Theorie, doch sein Dämon wollte mehr! Immer öfter zogen die alten Bilder in seinem Kopf vorbei und wurden dabei immer schmerzhafter. Dies war seine Höhle, sein Reich, seit er alt genug gewesen war, um wegzulaufen. Niemand kannte sie, denn niemand, außer ihm selbst, hatte je den Zugang entdeckt. Alles war so, wie er es vor zwölf Jahren verlassen hatte, als er loszog, um die Seelen anderer Jungs zu retten. Um ihnen den Zwang zu ersparen, so zu werden wie ihre Väter und nicht zuletzt, um der geheuchelten Liebe ihrer Mütter zu entgehen.

Er hätte sofort gespürt, wenn diesen Platz jemand entweiht hätte, aber die Kräfte, welche hier herrschten, hatten alles beschützt. Die alte Blechkiste hatte die Zeit in ihrem lehmigen Versteck ebenso überdauert wie Karlas ausgeschlagene Zähne, die in einem Säckchen von der Decke hingen und anderen Dämonen als Warnung dienen sollten.

Nur den Symbolen an der Wand sah man an, dass der zweite Beweis seiner Macht schon lange zurücklag. Das Blut hatte schon fast seine Farbe verloren, und nur wer wusste, dass es da war, sah es auch. Vielleicht war es an der Zeit, es zu erneuern, kam ihm in den Sinn. Aber sicher nicht mit dem wertvollen Lebensquell des Jungen, protestierte eine andere Stimme in ihm. Niemals durfte das Blut eines Jungen mit dem eines Mädchens vermischt werden! Diese Katja käme da schon eher infrage, aber so etwas konnte man nicht planen, so etwas passierte einfach.

In den letzten Tagen hatte er sich beherrscht und die Voraussetzung für die Bestrafung geschaffen, doch er wusste, dass er sich nicht alleine auf seine Technik verlassen konnte! Handys, Facebook und seine Kameras erzählten ihm viel, aber nicht alles! Es war an der Zeit, hinauszugehen und die Dinge einzuleiten, die diesem Mike Köstner seine Heucheleien vor Augen führen würden. Dinge, die ihm zeigen würden, wie abgrundtief der eigene Egoismus in ihm verwurzelt war und wie banal dabei das Wort Liebe wurde.

Da es gerade einmal 7 Uhr morgens war, konnte er gefahrlos hinausgehen. Der schmale Bach war nur einen Steinwurf weit entfernt, aber vom See aus ziemlich gut einsehbar. Er kramte die kleine Waschtasche aus seinem Rucksack, zog sich das fleckige T-Shirt über den Kopf und schob den Ast, der den Eingang verschloss, beiseite. Die Morgensonne traf seine Augen wie Nadelstiche, aber er ignorierte dies und blickte in den Himmel. Wieder war keine Wolke zu sehen und er war sich sicher, hier noch nie eine derart lange Hitzewelle erlebt zu haben. Doch auch das würde sich ändern! Alle Wetterdienste hatten Unwetter vorausgesagt, und das, was dann folgen sollte, würde den Menschen wieder Demut beibringen ... genau wie seine Taten.

Das kalte Wasser des Baches verschlimmerte seine Magenkrämpfe, was für ihn aber völlig normal war. Sein Vater hatte das kalte Wasser missbraucht, um, wie er sagte, einen harten Nordmann aus ihm zu machen und er hatte dabei nichts ausgelassen. Selbst im tiefsten Winter wurde ein Loch in den gefrorenen See geschnitten, und ob sie wollten oder nicht, sie mussten hinein. Einmal hatte er dabei sogar das Bewusstsein verloren und sein Bruder musste ihn herausziehen. Niemand hatte daraufhin verstanden, warum er seinem Bruder zum Dank dafür auf die Nase schlug ... Dabei hatte er sich in dem Zustand des Ertrinkens sehr wohl gefühlt und wäre den Weg gerne bis zum Ende gegangen.

Die Reinigung seines Körpers dauerte länger als geplant. Der fünf Tage alte Bart war zu lang und verstopfte immer wieder die Klingen seines Rasierers. Das Resultat war ein völlig zerschnittenes Kinn und stark gereizte Wangen, was aber egal war, denn er würde sein Gesicht sowieso verstecken müssen. Seine Tarnung musste perfekt sein, sonst würde Köstner die Ähnlichkeit sofort erkennen.

Zurück in der Höhle wollte er gerade die aufwändig verzierte Holzschachtel aus dem kleinen Alukoffer holen, als ihn sein Magen in die Knie zwang. Sein Dämon schrie nach Befriedigung und er zeigte dies mit einem Schwall Blut, vermischt mit dem noch unverdauten Knäckebrot des Frühstücks.

Nachdem er sich übergeben hatte, ging es ihm wieder besser und er konnte sich auf seine Aufgabe konzentrieren. Demütig, und als wäre sie sehr zerbrechlich, nahm er die Holzschachtel heraus und hielt sie einige Minuten einfach nur in seinen Händen. Dann atmete er tief durch und öffnete sie.

Jetzt zeigte sich der Wert einer guten Präparationsarbeit! Die beiden Haarteile lagen vor ihm, als hätte er sie gerade erst abgezogen. Jeder andere hätte sich vermutlich aufgrund des süßlichen Geruches übergeben, aber seine Schleimhäute waren durch den ständigen Gebrauch von Chemikalien und dem heißen Kaffee nicht mehr in der Lage, so etwas wahrzunehmen. Ihm blieb nur das Gefühl, welches das Haar unschuldiger Kinder auf seiner Haut hinterließ. Ehrfürchtig nahm er das erste Haarteil heraus, und schon bei der ersten Berührung waren sämtliche Bilder wieder präsent. Der kleine Paul war der Erste, den er von den Lasten und Lügen seines Lebens befreit hatte – und auch wenn er hinterher mit seiner schlechten Arbeit beim Abziehen des Haarschopfes gehadert hatte, wusste er, dass es richtig war. Schließlich war es sein erstes Mal, und so, wie Paul vor Genuss geschrien hatte, war es auf jeden Fall eine gute Tat gewesen.

Einen Moment lang kam ihm in den Sinn, sich Pauls Film anzusehen, aber das hätte zu viel Zeit gekostet und er begnügte sich damit, die feinen blonden Haare auf seiner Gesichtshaut zu genießen. Dann streifte er sich den Skalp wie eine Perücke über seinen kleinen Kopf und murmelte die Beschwörungsformel: »In deinem Namen werde ich strafen, in deinem Namen werde ich befreien.« Unendliche Kraft strömte von Toms Haaren, in jede Zelle seines Körpers und seiner Seele. Nichts war je umsonst gewesen!

Für das zweite Haarteil, das einmal zu Ingo gehört hatte, benötigte er mehr Zeit. Lange hatte er daran gearbeitet, die dunkelblonden, drahtigen Haare der Form seines Gesichtes anzupassen und so einen falschen Bart daraus zu machen. Nun war nur noch etwas Gebisshaftcreme nötig und seine Verwandlung war abgeschlossen. Er hasste Spiegel, doch der Anblick bestätigte ihm, dass sich die Arbeit gelohnt hatte. Paul und Ingo waren bereit, weitere Jungs von ihrem Martyrium zu befreien.

– 15 –

Felix hatte den alten Mann und dessen Warnung vor dem Wald zwar nicht vergessen, aber es war ja nicht wirklich weit bis zu dem kleinen Bach und außerdem konnte er über den Zufahrtsweg dorthin laufen. Wie immer lag er bereits um 7 Uhr hellwach in seinem Bett, und bis die anderen aufstanden, würde es noch mindestens eineinhalb Stunden dauern. Da die Wetterlage nicht mehr ganz so stabil war, gingen auch die Nachttemperaturen etwas zurück, sodass Felix froh über die dünne Jacke, die er übergezogen hatte, war. Seine Eltern wussten, dass er schon vor dem Frühstück ein wenig herumstromerte und er es liebte, um diese Zeit draußen zu sein. Es war, als würde auch die Natur langsam erwachen, und alles schien irgendwie friedlicher zu sein.

Felix benutzte die Terrassentür, da er diese auch wieder aufbekommen würde, wenn er früher zurückkommen sollte. Die feuchte, kühle Morgenluft verjagte den letzten Schlaf und zauberte geisterhafte Erscheinungen in die Luft, welche als Nebelschwaden über die nahe Wiese zogen. Morgens hatte er nie Angst, nur die Nacht verbreitete ihren Schrecken.

Heute wusste er genau, wo er hinwollte. Er umrundete das Haus und folgte dem Schotterweg, quer durch die große Wiese. Eine kleine Feldmaus, die das Maul voller kleiner Stängel hatte, sah ihn ängstlich aus ihren winzigen Knopfaugen an und verschwand dann in einer ihrer Höhlen. Wie von Geisterhand bogen sich immer wieder einzelne Halme in der Wiese und federten dann wieder zurück. Felix wollte gar nicht so genau wissen, was dort drin alles lebte, aber solange kein Elch vor ihm stand, war alles in Ordnung.

Ohne jeden Übergang endete die freie Fläche und der dunkle Wald begann. Außer mit dem Auto war er noch nie hier gewesen, aber er wusste, dass es bis zu dem kleinen Bach nicht weit sein konnte. Aufgrund der Dunkelheit, die hier immer noch herrschte, sah sich Felix nach einem Stock um, der lang und schwer genug war, um als Waffe zu dienen.

Nach ungefähr zwanzig Metern machte der Weg eine kleine Biegung, und genau hier musste es sein. Tatsächlich drang bald leises Plätschern aus den dicht stehenden Bäumen und lockte ihn damit in den Wald hinein. Wie ein Streifen aus glasklarem Eis durchzog das Wasser den Waldboden, fiel über kleine Stufen und floss dann weiter in Richtung See. Felix war begeistert! Er kramte sein letztes Geburtstagsgeschenk, eine echte Digitalkamera, aus dem kleinen Rucksack und begann damit, jede der faszinierend schönen Stellen zu fotografieren. Nachdem er den unteren Bereich eines kleinen Wasserfalles abgelichtet hatte, stieg er über einige ausgewaschene Wurzeln ein Stück höher. Kurz bevor das Wasser über die Felskante floss, musste es durch ein kleines Becken, doch irgendetwas stimmte hier nicht. Seifiger Schaum hatte sich an den Rändern abgesetzt und das ankommende Wasser trug noch mehr davon mit sich. Da man von ihrer Hütte aus den gesamten Berghang sehen konnte, wusste er, dass es dort oben nichts außer Wald gab. Daher fragte sich Felix, wo dieser Schaum wohl herkam. Vorsichtig tauchte er zwei Finger in die Brühe und verrieb das Zeug dazwischen. Es fühlte sich seifig an, und als er daran roch, erinnerte es ihn an den Rasierschaum seines Vaters. Nach einem Blick auf seine Armbanduhr beschloss er, der Sache ein wenig auf den Grund zu gehen und folgte dem Bach weiter den Hügel hinauf.

Dichter Bewuchs machte es ihm immer schwerer, doch dank seiner Kunststoffsandalen war es kein Problem, zwischendurch auch ein paar Meter durch das Wasser zu waten, um die schwierigen Stellen zu überbrücken. Auch die dabei entstehende Abkühlung tat, trotz der hier immer noch kühlen Morgenluft, gut. Immer steiler führte ihn der Bach hinauf, bis er schließlich eine kleine Lichtung erreichte, wo er bei einer kurzen Rast den Blick über das Tal genoss. Auch der Ort mit seinem kleinen Hafen war gut zu sehen und Felix glaubte sogar erkennen zu können, wie einer der Angler dort einen Fisch an Land zog.

Es war spät geworden, und da ihm nun schon länger kein Schaum mehr entgegengekommen war, beschloss er umzudrehen.

Oberhalb der Lichtung brach ein Ast und Felix fuhr herum, konnte aber bis hinauf zu der Felskante, die sich ein Stück höher quer über den Hang zog, nichts erkennen. Er stand auf, um besser sehen zu können, und im selben Moment rollten kleine Steinchen über die Kante und verschwanden in dem darunter wuchernden Dickicht. Felix wechselte die Position, konnte aber immer noch nichts erkennen. Hoffentlich kein Elch, dachte er, und ahnte nicht, dass ihn nur zehn Meter von einer viel schlimmeren Gefahr trennten. Noch einmal knackte ein Ast, dann raschelten Blätter und Stille kehrte ein. Unheimlich Stille, wie er sich einbildete. War der Wald vorher nicht viel lebendiger gewesen? Hatten nicht Insekten gezirpt und Vögel ihr Morgenlied gezwitschert? Felix wurde erst mulmig und dann unheimlich. Jetzt fiel ihm auch ein, dass keiner zu Hause wusste, wo er war und wenn ihm etwas passieren sollte, würde es ewig dauern, bis man ihn hier oben finden würde ... wenn man ihn überhaupt finden würde.

Er drehte sich um, und hätte er sich nicht die Hand des Alten auf seinen Mund gedrückt, er hätte geschrien. Einen halben Meter hinter ihm stand wieder der alte Mann vom See und deutete ihm leise zu sein. Felix nickte, worauf die Hand seinen Mund wieder freigab. Das Herz schlug ihm bis in den Kopf und Panik stieg in ihm hoch. Einzig beruhigend war, dass der Alte inzwischen einen großen Schritt zurückgetreten war, dann den Finger vor den Mund hielt und anschließend nach oben deutete. Felix wusste zwar wieder nicht genau, was ihm der Alte sagen wollte, nickte aber zustimmend.

Der Alte lächelte und machte eine Geste, die Felix als großes Gesicht oder eine große Nase deutete, dann endlich fiel der Groschen. *Meint er etwa, dass dort oben ein Elch ist?* Felix tat so, als würde er auf vier Beinen laufen, was der Alte mit einem heftigen Kopfnicken quittierte. Dann drehte er sich um und ging auf einen schmalen Pfad zu, den man nur erkannte, wenn man wusste, dass es ihn gab. Kurz vor den ersten Büschen blieb er stehen und winkte Felix zu sich. Dieser warf noch einen letzten Blick nach oben und folgte ihm anschließend in den Wald hinein. Die Ansage seines Vaters, mit niemandem mitgehen zu dürfen, galt bestimmt nur für die Stadt und nicht für diese Wildnis!

Der Alte bewegte sich hier wie selbstverständlich und Felix hatte Mühe ihm hinterherzukommen. Immer wieder kreuzten sie den Bach, was Felix etwas beruhigte, da er bereits nach der zweiten Wendung die Orientierung verloren hätte. Schon nach fünfzehn Minuten endete der Wald so unvermittelt, dass sich Felix die Hand vor seine Augen halten musste, um nicht von der noch immer tief stehenden Sonne geblendet zu werden. Der Pfad endete fast genau hinter dem Ferienhaus und nur wenige Meter vor ihm war die Glaswand, hinter der seine Schwester gerade im Pool badete. Der Alte klopfte ihm kurz auf die Schulter, drehte sich um und verschwand wieder im Wald.

»Felix? ... Felix, Frühstück!«, hörte er seinen Vater rufen.

Kurz darauf saßen alle zusammen am Tisch und Felix erzählte von seinem morgendlichen Abenteuer. Mike war natürlich absolut nicht begeistert, und wären sie in Nürnberg gewesen, es hätte richtig Ärger gegeben. Da er aber die Urlaubsstimmung nicht verderben wollte, beließ er es bei der Ansage, dass Felix sich morgens nur noch im Umkreis des Hauses aufhalten durfte und ihn sofort holen musste, wenn dieser alte Mann noch einmal auftauchen sollte. Dieser hatte zwar Felix heute geholfen, doch Mike wusste aus seiner Erfahrung, dass es oft so anfing und dann übel für die Kinder enden konnte.

Nachdem dies geklärt war, fragte Katja: »Was machen wir denn heute?«, und noch bevor jemand etwas sagen konnte, lautete Mikes Antwort: »Nicht Autofahren!«

Petra sah ihn verwundert an, wodurch er sich genötigt fühlte, sich zu erklären: »Für euch mag es ja ganz entspannend sein, kreuz, und quer durch dieses Land zu fahren, aber gefühlt habe ich die letzten zwei Tage nur im Auto gesessen ...« Dann fügte er noch hinzu: »... und bin hunderte Kilometer durch Einkaufspassagen gelaufen.« Alle lachten und die beiden Frauen der Familie konnten sich den unschuldigen Blick zu den an der Wand aufgereihten Einkaufstüten nicht verkneifen.

Dann schlug Mike vor: »Wie wäre es mit ein bisschen Baden, ein bisschen Essen und einfach mal nichts tun?«

»Nichts dagegen«, stimmte Petra zu.

»Kann ich dann etwas mit Sjören machen?«, fragte Katja und erntete ein Nicken, begleitet von einem unterdrückten Schmunzeln ihrer Eltern.

Nach dem ausgedehnten Frühstück ging Katja über die Wiese, bis sie knapp vor dem Waldrand endlich ein wenn auch schwaches Handynetz gefunden hatte. Zu ihrer Überraschung hob Sjören fast sofort ab und teilte ihr mit, dass einige Lehrer krank geworden sind, weshalb er schon frei hatte und in einer halben Stunde da sein könnte.

Als das Mofa vor dem Haus hielt, war der Rest der Familie gerade dabei hinunter zum See zu gehen. Katja versprach bis zum Abendessen wieder da zu sein, dann setzte sie sich hinter Sjören und sie fuhren los. Die Art, wie seine Tochter ihre Arme um den Jungen geschlungen hatte, versetzte Mike einen Stich, aber er wusste, dass er sich daran gewöhnen musste.

Kurz nach der ersten Kurve im Wald blieb Sjören stehen und stellte den Motor ab. »Was ist?«, fragte Katja, als sie ihren Helm abgenommen hatte. Sjören tat es ihr gleich, wirkte aber ziemlich nervös: »Fahren wir wieder zu der Strandbar ...«, Katja wollte schon zustimmen, als er weiterredete, »oder wollen wir zu einem kleinen versteckten Strand, den ich vor Kurzem entdeckt habe?«

Katja musste nicht lange überlegen. Erstens wäre sie gerne einmal mit Sjören etwas alleine gewesen und zweitens hatte sie keine Lust, wieder dieser Hanna über den Weg zu laufen. Mit jedem anderen Jungen hätte sie es sich zweimal überlegt, zu einem abgelegenen Ort zu fahren, aber auch sie wollte Sjören etwas näherkommen. Außerdem hatte sie in der letzten Zeit lernen müssen, wie man Grenzen setzt, auch wenn sie es sich nicht vorstellen konnte, dass das bei ihm nötig war. Grinsend sah sie ihn an und sagte: »Na dann los, auf zu deinem Strand.«

Der Versuch, sich die Freude über diese Entscheidung nicht anmerken zu lassen, missglückte ihm völlig. Darum zog er sich schnell den Helm über den Kopf und startete den Motor.

Keiner von beiden ahnte, dass das Motorengeräusch nicht nur Tiere aufgeschreckt hatte. Und die kurze Pause verhalf *IHM* zu einer Information, die er trotz seiner Technik nie bekommen hätte. Gerade als er im Begriff war, das alte Fahrrad aus einer mit Zweigen abgedeckten Mulde abseits der Straße zu holen, hörte er das Mofa zum zweiten Mal näher kommen. Er hatte nur wenige Sekunden, aber diese reichten, um sich hinter einen Busch zu ducken und die beiden passieren zu lassen. Doch genau, als sie sich auf seiner Höhe befanden, hielt der Junge seltsamerweise an und es war für ihn ein Leichtes, das Gespräch zu belauschen. Jetzt brauchte er ihnen nicht mehr direkt zu folgen. Es gab nur eine Bucht, die dieser Sjören meinen konnte und die kannte jeder, der hier aufgewachsen war. Er dankte seinem Dämon, wartete, bis die beiden weg waren, und fuhr dann gemütlich mit seinem Fahrrad zu dem Ort, an dem das Spiel beginnen würde.

Anders als auf der Seeseite, wo ihr Ferienhaus stand, war das Ufer hier steiler und an vielen Stellen so felsig, dass man nicht bis an das Wasser herankam. Als Sjören plötzlich von der Uferstraße abbog, dachte Katja zuerst, er hätte die Kontrolle verloren und sie würden abstürzen. Der schmale Pfad war von der Straße aus kaum zu erkennen und für das Mofa schon sehr grenzwertig. Aber irgendwie schafften sie es ohne Schrammen an den dicht stehenden Dornenbüschen und herumliegenden Felsbrocken vorbei bis fast direkt an den See. Als eine hohe Steinstufe die Weiterfahrt verhinderte, stiegen sie ab und kletterten die letzten Meter bis zum Ufer hinunter.

»Da entlang!«, sagte Sjören, noch bevor Katja sich über den wenig attraktiven Ort wundern konnte. Er deutete nach rechts und ging auch schon voran. Nach höchstens fünfzig Metern ragte eine mächtige Felskante bis ins Wasser hinein und Katja fragte sich erneut, was denn hier so toll sein sollte.

»Du musst deine Schuhe ausziehen!«, holte Sjören sie aus ihren Gedanken und sie fragte irritiert: »Was muss ich?«

»Du musst deine Schuhe ausziehen!«, wiederholter er und schnürte bereits seine eigenen Turnschuhe auf. Dann zeigte er auf die Felskante und sagte: »Wir müssen da herum, aber keine Sorge, das Wasser ist nicht tief.« Dann wartete er nicht länger und ging voran.

»Wow!«, mehr brachte Katja nicht heraus. Tatsächlich war ihr das Wasser nur bis knapp über die Knöchel gegangen, aber der Lohn für die nassen Füße war gigantisch.

Vor ihr lag eine Bucht, wie man sie für Reiseführer fotografierte. Eingerahmt von fast glatten, zehn Meter hohen Felswänden lag ein unberührter Sandstrand.

Fast genau in der Mitte der U-förmigen Bucht hatten es drei kleine Bäume geschafft, sich anzusiedeln, was den Eindruck einer Oase vermittelte. Da der Blick nach links von der Felswand versperrt war, konnte man das schmale Ende des Sees, und damit auch Tonstad, nicht sehen. Nach rechts dagegen lag der See in seiner ganzen Länge vor ihnen und man hatte das Gefühl, allein auf der Welt zu sein.

»Das ist phantastisch!«, zeigte sich Katja begeistert, wobei Sjören sie lächelnd beobachtete. »Und hier kommt sonst keiner her?«, fragte sie ungläubig.

»Kaum. Und zu dieser Zeit überhaupt nicht«, erklärte Sören.

»Aber warum nicht?«, hakte Katja verwundert nach.

»Die Fischer fahren weiter bis an das andere Ende des Sees, weil es nur dort erlaubt ist, mit Netzen zu fangen, und für die Leihboote der Touristen ist es zu weit. Lass uns da rübergehen«, schlug Sjören vor und zeigte auf den Schatten der drei Bäume. Inzwischen war es 12 Uhr geworden und die Sonne entfaltete ihre ganze Kraft. Während Sjören seinen Rucksack vom Rücken nahm und das Strandtuch herauskramte, zog Katja ihre Klamotten aus und war froh den Bikini schon darunter zu haben. Denn eine Möglichkeit zum Umziehen gab es hier nicht. Dann rief sie: »Komm ins Wasser!«, und rannte auch schon los.

Sjören brauchte noch etwas, aber kurz darauf schwammen die beiden um die Wette und genossen die herrliche Erfrischung. Nachdem sie die hundert Meter hinaus und wieder zurück geschwommen waren, legten sie sich schwer atmend in das flache Wasser und blickten hinaus auf den See.

»Bleiben wir in Kontakt, wenn du wieder in Deutschland bist?« Die Frage kam völlig unvermittelt und versetzte Katja einen Stich. Dann sah sie Sjören von der Seite an und schaffte es nicht, die Träne zurückzuhalten. Er löste den Blick vom See und sah ihr in die Augen: »Tut mir leid, ich wollte dich nicht daran erinnern!« Seine Hand legte sich vorsichtig über ihre, und Katja genoss diese erste bewusste Berührung. Von den Jungs zu Hause war sie es gewöhnt, dass diese alles, und das möglichst schnell, wollten. Umso angenehmer war es mit Sjören, der sie während all der Tage nie zu etwas gedrängt hatte. »Ist nicht schlimm«, flüsterte sie, »ich möchte nur noch nicht darüber nachdenken.« Er deutete ein Nicken an und blickte wieder nach vorne. Katja beugte sich zu ihm rüber und gab ihm einen Kuss auf die Wange. Doch er kam nicht mehr dazu, sich darüber zu freuen, denn Katja hatte sich eine vorbeischwimmende Alge geschnappt und ihm diese an den Rücken geklatscht.

»Hey!«, protestierte er, worauf das nächste schleimige Gewächs auf seinem Kopf landete. Er revanchierte sich mit einer satten Packung auf Katjas Bauch und kurz darauf jagten sie sich gegenseitig über den Strand.

Katja gab als Erste auf und stellte fest: »Ich habe riesigen Durst!«

»Oben im Rucksack habe ich eine kalte Cola.«

»Oh ja!«, stieß Katja aus und kurz darauf saßen sie unter der Baumgruppe und genossen das immer noch eiskalte Getränk. »Und jetzt?«, fragte Sjören, nachdem ihr Durst gestillt war.

»Lass uns eine kleine Pause machen, bevor ich dir eine Gesichtsmaske aus Algen auflege«, schlug Katja frech grinsend vor und legte sich auf den Rücken.

»Los, zeigt mir etwas Brauchbares«, sagte *ER* zu sich selbst und brachte seinen Apparat in Stellung. Es war heiß hier oben auf den Felsen, aber das störte ihn nicht. Genüsslich erschlug er ein Insekt nach dem anderen, und wartete beharrlich auf seine Gelegenheit.

Katja und Sjören lagen eine Weile schweigend nebeneinander und schauten durch das Blätterdach hinauf zum Himmel. Diesmal war es Katja, die ihre Hand in seine legte und selbst diese einfache Berührung genoss. Ein warmes Kribbeln durchzog ihren Körper, ein Gefühl, das sie so nicht kannte. Auch wenn sie schon mit zwei Jungs zusammen gewesen war, dieses Gefühl hatte sie nicht einmal beim Küssen verspürt und zu mehr war es, vielleicht genau deswegen, auch nie gekommen.

Fünf Minuten hielt sie der Unruhe, die sich in ihr breitgemacht hatte, stand. Doch als sie auch bei ihm spürte, dass er sich nur noch beherrschte, rutschte sie ein Stück näher und legte ihren Kopf auf seine Schulter. Nach einer Sekunde der Unsicherheit legte er den Arm um sie und zog sie noch ein wenig an sich heran. Schließlich hielt es Katja nicht mehr aus, wendete den Kopf und sie ließen den ersten Kuss einfach passieren.

Nachdem sie sich wieder etwas voneinander gelöst hatten, strich Katja ihm eine Haarsträhne aus dem Gesicht und sie blickten sich lange in die Augen. Er kam ihr zuvor und flüsterte: »Ich liebe dich.« Sie schenkte ihm ein warmes Lächeln und einen sehr intensiven und langen Kuss.

Das leise Klicken des Apparates über ihnen drang nicht bis zu ihnen herunter.

Katjas Knie berührte ihn leicht an seiner empfindlichsten Stelle und sie spürte seine Erregung. Doch es jetzt und hier zu tun, wäre zu früh! Er sah es, zu ihrer Erleichterung, genauso und sagte: »Ich brauche eine Abkühlung!« Ein Grinsen zog sich über ihr Gesicht und sie konnte sich das »Ich weiß!« nicht verkneifen. Nachdem sie sich von ihm heruntergerollt hatte, sprang er auf und rannte direkt ins tiefe Wasser. Katja folgte ihm etwas langsamer und mit immer noch sehr weichen Knien.

Dieses Mal schwammen sie die Bucht einmal der Breite nach ab, doch auch das frische Wasser konnte sie nicht wirklich abkühlen. Bis zum nächsten Kuss dauerte es nur so lange, bis sie wieder festen Grund unter den Füßen hatten, denn beide sehnten sich nach mehr.

Wieder im flachen Wasser liegend, setzte sich Katja auf Sjörens Bauch und genoss es von ihm gestreichelt zu werden. Dann gingen sie hinauf zu den Badetüchern und machten dort weiter, wo sie vor dem Baden aufgehört hatten, doch dieses Mal erforschten auch ihre Hände den Körper des anderen. All die Unsicherheit und die Scham, welche Katja bei ihren früheren Freunden empfunden hatte, gab es mit Sjören nicht. Sie hatte einfach das Gefühl, dass es stimmte und genauso sein musste, und sie wusste, dass es bald zum ersten Mal passieren würde.

Sjören küsste ihren Mund, ihren Hals und tastete sich vorsichtig bis zum Ansatz ihrer Brust hinunter, als ein lauter Pfiff und anschließendes Gelächter ihrer Intimität ein jähes Ende machten. Sie waren so mit sich beschäftigt gewesen, dass sie gar nicht mitbekommen hatten, wie es vier Jungs tatsächlich mit einem Tretboot geschafft hatten, bis hierher zu fahren.

»Solche Deppen!«, schimpfte Katja, die sich ertappt und enttäuscht fühlte. Sjören stimmte ihr zu, und da die vier keinerlei Anstalten machten, weiterzufahren, und stattdessen in den See sprangen, beschlossen sie zu gehen.

Auch *ER* war enttäuscht und hatte alle Mühe seine Wut unter Kontrolle zu halten. Einer der Jungs hatte zu ihm heraufgeblickt und ihm damit keine andere Wahl gelassen, als sich von dem Felsvorsprung wegzurollen. Am liebsten hätte er einen Steinbrocken hinuntergeschleudert, doch seine schmerzenden Hoden, die fest im Griff seiner Hand waren, verhinderten, dass er etwas Unbedachtes tat. Im Grunde war sein Ausflug schon jetzt ein Erfolg, aber richtiger Sex zwischen den beiden hätte es perfekt gemacht. Als er sich wieder unter Kontrolle hatte, schob er sich vorsichtig vom Abhang weg, stieg auf sein Fahrrad und fuhr in Richtung Tonstad davon.

Auch Katja und Sjören packten ihre Sachen und gingen zurück zu Sjörens Mofa. »Was machen wir denn jetzt?«, fragte Sjören und sah auf seine Armbanduhr.

»Wie spät ist es denn?«, erkundigte sich Katja. »Erst 15 Uhr!« Dann ging sein Blick zum Himmel. »Und ich glaube, die Jungs haben uns sogar einen Gefallen getan!« Katja folgte seinem Blick und wusste, was er meinte. Über dem Berg, von der Bucht aus nicht zu sehen, hatten sich stockdunkle Gewitterwolken zusammengezogen und diese schoben sich langsam vor die Sonne. »Na, das wird ja eine lustige Heimfahrt für die Typen. Aber sie haben es verdient!«, stellte sie mit Genugtuung in der Stimme fest.

»Was hältst du davon, wenn wir zu mir fahren?«, schlug Sjören vor.

»Ist das deinen Eltern recht?«, fragte Katja sofort.

»Aber klar, ich habe schon so viel von dir erzählt, dass sie dich sowieso kennen lernen möchten. Außerdem ist nur meine Mutter zu Hause, mein Vater ist heute lange unterwegs.«

»Hast du eigentlich Geschwister?« Katja stellte gerade fest, dass sie im Grund nichts über Sjörens sonstiges Leben wusste.

»Nein, ich bin Einzelkind.« Dann hob er den Finger: »Aber kein verwöhntes.« Beide lachten und nachdem Katja seinem Vorschlag zugestimmt hatte, schoben sie das Mofa bis hinauf zur Straße und fuhren zu ihm nach Hause.

Sjören wohnte mit seinen Eltern am Ortsrand, in einem einfachen, aber gemütlichen Holzhaus mit einem großen Garten, der direkt in ein angrenzendes Feld überging. Als die beiden ankamen, dauerte es keine zehn Sekunden, bis eine Frau mittleren Alters um die Hausecke gelaufen kam und schon von Weitem winkte.

»Das ist meine Mutter!«, stellte Sjören mit leicht genervtem Unterton fest. Doch die Erklärung war eigentlich überflüssig, da er ihr wie aus dem Gesicht geschnitten war.

»Herzlich willkommen! Du musst Katja sein, mein Sohn hat schon viel von dir erzählt«, wurde Katja in gebrochenem Deutsch, dafür aber mit überschwänglichem Händeschütteln begrüßt. Und hätte Sjören ihr nicht etwas auf Finnisch zugeraunt, Katja wäre um eine Umarmung nicht herumgekommen. Sie mochte diese etwas hagere Frau auf Anhieb. Durch die vielen Lachfalten und ihre herzliche Art konnte man gar nicht anders, als sich sofort akzeptiert zu fühlen.

Trotz Sjörens Versuchen, sie davon abzubringen, mussten sie zuerst mit seiner Mutter Kuchen essen und eine Tasse Tee trinken, bevor sie hinauf in sein Zimmer gehen durften. Dass sich das alles nicht noch mehr in die Länge zog, hatten sie nur dem Umstand zu verdanken, dass seine Mutter noch einen Termin in der nächstgrößeren Stadt hatte und irgendwann los musste.

»Sie ist sehr nett!«, stellte Katja fest, als sie endlich alleine waren.

»Ja, aber sie kann auch nerven!«, erwiderte Sjören und Katja lachte: »Das können sie alle.«

»Komm, wir gehen rauf in mein Zimmer.« Katja nickte und folgte ihm hinauf in den ersten Stock des Hauses. Doch statt, wie erwartet, eine der beiden Türen zu öffnen, zog Sjören einen Vorhang zur Seite, hinter dem sich eine weitere Treppe versteckte. Man hatte ihm das gesamte Dachgeschoss zur Verfügung gestellt, was ein riesiges Zimmer und sogar ein kleines Bad beherbergte. Fast schon ehrfürchtig trat Katja in Sjörens Reich. Irgendwie hatte sie das Gefühl, ein intimes Detail vom ihm gezeigt zu bekommen.

»Wow, nicht schlecht«, stellte sie fest, als sie sich etwas umgesehen hatte. Vor einem riesigen Fenster, das in Richtung des Feldes zeigte, stand ein großer, aber unaufgeräumter Schreibtisch mit einem kleinen Laptop darauf. In die schrägen Wände hatte man einige Schränke und Regale eingepasst und am hinteren Ende des Raumes stand, etwas durch den Treppenaufgang versteckt, ein großes Doppelschlafsofa. Fast so wie jeder andere Teenager hielt auch Sjören nicht allzu viel von Ordnung. Das Bettzeug lag wild zerwühlt auf dem Bett und einige Klamotten waren unachtsam auf einen kleinen Sessel geworfen worden, der in der Ecke stand.

»Schön, dass es dir gefällt«, sagte Sjören und wirkte dabei etwas unschlüssig, was er jetzt tun sollte. Auch Katja stand einfach nur herum und wollte gerade zu dem großen Fenster gehen, als der kleine Laptop die Situation rettete. Sjören hatte den gleichen Hinweiston für neue Facebook-Nachrichten eingestellt wie Katja auch.

»Schau ruhig!«, motivierte sie ihn, da er aussah, als traute er sich nicht, die Nachricht anzusehen. »Ist bestimmt nichts Wichtiges«, erwiderte er, setzte sich aber trotzdem an den Schreibtisch und klappte das Gerät auf. »Schon wieder Hanna. Die geht mir so was von auf den Geist«, stellte er hörbar genervt fest.

»Die Kellnerin am Strand sagte, ihr hattet einmal was miteinander«, ging Katja, ohne jeden Vorwurf in der Stimme, darauf ein. »Ja, und es dauerte genau eine Woche«, stellte er abwertend fest und redete dann weiter, »Hanna ist dumm und so was von eifersüchtig, dass sie nie jemanden finden wird, der es mit ihr aushält. Und wie du siehst, hört ihre Eifersucht auch danach nicht auf! Ich weiß langsam wirklich nicht mehr, was ich machen soll.«

Ohne auf den Monitor zu blicken, ging Katja zu Sjören und nahm ihn von hinten in den Arm. Dann sagte sie leise: »Lass dich nicht ärgern und gehe am besten auf nichts mehr von ihr ein. Eine Freundin von mir hatte das gleiche Problem, und als sie ihren Ex konsequent ignorierte, hörte er nach einer Woche damit auf, ihr hinterher zu spionieren.«

»Danke!«, flüsterte Sjören, drehte sich mit seinem Stuhl um, und gab Katja einen sanften Kuss auf den Mund. Katja lächelte verschmitzt: »Wenn du sie allerdings genauso geküsst hast, verstehe ich, warum sie dir immer noch hinterherrennt ... deine Küsse machen süchtig.« Statt zu antworten, zog Sjören sie erneut an sich heran und dieses Mal war es mehr als nur ein sanfter Kuss. All die Gefühle, welche sie schon am Strand hatte, waren mit einem Schlag wieder da und für einen Moment dachte sie, ihre Knie würden nachgeben.

»Warte mal kurz«, flüsterte Sjören, drehte sich zum Laptop und schloss den Internetbrowser. Dazu, das Gerät herunterzufahren, kam er nicht mehr, da Katja einen weiteren Kuss forderte und auch bekam. Keiner von beiden bemerkte, dass sich auf dem Monitor ein kleines Fenster mit dem Hinweis »Interne Kamera aktiv« öffnete und wieder schloss.

Ohne etwas zu sagen, löste sich Katja aus ihrer unbequem-gebeugten Haltung, nahm Sjörens Hand und zog leicht daran. Er verstand, was sie wollte, stand auf und ließ sich von ihr hinüber zum Bett führen. »Wo waren wir stehen geblieben?«, fragte Katja unschuldig, als sie nebeneinander auf dem Bett saßen. Statt zu antworten, drückte er sie sanft in eine liegende Position und folgte ihrer Bewegung. Doch statt sie erneut zu küssen, begann er mit zittrigen Fingern ihr dünnes Oberteil aufzuknöpfen, was sie mit geschlossenen Augen zuließ. Dann beugte er sich über sie und begann ihren Körper mit sanften Küssen, vom Hals abwärts, zu verwöhnen. Das Ziehen in ihr nahm zu und damit ihre Beherrschung ab. Sie richtete sich etwas auf und zog ihm sein T-Shirt über den Kopf. Danach streifte sie ihre Bluse ab und zog sich das Bikinioberteil aus. Sjören konnte nicht anders, als ihre Brüste mit sanften Küssen zu verwöhnen und ein leises Stöhnen zeigte ihm, dass er nichts falsch machte. Zwei unerfahrene Hände glitten beim jeweils anderen tiefer und hatten schließlich den Mut, der nötig war, um die letzte Tabuzone zu erforschen. Gegenseitig streiften sie sich die noch verbliebenen Klamotten herunter, und Katja hätte nie gedacht, dass sie jemals ohne jede Scham nackt vor einem Jungen liegen konnte. Keiner von beiden hielt der Anspannung weiter stand, und doch musste sie Sjören fast schon auf sich ziehen, so zurückhaltend war er. »Sei bitte vorsichtig«, war das Letzte, was Katja ihm, unnötigerweise, ins Ohr flüsterte, dann vereinten sie sich und die restliche Welt existierte nicht mehr.

Der Schmerz zog sich länger und länger und im Kopf explodierten tausende Sterne, aber *ER* brauchte das jetzt. Immer wieder hielt er die alte Blechtasse über das Feuer und ließ die brodelnde Flüssigkeit extra langsam in seinen Rachen laufen.

Diese beiden Jugendlichen ekelten ihn an! Er hasste nichts mehr als Körperkontakt und was er da auf seinem Bildschirm zu sehen bekam, war mehr als das. Wie konnte man die Säfte des anderen so bereitwillig in sich aufnehmen und dabei auch noch Genuss heucheln. Er hatte gar keine andere Wahl, er musste strafen!

Als Sjören Katja am Donnerstagabend wieder bei ihren Eltern ablieferte, waren sich beide sicher, dass man ihnen ansah, was passiert war. Am liebsten hätten sie noch die ganze Nacht miteinander verbracht, aber Katja wollte die Gutmütigkeit ihrer Eltern mit dieser Frage nicht ausreizen.

»Hattet ihr einen schönen Tag?«, war Petras erste Frage. Sie hatte das Mofa gehört und war den beiden, um das Haus herum, entgegengelaufen. Das seltsame Grinsen, welches ihre Frage auslöste, nahm sie zwar wahr, dachte sich aber nichts dabei.

»Ja, hatten wir!«, entgegnete ihre Tochter knapp und machte auch keine Anstalten, mehr zu erzählen.

»Schön!«, stellte Petra ebenso knapp fest und sah Sjören an. »Möchtest du noch mit uns zu Abend essen? Es ist gleich fertig.«

Doch Sjören schüttelte den Kopf: »Nein danke! Meine Mutter bringt etwas zu essen mit und wäre sauer, wenn ich satt nach Hause käme.«

»Schade, aber ich kann das verstehen!«

Dann fiel Sjören noch etwas ein: »Kommen Sie morgen auch zu unserem Hafenfest?« Katja sah ihre Mutter hoffnungsvoll an und diese fragte: »Davon wissen wir ja gar nichts. Wird denn keine Werbung dafür gemacht?«

Der Junge schüttelte den Kopf: »Das ist eigentlich nicht nötig, weil jeder im Ort weiß, wann es stattfindet. Es ist jedes Jahr an dem Tag, als der Ort offiziell gegründet wurde. Beginn ist schon um 16 Uhr, aber es reicht, wenn man etwas später kommt« Und wie um Katjas Eltern zu locken, erklärte er weiter: »Und in der Nacht gibt es dann noch ein Feuerwerk über dem See.«

Petra hatte begriffen, dass es mehr um ihre Tochter als den Rest ihrer Familie ging. Doch sie lächelte und sagte: »Ich muss zwar noch mit meinem Mann darüber sprechen, aber ich denke, wir kommen!«

»Sehr schön!« Man sah Sjören seine Freude an. Dann wandte er sich zu Katja: »Ich muss jetzt los. Sehen wir uns morgen? Ich habe wegen des Festes wieder etwas früher Schulschluss.« Doch statt zu antworten, sah Katja ihre Mutter mit diesem *Lass uns alleine*-Blick an.

Katjas Mutter hob die Hände, als wollte sie jemanden abwehren. »Ich bin ja schon weg. Komm gut heim, Sjören und morgen sehen wir uns bestimmt!« Dann drehte sie sich um und verschwand hinter der nächsten Hausecke.

Katja machte immer noch keine Anstalten zu antworten, sondern trat stattdessen an ihn heran und gab ihm noch einen langen Kuss. Dann erst sagte sie: »Wir sehen uns bestimmt! Ich rufe dich so gegen elf an. O. k.?«

Nach einer langen und zärtlichen Umarmung stieg Sjören auf sein Mofa und Katja ging ins Haus, um sich vor dem Essen umzuziehen.

Das geplante, abendliche Grillen musste ausfallen, da auf der anderen Seeseite bereits beeindruckende Blitze die Luft zerschnitten und ein dumpfes, bedrohliches Grollen über das Wasser schickten. Petra improvisierte ein einfaches Abendessen, bei dem beschlossen wurde, auch auf das morgige Fest zu gehen. Um etwas Druck auf ihre Eltern auszuüben, hatte Katja ihrem Bruder von einem gewaltigen Feuerwerk erzählt, was zur Folge hatte, dass Felix nun seinen Vater bearbeitete und Katja gar nichts mehr zu sagen brauchte.

Nach dem Essen sprangen alle noch einmal in den Pool und sahen beeindruckt dabei zu, wie sich das Gewitter hinter den Scheiben des Anbaues austobte.

– 16 –

Der Freitag begann für Peter wie jeder Tag der vergangenen Woche auch. Über Nacht waren wieder einige, zum Teil absolut unsinnige Anzeigen eingegangen, von denen aber jede einzelne bearbeitet werden musste. Als er gegen Mittag das letzte Protokoll abgeschlossen hatte, beschloss er noch in der Kantine zu essen und dann nach Hause zu fahren.

Wie erwartet, standen kaum Kollegen an der Essensausgabe und er konnte die Gelegenheit nutzen, um etwas mit der neuen Küchenkraft zu flirten.

»Ich habe mir die E-Mail angesehen!« Da Peter sich nicht angesprochen fühlte und weiter mit der Frau redete, tippte ihm der Mann von hinten auf die Schulter. Peter fuhr herum. Huber stand direkt hinter ihm und wiederholte im selben gelangweilten Ton, den er schon am Telefon hatte: »Ich habe mir die E-Mail angesehen.« Peter brauchte einige Augenblicke, um zu begreifen, von was sein Kollege redete, dann fiel ihm diese seltsame *Glück muss man strafen, Familie muss man strafen, Kinder muss man strafen*-E-Mail wieder ein. Da er dienstliche Belange nicht vor dem Küchenpersonal bereden wollte, sagte er anerkennend: »Das ging aber schnell! Kommen Sie, wir essen zusammen und dabei können Sie mir erzählen, was Sie herausgefunden haben.« Huber schien zwar nicht besonders glücklich über den Vorschlag zu sein, stimmte aber mit einem Nicken zu.

»Ist Henrik schon wieder da?«, eröffnete Peter das Gespräch, als sie Platz genommen hatten und ihre Suppe löffelten. Huber schüttelte den Kopf, wischte sich die Lippen mit dem Handrücken sauber und sagte dann: »Nein! Ich habe schon versucht ihn zu erreichen, weil er seinen Computer angelassen hat und ich ohne Passwort nichts machen kann.«

»Ist das so schlimm?«, fragte Peter dazwischen.

»Eigentlich nicht, aber ich habe zurzeit hohen Datenverkehr auf unseren Servern und dachte, es liegt vielleicht an seinem Rechner.«

»Ach so«, stellte Peter gelangweilt fest. Für ihn waren Computer nur Mittel zum Zweck und er hatte noch nie begriffen, wie viel Energie und Zeit manche Menschen in diese Technik investierten. Um zur Sache zu kommen, fragte weiter: »Und was ist nun mit dieser E-Mail?«

Huber tauschte den Löffel gegen Messer und Gabel, dann sah er nachdenklich in den Raum: »Das wüsste ich auch gerne.« Peter sah ihn verwundert an: »Wie meinen Sie das?«

Huber schien nach den richtigen Worten zu suchen, bevor er antwortete: »Ich würde sagen, man sollte sie ernst nehmen! Auf jeden Fall ist es keine Null-acht-fünfzehn-E-Mail, die jemand zum Spaß geschrieben hat. Sie kam auch nicht als Ganzes bei ihrem Empfänger an, sondern wurde in zig Datenpakete zerlegt. Diese Datenpakete wurden dann über verschiedene Server auf der ganzen Welt geschickt und erst auf dem Computer des Empfängers wieder zusammengebaut. Kurzum, es ist unmöglich, die Herkunft nachzuweisen.« Dann stopfte er sich zwischen den Worten eine Bohne in den Mund und ergänzte etwas undeutlicher: »Da war ein echter Profi am Werk ... jemand, der auf keinen Fall gefunden werden will.«

Peter nahm die Informationen zur Kenntnis, hatte aber den Eindruck, dass Huber die Sache nicht wirklich engagiert anging. Daher stellte er auch keine weiteren Fragen, sondern nahm sich stattdessen vor, Henrik anzurufen oder zur Not einmal bei ihm vorbeizufahren. Da Huber keinen größeren Wert auf Kommunikation legte, aßen sie schweigend zu Ende und verabschiedeten sich danach ins Wochenende.

In Finnland begann der Freitagmorgen wolkenverhangen, aber immer noch angenehm mild. *ER* hatte seine Pläne schon gefährdet gesehen, als in der Nacht Wasser von der Höhlendecke auf seine Geräte tropfte, konnte aber alles, außer der Kamera, noch rechtzeitig einpacken und schadlos tiefer hineinbringen. Die Bilder vom Strand waren verloren, aber nicht mehr wichtig. Er hatte jetzt etwas viel Besseres!

Als die Arbeit getan war, hatte er sich komplett ausgezogen und war hinauf bis zum Gipfel des Berges gestiegen. Nichts war reinigender als Naturgewalten und nichts tankte seinen Dämon so mit Energie auf wie zuckende Blitze und Donnerschläge, die den Boden zum Zittern brachten.

Bis in die letzte Zelle aufgeladen, begann er den neuen Tag damit, alles wieder anzuschließen und den ersten Stich in die Seele der Schuldigen vorzubereiten.

Felix wollte zwar angeln gehen, wurde aber enttäuscht. Solange dieser alte Mann in der Gegend herumschlich und Mike ihn nicht kannte, durfte sein Sohn nicht alleine zurückbleiben. Außerdem fand Petra, dass Felix auch etwas von dem Land mitbekommen sollte, und so musste er mit zur nächsten Stadt fahren. Auch für Katja verlief der Vormittag nicht wie gedacht, denn ihre Mutter bestand darauf, dass auch sie mitkommen musste. Da Mike, der Städte nicht besonders leiden konnte, versprach, bis 13 Uhr wieder zurück zu sein, gab Katja ihren Widerstand auf und willigte ein. Sicherlich war auch der geplante Besuch eines Einkaufszentrums ein gewisser Anreiz, denn Sjören hatte bestimmt nichts gegen schöne Unterwäsche. Außerdem brauchte sie noch Ersatz für den Slip, den sie am Vortag anhatte, da sie diesen nicht ihrer Mutter zum Waschen geben konnte und ihn spätestens zu Hause entsorgen musste.

Wie versprochen, kamen sie am frühen Nachmittag von ihrem Ausflug zurück und Katja ließ sich direkt zu Sjören fahren. Mike und Petra wollten sich noch etwas ausruhen, was Felix doch noch zu einer Stunde angeln verhalf.

»Seit wann lässt Katja ihre Tür offen stehen?«, wunderte sich Mike, als sie in ihrem Ferienhaus angekommen waren, und als er keine Antwort bekam, fügte er noch hämisch hinzu. »Wo sie doch immer so Angst hat, dass Felix sich etwas von ihrem Mädchenkram nimmt!«

Petra zuckte mit den Schultern und sagte dann mit einem vielsagenden Grinsen: »Ich glaube, sie ist im Moment etwas abgelenkt.« Dann ging sie zum Zimmer ihrer Tochter und warf einen Blick hinein. Alles sah so aus wie zu Hause! Das Bett war zerwühlt, die Klamotten lagen herum und mitten im Zimmer stand eine Tüte mit schmutziger Kleidung. Petra stöhnte beim Gedanken an den Berg Dreckwäsche, den sie nach dem Urlaub zu bewältigen hatte, und nahm die Tüte mit ins Schlafzimmer, um die Sachen zu ihren eigenen zu packen.

»Ich bin dann unten am See«, verkündete Felix munter, und noch bevor sein Vater etwas sagen konnte, fügte er mit gelangweilter Stimme hinzu: »Ich weiß! Wenn der Mann wieder auftaucht, komme ich sofort rauf.«

Mike sah ihn gespielt wütend an, wünschte ihm dann

aber noch ein *Petri Heil* und sah zu, wie sein Sohn über die Wiese in Richtung See davonging.

»Vielleicht lernt er ja bei dem Fest ein paar Gleichaltrige kennen. Ich finde es ein wenig schade, dass er hier so isoliert ist«, sagte Mike, als Petra den Raum betrat und Felix ebenfalls hinterherblickte. »Es ist aber schön, dass er sich auch alleine beschäftigen kann! Doch du hast recht, ein paar andere Kinder wären nicht schlecht«, stimmte Petra zu und zupfte an ihrem Oberteil. »Hier drinnen hat es sich ja überhaupt nicht abgekühlt!« Mike nickte: »Dann lass uns doch kurz ins Wasser springen, wozu haben wir denn einen Pool?«

Petra knuffte ihren Mann in die Seite: »Und du bist dir sicher, dass es dir nur um Abkühlung geht?« »Ganz sicher«, flunkerte Mike mit einem breiten Grinsen und zu seiner Überraschung rief Petra: »Wer zuletzt im Wasser ist, macht den Abwasch!« Dann stürmte sie zu der Tür, die in den Anbau führte, und zog sich schon im Laufen das Oberteil über den Kopf. Erst als sie vor dem Pool stand, bemerkte sie, dass ihr Plan einen Haken hatte, denn ihr Bikini lag im Schlafzimmer. Mike, der ihr hinterhergekommen war und das gleiche Problem hatte, fackelte nicht lange und sprang einfach nackt ins Wasser. Petra zögerte noch kurz und tat es ihm dann gleich.

»So etwas bräuchten wir zu Hause auch! Man fühlt sich sofort wie ein anderer Mensch!«, stellte Mike fest, nachdem er zwei Bahnen getaucht war und sich dann am Beckenrand mit den Ellbogen eingehängt hatte. »Und außerdem ...«, Petra war zu ihm geschwommen und schlang jetzt ihre Beine um seine Hüfte, »... ist es doch mal etwas anderes.« Mike brauchte nur solange dafür, den Satz zu begreifen, wie Petra dazu brauchte, sich mit ihren Beinen noch enger an seinen Körper zu ziehen. »Na, da stellt sich aber einer bereitwillig zur Verfügung.« Petra spürte deutlich, wie sich ihre Nähe auf den Körper ihres Mannes auswirkte, und zog sich nun auch mit dem Oberkörper an ihn heran. Noch während der sehnsüchtige Kuss andauerte, umschloss Mike ihren Po mit seinen Händen und zog sie in die richtige Position. Petra spürte, wie sehr er sie begehrte, ließ aber nicht zu, dass er die Geschwindigkeit vorgab. Immer wieder ließ sie sich ein kleines Stückchen absinken, sodass es nur zu kurzen Berührungen kam, und steigerte damit seine Lust, bis sie fast schon schmerzhaft wurde. Erst als sie selbst so weit war und ihr Verlangen die Führung übernahm, nahm sie ihn ganz in sich auf, und ohne es noch einmal zu unterbrechen, liebten sie sich bis zum gemeinsamen Höhenpunkt.

Als hätte Felix das Spiel seiner Eltern abgewartet, öffnete er die Terrassentür gerade, als die beiden aus dem Anbau kamen und wie verliebt herumalberten. Felix sah seine Eltern verständnislos an, hatte aber natürlich keine Ahnung, was zwischen ihnen vorging.

»Wann fahren wir denn in den Ort?«, erkundigte er sich und Mike stellte mit einem Blick auf die Uhr fest, dass es bereits kurz nach 16 Uhr war. Verschmitzt sah er Petra an und fragte unschuldig: »Waren wir so lange baden?« Statt zu antworten, gab sie ihrem Mann einen Klaps auf den Hintern und sagte zu Felix: »Wir ziehen uns noch um und dann fahren wir.« Petra war schon fast im Schlafzimmer, als sie noch über die Schulter rief: »Und du wechselst auch mal deine Sachen, die haben gewaschen eine ganz andere Farbe.«

Eine halbe Stunde später fuhren sie bereits zum dritten Mal am Ortszentrum vorbei, doch noch immer war kein Parkplatz in Sicht. Offensichtlich wussten nicht nur Einheimische von dem Fest, denn derartig viele Autos auf einen Haufen hatten sie hier die ganze Woche noch nicht gesehen. Hinzu kam, dass das ganze Gebiet um den Hafen mit rot-weißen Bändern abgesperrt war und dadurch auch der etwas größere Parkplatz wegfiel. Mike blieb nichts anderes übrig, als einige hundert Meter weiter am Ende einer Seitengasse zu parken, und er hoffte, dass heute kein Bauer mehr auf sein Feld wollte. Denn auch hier war schon jedes bisschen freie Fläche belegt, sodass sein Auto mit dem Heck ziemlich weit in einen Feldweg hineinstand.

»Wo treffen wir uns denn mit Katja?«, fragte Mike und Petra schlug vor: »Wir haben nichts ausgemacht, ruf sie doch mal kurz an.«

Mike, der sowieso gerade sein Handy in die Hand genommen hatte, um nach Nachrichten von Peter zu schauen, wählte die Nummer seiner Tochter und runzelte dann die Stirn. Petra hatte den kritischen Gesichtsausdruck ihres Mannes mitbekommen und fragte: »Was ist los?«

»Seit wir in Finnland sind, stimmt etwas mit dem Handy nicht«, antwortete Mike, während er auf das Freizeichen wartete. »Liegt vielleicht am Roaming«, wollte Petra gerade antworten, als er zu reden begann. Das Gespräch dauerte nur einige Sekunden, dann legte er wieder auf und verkündete: »Wir treffen uns in einer halben Stunde an dem Restaurant, wo wir unseren ersten Kaffee getrunken haben.« Hätte er gewusst, was seine Tochter gerade tat, er hätte sie persönlich aus Sjörens Bett gezogen.

Der sonst so ruhige Ort war wie verwandelt. Überall hatte man finnische Flaggen und Wimpel aufgehängt und schon von Weitem hörte man fremdartige, aber fröhlich klingende Musik. Je näher sie zum Hafen kamen, umso mehr Menschen waren unterwegs, aber niemand schien gestresst oder genervt zu sein. Die Hafenpromenade war nicht sehr breit, reichte aber für eine Doppelreihe Bierbänke, die sich bis zum Ortszentrum hinauf fortsetzte. Auf dem Bootsanleger hatte man eine kleine Bühne errichtet, wo die Musiker gerade ihr vorerst letztes Lied ausklingen ließen und dann eine Pause ankündigten. Auf einem kleinen Platz am Rande des Hafens, wo sonst Bootsanhänger standen, gab es allerlei Buden und Spielgeräte für Kinder, was Felix natürlich sofort als Ziel ansteuerte. Als Mike merkte, wo sein Sohn hin wollte, hielt er ihn zurück: »Lass uns erst einmal einen Platz finden, damit du nachher weißt, wo wir sind.«

Da das Wetter nicht mehr so heiß und zahlreiche Wolken am Himmel waren, brauchte man keinen Schattenplatz, was es leichter machte, eine Lücke für fünf Leute zu finden. Sie hatten Glück und fanden nur wenige Meter vom Restaurant entfernt eine fast leere Bank, die auch nicht zu nahe an der lauten Musik stand. Als Mike mit den Getränken, die man sich selbst an einem der Stände holen musste, zurückkam, sah Petra auf ihre Uhr und stand auf. Dann verkündete sie: »Ich schau mal, ob Katja und Sjören schon da sind.« Mike nickte und als er seine Frau davongehen sah, dachte er mit dem Ansatz eines Lächelns an ihr kleines Intermezzo im Pool, welches gerade einmal eine Stunde her war.

»Das ist toll hier!«, stellte Felix fest und riss Mike damit aus seinen Gedanken. Dann erwiderte er: »Stimmt! Ich hätte nie gedacht, dass in diesem Örtchen so viel los sein würde.« Felix trank einen Schluck von seiner Cola und fragte: »Darf ich mich ein bisschen umsehen?« Sein Vater nickte und verzichtete sogar auf die üblichen, mahnenden Worte. Stattdessen gab er Felix ein paar Münzen und sagte: »Viel Spaß! Du findest uns den ganzen Abend hier.« Dann war auch sein Sohn verschwunden und Mike saß alleine da, was ihn aber nicht störte. Ganz im Gegenteil, er mochte es, einfach nur irgendwo zu sitzen und fremde Menschen zu beobachten. Es war oft unglaublich, was man allein aus deren Gesichtern und Gesten herauslesen konnte. Auch er nippte an seinem Getränk und ließ seinen Blick umherschweifen. Das bunte Treiben folgte keiner Ordnung, überall saßen und standen Menschen zusammen, um zu reden und zu lachen. Kinder tollten herum und stritten sich um Luftballons, die ein Clown verteilte. Dann blieb sein Blick an einem Mann hängen, der etwas abseits des Trubels auf einer flachen Mauer saß, und scheinbar gedankenverloren auf den See starrte. Mike sah zwar nur das seitliche Profil, aber nach der Beschreibung von Felix konnte das durchaus der Alte sein, der seinen Sohn scheinbar zu verfolgen schien. Aus der Ferne war er nicht gut zu erkennen und Mike überlegte schon hinüberzugehen, aber dann wären die Plätze verloren und Felix würde sie nicht mehr finden.

Es dauerte noch weitere zehn Minuten, bis Petra mit den beiden Teenagern auftauchte. Nachdem Mike Sjören begrüßt hatte, sagte er zu Petra: »Da drüben ist der Alte, von dem Felix erzählt hat, ich gehe mal kurz rüber und rede mit ihm.« Petra folgte seinem Blick, konnte aber niemanden erkennen, auch Mike stutzte, denn die flache Mauer war leer: »Jetzt ist er weg!«

»Meinen Sie den alten Björn?«, fragte Sjören, der das Gespräch mitbekommen hatte.

»Ja«, antwortete Mike. »Ich hatte schon wieder vergessen, wie du ihn genannt hattest.«

Sjören schüttelte den Kopf: »Den werden Sie heute auch nicht mehr sehen. Er hasst es, wenn viele Leute hier sind.«

»Das war früher anders!«, mischte sich eine alte Frau ein, die bisher mit dem Rücken zu ihnen gesessen hatte und sich jetzt umdrehte.

»Hallo, Frau Kaspar. Ich habe Sie gar nicht erkannt«, freute sich Sjören. Dann stellte er die Frau als die Deutschlehrerin des Ortes vor. Nach den üblichen Floskeln, wo man denn herkam und wie lange man bleibe, hakte Mike noch einmal ziemlich direkt nach: »Dieser Björn ... ist der gefährlich?«

»Warum fragen Sie?« Frau Kaspar sah ihn verwundert an.

»Mein Sohn ist ihm schon zweimal an etwas abgelegenen Orten begegnet. Man könnte fast den Eindruck haben, dieser Björn verfolge ihn.«

Sjörens Lehrerin schüttelte sachte den Kopf: »Nein, nein, er ist nicht gefährlich ... nur ein bisschen sonderbar.«

»Und was macht er dauernd im Wald?«, blieb Mike, der es gewohnt war Fragen zu stellen, hartnäckig.

Die sehr konservativ gekleidete Frau zupfte sich eine ihrer grauen Strähnen zurecht und antwortete dann etwas schwammig: »Die einen glauben, er sucht immer noch nach seinem Sohn, und die anderen meinen, er will einfach seine Ruhe haben.«

»Er sucht nach seinem Sohn?« Jetzt war es Petra, die verwundert nachfragte, da es nach Sjörens Aussage schon Jahre her war, dass dieser Sohn verschwunden war.

»Das ist eine lange Geschichte, aber wenn Sie wollen, kann ich sie kurz zusammenfassen.« Offenbar erzählte Frau Kaspar gerne Geschichten, da eine gewisse Erwartungshaltung in ihrer Stimme lag. »Wenn Sie mögen, gerne!«, forderte Mike sie auf, ohne zu drängen. Frau Kaspar überlegte, wo sie beginnen sollte, dann erzählte sie: »Björn lebte damals mit seiner Frau in einem Haus am See. Vielleicht haben Sie es bei Ihrer Anreise gesehen? Es steht ungefähr fünf Kilometer weiter, unterhalb der Küstenstraße.« Mike nickte, unterbrach sie aber nicht.

»Als Fischer war das natürlich sehr praktisch, denn er hatte es dadurch nur halb so weit wie die anderen, um zu den besten Plätzen zu kommen. Die Schattenseite war allerdings die Einsamkeit, unter der besonders die beiden Söhne litten. Vielleicht war das auch der Grund, warum sich Henrik und Noa so unterschiedlich entwickelt haben. Noa war ein Draufgänger, der sich oft in den Wäldern herumdrückte und sich dort mehr als einmal derartige Prellungen zuzog, dass diese von einem Arzt behandelt werden mussten. Ich musste ihn auch einige Male vom Unterricht ausschließen, da er vor allem nach den Wochenenden sehr aggressiv reagierte. Manchmal hatte ich auch den Eindruck, dass er unter irgendetwas litt, aber wenn man ihn darauf ansprach, rastete er regelrecht aus.

Henrik war dagegen eher introvertiert, aber nicht dumm. Er las viel und interessierte sich für alles, was mit Computern zu tun hatte, was bei seinem Vater allerdings auf wenig Gegenliebe stieß. Ich habe einmal mitbekommen, wie Björn Henrik einen verblödeten Nichtsnutz nannte.

Angefangen hat die Tragödie der Familie dann damit, dass die beiden Brüder an Noas vierzehntem Geburtstag mit ihren Fahrrädern von der Schule nach Hause fuhren und Noa nie dort ankam. Eigentlich hätten sie auf der Straße bleiben sollen, aber Henrik behauptete später, dass Noa ihn überredet hatte, die Abkürzung entlang der Steilküste zu nehmen.«

Da jetzt jeder am Tisch an Frau Kaspars Lippen hing, unterbrach sie ihre Geschichte und gönnte sich einen Schluck aus ihrem Glas. Dann blickte sie kurz in die Runde und erzählte weiter: »Henrik sagte nachher aus, dass sich ein Stock in den Speichen von Noas Vorderrad verklemmt und er dadurch die Kontrolle verloren hatte. Aber als man das Fahrrad später aus dem See holte, war das Vorderrad völlig unversehrt. Der Junge war ausgerechnet an einer Stelle die Klippen hinuntergestürzt, an der die Strömung sehr stark war. Man hat weder ihn noch seine Kleidung gefunden.«

Petra hielt sich die Hand vor den Mund und auch Katja schluckte schwer.

»Hatte dieser Henrik etwas damit zu tun?«, fragte Mike, dem als Kriminalist die Sache mit dem Fahrradreifen natürlich nicht entgangen war.

Über Frau Kaspars Gesicht zuckte eine Regung, die Zweifel vermuten ließ. »Das weiß nur er selbst. Zugegeben hat er nie etwas, aber ich glaube, sein Vater hatte es ihm zugetraut. Ein Jahr später starb dann auch noch Björns Frau und anfangs hat Björn seinem Sohn auch diesen Verlust vorgeworfen. Aber mit der Zeit besann er sich wieder auf sein einzig verbliebenes Familienmitglied und die beiden rauften sich mehr oder weniger zusammen.

Mir persönlich war Henrik nie ganz geheuer! Ich unterrichtete ihn sechs Jahre lang in der deutschen Sprache und in all dieser Zeit kann ich mich an keine einzige Gefühlsregung des Jungen erinnern. Es war, als hätte er menschliche Gefühle völlig abgeschaltet und lernte wie eine Maschine. Wissen wollte er alles, aber reagiert hat er auf nichts. Bitte nicht falsch verstehen ... aber, als wir in der deutschen Geschichte zum Dritten Reich kamen, hat die halbe Klasse aufgrund der Bilder aus den KZs geweint, Henrik dagegen hat im Internet nach noch schlimmeren Fotos gesucht.« Frau Kaspar schaute kurz in die Ferne, trank dann noch einen Schluck und erzählte den Rest der Geschichte: »In den folgenden Jahren ging es dann mit Björn immer weiter bergab. Den Tod seines Sohnes und seiner Frau konnte er nie richtig verarbeiten und er griff immer öfter zur Flasche. Wie es dagegen in Henrik aussah, konnte niemand so genau sagen, weil keiner an ihn herankam. Auch an Mädchen zeigte er keinerlei Interesse, obwohl er sicher gute Chancen gehabt hätte, denn hässlich war er nicht. Er lernte und las fast wie ein Besessener, was vermutlich auch der Grund war, warum es zwischen ihm und seinem Vater immer öfter zum Streit kam. Als er dann achtzehn war, eskalierte die Situation eines Abends. Björn war völlig betrunken nach Hause gekommen, hatte Henrik wüst beschimpft und schließlich mit einer leeren Schnapsflasche nach ihm geworfen. Von dem Tag an sprachen die beiden kein Wort mehr miteinander und gingen sich aus dem Weg. Henrik machte seine Schule fertig und verschwand dann an seinem neunzehnten Geburtstag. Spurlos.«

Mike runzelte die Stirn: »Was heißt, er verschwand spurlos?«

»Na, so ganz spurlos war es dann doch nicht«, gestand Frau Kaspar ein. »Man fand seine komplette Kleidung und einige Blutspuren da oben ...« Sie zeigte auf den Hügel oberhalb ihres Ferienhauses. »Von Henrik selbst fehlt aber bis heute jede Spur und das Ganze ist jetzt bereits neun Jahre her. Viele im Ort sind der Meinung, dass sich Henrik einfach abgesetzt hat und es so inszenierte, damit sein Vater nicht nach ihm sucht. Doch seit dieser Zeit streift der alte Björn immer wieder durch die Wälder und sucht nach seinem Sohn. Aber um auf die Bedenken bezüglich Ihres Sohnes zurückzukommen ... Björn ist zwar alt und sicher auch nicht mehr ganz richtig im Kopf, aber er würde keinem etwas zuleide tun. Seit er nicht mehr trinkt, ist er der friedlichste Mensch hier in der Gegend.«

Als Frau Kaspar geendet hatte, brauchten alle am Tisch einige Augenblicke, um die Geschichte wirken zu lassen, und Sjören meinte nur: »Das wusste ich ja alles gar nicht.«

Im selben Moment begann die Band wieder zu spielen und machte damit eine weitere Unterhaltung schwierig. Mike sah noch einmal zu dem Platz, an dem der alte Björn gesessen hatte, und sagte dann zu Petra: »Ich werde trotzdem einmal mit ihm reden und ihm klarmachen, dass wir nicht möchten, dass er sich Felix nähert.« Petra nickte: »Ganz geheuer ist mir das Ganze auch nicht! Und wenn ich daran denke, dass dieser Henrik in der Nähe unseres Hauses verschwunden ist, wird mir ganz anders.« Mike legte seine Hand beruhigend auf ihre: »Aber das ist doch schon Jahre her.« Petra versuchte ein Lächeln und Mike schlug vor: »Soll ich uns etwas zum Essen besorgen?« Inzwischen war es Abend geworden und aus den Grillständen erhoben sich immer größere Rauchschwaden in den Himmel. Felix kam jede halbe Stunde vorbei und fragte, wie spät es denn sei, und ob sie auch sicher noch bis zum Feuerwerk bleiben würden.

Nachdem sie gegessen hatten, beschlossen Katja und Sjören, ein wenig herumzulaufen. Als die beiden in Richtung Ort und nicht hinunter zum See davongingen, wunderte sich Mike kurz, dachte aber nicht weiter darüber nach.

Kaum dass sie um die nächste Häuserecke waren, hielt Katja Sjören fest, zog ihn zu sich und gab ihm einen langen Kuss. »Ich hätte es fast nicht mehr ausgehalten«, stellte sie etwas atemlos fest und bekam gleich noch einen zweiten Kuss hinterher. Nachdem sie eine Runde zwischen den Häusern gelaufen waren, gingen sie wieder hinunter zum See und zurück in Richtung Hafenpromenade, wo gerade eine Schulklasse ihren Tanz aufführte.

»Oh nein!«, stöhnte Sjören, kurz bevor sie die ersten Tische erreicht hatten.

»Was ist?«, fragte Katja und sah es dann selbst. Hanna hatte sie nicht nur gesehen, sondern drängelte sich jetzt auch noch auf sie zu, und ihr Gesichtsausdruck verhieß nichts Gutes.

Der blonde Mann, der sie unbemerkt verfolgt hatte, setzte sich unweit auf ein kleines Mäuerchen und sah den kommenden Ereignissen gespannt entgegen.

Auch Katjas Mutter hatte die beiden entdeckt, doch ihr Winken wurde nicht gesehen. Hanna legte die letzten drei Meter fast rennend zurück und holte dann, ohne jede Vorwarnung, zu einer Ohrfeige aus, die Sjören nur mit Mühe abblocken konnte. Da sie nicht zum Schlag gekommen war, keifte sie Sjören ein Wort, das Katja nicht verstand, entgegen und spuckte den beiden vor die Füße. Da Petra bemerkt hatte, dass bei ihrer Tochter irgendetwas nicht stimmte, machte sie Mike darauf aufmerksam. Mike sah gerade noch, wie Hanna ausspuckte, und beschloss hinüberzugehen.

Wieder mussten Sjören und Katja einen Schwall von offensichtlichen Schimpfwörtern über sich ergehen lassen, bis sie endlich den Grund von Hannas Verhalten präsentiert bekamen. Diese zog ihr Smartphone aus der Tasche und streckte es ihnen, mit dem Bildschirm voraus, entgegen. Katja konnte kaum glauben, was sie da sah. Ein immer wieder von vorne beginnender, kurzer Film zeigte Sjören und sie, wie sie auf seinem Bett Sex hatten. Aufgenommen wurde das Ganze offenbar von seinem Laptop aus, der zu dieser Zeit auf dem Schreibtisch stand. Keiner der drei hatte Mike kommen sehen und Hanna wollte ihn schon schlagen, als er ihr das Handy aus der Hand nahm. Auch er sah sich den Film an, gab dann Hanna ihr Gerät zurück und zog, ohne ein Wort zu sagen, Katja mit sich.

»Ich bin schuld, Herr Köstner«, versuchte Sjören Katja zu entlasten, aber Mike würdigte ihn keines Blickes und ließ ihn einfach stehen.

»Wir gehen!«, sagte Mike zum Rest seiner Familie, als sie ihren Tisch erreichten, und nicht einmal Felix traute sich zu protestierten. Er hatte diese Stimmlage seines Vaters zum Glück noch nicht oft hören müssen, wusste aber, dass die Lage ernst war.

»Was ist denn passiert?«, fragte Petra, als der Festplatz

hinter ihnen lag. Doch Mike antwortete nur knapp: »Das wird dir Katja zu Hause selbst erklären ... wenn Felix nicht dabei ist!«

Als sie das Auto erreicht hatten, folgte der nächste Schock, denn über die gesamte Beifahrerseite zog sich ein eilig gesprühter Schriftzug in roter Farbe. Mikes einzige Reaktion darauf war ein wütender Blick zu seiner Tochter, nur Petra fragte verwirrt: »Was ist das?«

Im Haus angekommen, wurde Felix in sein Zimmer geschickt und Katja musste ihrer Mutter Bericht erstatten. Doch entgegen ihren Erwartungen reagierte ihre Mutter bei Weitem nicht so heftig wie ihr Vater. Statt einer Moralpredigt fragte sie nur: »Habt ihr verhütet?« Zum Entsetzen ihrer Eltern schüttelte Katja den Kopf, erklärte dann aber: »Ich hatte gerade erst meine Regel, zu der Zeit passiert doch nichts.« Mike hatte keine Ahnung von diesen Dingen und befahl: »Du holst dir Morgen einen Test aus der Apotheke und diesen unverantwortlichen Jungen siehst du nie wieder.« Katja brauchte einige Sekunden, um die Tragweite der Worte ihres Vaters zu kapieren. Dann sprang sie auf, rannte in ihr Zimmer und schlug die Tür zu. Mike wollte schon hinterher, aber Petra hielt ihn zurück: »Lass sie erst einmal in Ruhe. Wenn sie wirklich gerade ihre Tage hatte, dürfte tatsächlich nichts passiert sein.« Dann machte sie eine kurze Pause. »Aber wie ist diese Hanna überhaupt zu dem Film gekommen?«

Darüber hatte Mike noch gar nicht nachgedacht, und als er antwortete, wurde er noch wütender: »Vielleicht stellt dieser Idiot all seine Trophäen ins Internet? Da wäre er nicht der Erste!« Dann fügte er noch hinzu: »Umso richtiger ist es, wenn sie ihn nicht mehr sieht!«

»So hätte ich Sjören gar nicht eingeschätzt, ich dachte

wirklich, er ist in Ordnung«, seufzte Petra, und bei den Gedanken daran, wie es Katja jetzt gehen musste, bekam sie Magenschmerzen.

Inzwischen war es draußen dunkel geworden und Felix durfte in Begleitung seines Vaters bis zur Uferböschung gehen, um sich das Feuerwerk wenigstens von dort aus anzusehen. Während über dem See Tausende bunter Lichter zerplatzten und sich immer wieder laute Donnerschläge an den umliegenden Hügeln brachen, versuchte Petra ein paar Worte mit Katja zu wechseln. Doch ihre Tochter wollte einfach nicht glauben, dass Sjören ihr so etwas vorsätzlich antat, und Petra merkte schnell, dass heute Abend kein Argument der Welt mehr etwas daran ändern würde.

Nach dem Feuerwerk gingen alle zu Bett und hofften, dass der nächste Tag besser werden würde, als dieser Abend endete.

– 17 –

Da Henrik immer noch nicht im Revier aufgetaucht war und auch nicht an sein Telefon ging, beschloss Peter etwas zu tun, was sich eigentlich nicht gehörte. Bevor er am Vortag das Präsidium verlassen hatte, war er noch einmal zurück in sein Büro und hatte sich die Adresse des Kollegen ausgedruckt. Normalerweise würde man nie einen kranken Kollegen zu Hause belästigen, aber diese E-Mail ließ Peter einfach keine Ruhe und Henriks Kollege erschien ihm alles andere, als kompetent zu sein.

Nach einer ziemlich unruhigen Nacht mit seiner Ärztin und einem späten, ausgedehnten Frühstück setzte er sich auf sein Fahrrad und fuhr in Richtung Innenstadt. Die angegebene Adresse war gerade einmal fünf Kilometer von ihm entfernt und er hatte keine Lust, zusammen mit all den Kaufwütigen, die an einem Samstag in die Stadt stürmten, im Stau zu stehen. Außerdem hatte er in der Nacht feststellen müssen, dass es mit seiner Kondition nicht mehr zum Besten stand, und er etwas Bewegung nötig hatte.

Das Radwegenetz war gut ausgebaut und er kam schnell voran. Als er allerdings an einer Ampel halten musste und in eines der wartenden Autos blickte, durchzog ein Stich seine Brust und augenblicklich beschleunigte sich sein Puls. Das Trauma des Einsatzes war verdrängt, aber noch lange nicht verarbeitet. Hinter der verdunkelten Autoscheibe grinste ihn ein Junge mit gespielt verächtlicher Mimik an, und Peter war es, als würde der Junge sagen wollen: »Mich erschießt du nicht!« Für einen Moment dachte er, sich übergeben zu müssen, konnte sich aber gerade noch beherrschen. Doch der Klumpen, in den sich sein Magen verwandelt hatte, ließ sich nicht so einfach aufweichen. Er stieg vom Rad, schob es etwas von der Straße weg und setzte sich für einige Minuten auf eine herumstehende Sitzbank. Menschen liefen vorbei und sahen ihn verstohlen an. Manchen stand Sorge, anderen Verachtung ins Gesicht geschrieben. Dann passierte, was irgendwann passieren musste, und eine Frau mittleren Alters erkannte ihn als den Polizisten, der einen unschuldigen Jungen erschossen hatte. Offensichtlich war sie zu feige, um stehen zu bleiben, aber für ein Ausspucken und das Wort »Kindermörder!« reichte ihr Mut.

Peter rief ihr kraftlos »Hallo!« hinterher, aber die Passantin war schon weitergegangen und drehte sich auch nicht mehr um. Der Platz war nicht dazu geeignet, um sich wieder unter Kontrolle zu bringen. Mit unsicheren Beinen stand er auf, nutzte das Fahrrad als Stütze und ging langsam in eine ruhigere Seitenstraße. Dort blieb er erneut stehen und lehnte sich mit der Stirn gegen den kühlen Mast einer Straßenlaterne. Er hatte keine Ahnung, wie lange er so dastand, doch das kalte Metall vertrieb irgendwann die dunklen Wolken und er begann, wieder klarer zu denken.

Für eine Begegnung mit seinem Kollegen aus der Computerabteilung hatte er jetzt keine Kraft mehr, aber er wollte zumindest noch zu dessen Haus fahren, um die Adresse zu überprüfen.

Nach einigen hundert Metern wurde er allmählich wieder etwas sicherer und zehn Minuten später bog er in die angegebene Straße ein. Haus Nummer sechzehn war ein typischer Altbau, der die Bombenangriffe der Alliierten, im Zweiten Weltkrieg, überstanden hatte. Das Erste, was Peter auffiel, waren die für die Größe des Hauses, unverhältnismäßig vielen Klingelschilder. Anscheinend bestand das Haus nur aus Einzimmerwohnungen. Peter musste die Reihe der Klingeln zweimal durchgehen, bevor er das völlig verblichene Schild mit der Aufschrift »Henrik Krone« fand. Wenn die Unterteilung nach Stockwerken stimmte, hatte Henrik seine Wohnung im vierten Stockwerk auf der rechten Seite. Peter ging einige Schritte zurück und zählte die Fenster bis zur vierten Etage. Auf den ersten Blick hätte die Wohnung leer stehen können, denn der Schmutz auf den Scheiben war selbst von hier unten aus zu erkennen und Vorhänge gab es nicht. Doch als er noch einige Meter weiter zurückging, erkannte er eine Deckenleuchte und irgendetwas, dass vielleicht ein Bild an der Wand sein könnte. Peter überlegte gerade, ob er vielleicht doch klingeln sollte, als sich die Haustür öffnete und eine junge Frau heraustrat. Der Polizist in Peter reagierte, noch bevor er richtig darüber nachdenken konnte. Ohne Hast ging er auf die Frau zu und sprach sie in einem unverbindlichen Tonfall an: »Bitte entschuldigen Sie, ich suche meinen Freund Henrik. Er hat sich lange nicht gemeldet und ich mache mir ein wenig Sorgen. Haben Sie Herrn Krone vielleicht in der letzten Zeit gesehen?«

Die junge Frau sah ihn an, als würde sie sich schon allein wegen der Frage veralbert vorkommen. Dann strich sie sich eine Haarsträhne aus dem Gesicht und antwortete: »Dieser Einsiedler hat Freunde?«

»Wie meinen Sie das?« Peter konnte sich die Gegenfrage nicht verkneifen und bekam tatsächlich eine Antwort. »Ich bin seit drei Jahren seine Nachbarin und habe noch keine fünf Sätze mit ihm gesprochen. Und ich bin mir ziemlich sicher, dass noch nie ein anderer Mensch, außer ihm selbst, durch seine Wohnungstür gegangen ist.«

Peter stellte auf Schauspielerei um. Sein Blick wurde traurig und seine Stimme verzweifelt: »So schlimm steht es um ihn? Sie müssen wissen, dass ich selbst lange im Ausland war und schon früher gespürt habe, dass Henrik Probleme hat, aber dass es so schlimm ist ...« Peter schüttelte gespielt schockiert den Kopf. Dann sah er der jungen Frau in die Augen, bedankte sich und wartete, bis sie um die nächste Häuserecke verschwunden war.

Verwirrt überlegte er, was er nun tun sollte. Hatte er das Recht, seinem Kollegen hinterher zu spionieren? Dass er der Frau etwas vorgespielt hatte, empfand er als nicht weiter schlimm, denn nicht jeder Nachbar musste wissen, dass man Polizist war. Aber dass er selbst hier war, empfand er als grenzwertig. Er beschloss, noch abzuwarten, ob Henrik am Montag wieder zum Dienst erschien, und wenn nicht, konnte er immer noch wiederkommen.

Für Familie Köstner begann der Tag zunächst in beklemmender Stimmung. Katja wusste nicht, wie sie auf ihre Eltern reagieren sollte, und ihre Eltern nicht, wie auf Katja. Einzig an Felix schien die ganze Situation vorbeizugehen. Er plapperte wie immer einfach drauf los und nahm so, ohne dass er es wollte, etwas von der allgemeinen Spannung aus der Luft. Mike hatte sich auch wieder beruhigt und war zu der Einsicht gekommen, dass es für eine Sechzehnjährige normal war, erste sexuelle Erfahrungen zu sammeln, auch wenn es sich dabei um seine Tochter handelte.

Beim Frühstück lockerte sich die Atmosphäre dann merklich. Man sprach über Banalitäten und überlegte gemeinsam, wie die nächsten Tage weitergehen sollten. Katja hatte beschlossen, erst einmal nicht weiter wegen Sjören zu fragen. Sie kannte ihren Vater und wusste, dass sie im Moment auf Granit beißen würde. Sie selbst hatte keine Sekunde geglaubt, dass Sjören diesen Film mit Absicht gemacht und veröffentlicht hatte. Es musste sich um unglückliche Umstände handeln, denn sie konnte sich nicht derart in ihm getäuscht haben!

Wie zur Bestätigung hörten sie von Weitem das wohlbekannte Dröhnen seines Mofas, das langsam näher kam.

»Du gehst rein!«, befahl Mike seiner Tochter in einem Ton, der jeden Protest im Keim erstickte und tatsächlich tat Katja, was ihr gesagt wurde.

Petra hielt ihren Mann noch kurz zurück und mahnte ihn: »Sei nicht zu hart, immerhin stellt er sich der Situation.«

»Mal sehen«, brummte Mike und verschwand in Richtung Zufahrtsweg. Katja war in ihr Zimmer gegangen und sah verstohlen dabei zu, wie ihr Freund näher kam. *Wenn das kein Beweis ist! Jeder andere hätte sich nie wieder blicken lassen*, stellte sie für sich selbst fest.

Mike war Sjören ein Stück des Weges entgegengelaufen und hob dann die Hand, damit er anhielt. Der Junge streckte ihm die Hand entgegen, aber Katjas Vater ignorierte diese Geste und redete, noch bevor Sjören seinen Helm abnehmen konnte, auf ihn ein. Als er dann endlich seinen Helm unten hatte, schwand Katjas Hoffnung. Sjörens Gestik war fast schon flehend und immer wieder schüttelte er den Kopf, doch ihr Vater blieb offensichtlich hart und zeigte immer wieder in die Richtung, aus der Sjören gekommen war. Schließlich stieg dieser wieder auf sein Mofa und blickte noch einmal zum Haus herüber. Katja war es inzwischen egal, ob ihr Vater sie sah, und öffnete ihr Fenster. Dann trafen sich ihre Blicke und ihr Herz verkrampfte sich. Auch wenn die beiden ein Stück weit auseinanderstanden, war sie sich sicher, eine Träne bei ihm zu sehen. Mike sagte noch einige Worte, die Katja nicht verstehen konnte, dann löste Sjören den Blickkontakt, zog den Helm über den Kopf und fuhr in Richtung Wald davon.

Wieder einmal hatte Mike es geschafft, die Stimmung seiner Familie auf den Nullpunkt zu bringen. Trotz Petras Kritik, zu hart mit dem Jungen gewesen zu sein, war er überzeugt davon, das Richtige getan zu haben.

Da keiner Lust hatte etwas zu unternehmen, beschlossen sie wenigstens mit Felix hinunter an den See zu gehen. Vor dem Zwischenfall mit ihrer Tochter hatten sie von Frau Kasper erfahren, dass dies der letzte halbwegs schöne Tag werden sollte. Da Katja es bevorzugte, in ihrem Zimmer zu bleiben, packten die drei ihre Strandtasche, und kurz darauf war sie alleine in dem Haus.

Die erste halbe Stunde lag Katja einfach nur auf ihrem Bett, hörte die traurigsten Songs, die sie auf ihrem Handy hatte, und weinte leise vor sich hin. Doch irgendwann gewann ihr Trotz die Oberhand. Immerhin war sie sechzehn und musste sich nicht mehr alles vorschreiben lassen!

Nur weil ihr Vater Polizist war, lauerte nicht an jeder Ecke das Böse und überhaupt, was wusste der schon von ihrem Leben, so wenig, wie er sonst zu Hause war. Ein Blick auf ihr Handy zeigte, dass das Gerät noch genug Strom für ein paar SMS hatte, also stand sie auf und zog sich ihre Schuhe an. Dann verließ sie das Haus über die Terrassentür, ging vor bis zur Böschung und warf einen vorsichtigen Blick zum See hinunter. Felix und ihre Mutter ließen sich gerade ein gutes Stück vom Ufer entfernt dahintreiben. Da Katja sich sicher war, dass ihr Vater die beiden nicht aus den Augen lassen würde, rannte sie erst zurück zum Haus und dann weiter den Weg entlang bis zum Waldrand. Inzwischen kannte sie die Stellen, an denen man zumindest ein bisschen Handyempfang hatte und tatsächlich erschienen zwei Balken der Anzeige. Die erste Nachricht, welche »Ich liebe dich und ich glaube dir!« lautete, tippte sie eilig, da sie nicht wusste, wie lange der Akku noch halten würde. Dann musste sie warten und wurde immer unruhiger. Alle paar Sekunden wechselte der Blick zwischen dem Handy und dem Garten des Hauses. Doch es dauerte nur kurze Zeit, bis ihr Display aufleuchtete und sie mit zittrigen Fingern auf *ANZEIGEN* drückte, worauf Sjörens Nachricht erschien. Katjas Magen verkrampfte sich, als sie die Worte las. Auf dem Display stand: »Danke, dass du mir vertraust! Ich war es nicht und ich vermisse dich ganz schrecklich.« Der weinende Smiley hinter den Buchstaben tat sein Übriges und eine Träne lief über ihr Gesicht. Dann tippte sie: »Ich sehne mich nach deinen Armen. Mein Vater ist so ein Idiot!« Der Batteriewarnton erklang und sie schaffte es gerade noch »Akku leer, ich melde mich« einzutippen und abzuschicken, dann schaltete sich das Gerät ab und Katja ging langsam und immer noch weinend zurück zum Haus.

Offenbar hatte niemand ihren Ausflug bemerkt, denn die Terrassentür war immer noch geschlossen und auch im Wohnraum war niemand zu sehen. Sie ging zuerst ins Bad, um sich das Gesicht abzuwaschen und danach wieder in ihr Zimmer, wo sie ihr Vater bereits erwartete.

Der blechern klingende Hinweiston wurde fast von den groben Felswänden verschluckt, riss *IHN* aber trotzdem aus dem Halbschlaf. Der Dämon hatte ihm gerade noch sagen können, was zu tun sei, bevor die Gedanken in sich zusammenbrachen. Trotz der wieder aufkommenden Magenschmerzen schaffte er es schnell auf die Beine und war mit zwei Schritten an seinem Laptop. Die Jugendlichen machten es ihm einfach! Etliche der zahlreich am Handy installierten

Programme meldeten sich sofort, wenn ein Gerät wieder Empfang hatte. Nach zwei schnellen Mausklicks startete das FishingProgramm und kurz darauf erschien der Text von drei Kurznachrichten auf seinem Bildschirm. Der kurze Triumph über die Technik wich schnell der Erkenntnis, dass man diesen jungen Menschen nicht mehr die Augen öffnen konnte. Selbst in diesem jugendlichen Alter waren sie schon durch und durch von der vorgespielten Liebe ihrer Eltern verdorben. Wieder einmal wurde ihm bewusst, dass die einzige Lösung darin lag, sie zu erlösen. Sollten die Eltern ruhig erst sehen, was sie verbrochen hatten, bevor auch sie ihre gerechte Strafe erhielten.

Da er gerade keinen Kaffee hatte und auch das Feuer nicht brannte, griff er nach seinem Notmittel. Schon nach zwei Zügen hatte die Zigarre genug Glut, um ihm etwas Entspannung zu verschaffen. Der Geruch verbrannter Haut verflog so schnell, wie er entstanden war, und anschließend war er klar genug, um die weiteren Schritte einzuleiten.

Das Handysignal des Mädchens erlosch so schnell, wie es gekommen war, aber das des Jungen blieb. Er tippte einige wenige Worte in die Tastatur, drückte auf *SENDEN* und wartete. Wie nicht anders als zu erwarten, erhielt er nur wenige Augenblicke später eine positive Antwort auf seine Frage. Dann schickte er noch einen weiteren Hinweis auf den leeren Akku hinterher und trennte die Verbindung. Der Dämon in ihm klatschte Applaus.

»Wo kommst du her?«, fragte Mike scharf, und Katja antwortete zickig: »Ich war spazieren.« Er wollte schon zu neuerlichen Vorwürfen ansetzen, besann sich dann aber darauf, dass er auf diese Weise nicht wirklich weiterkam. Mit möglichst ruhiger Stimme fragte er daher: »Hast du ihn angerufen?« Sie zog ihr Handy aus der Tasche und hielt es ihm unter die Nase: »Habe ich nicht, es ist leer!« Mike atmete einmal tief durch und suchte nach den richtigen Worten: »Verstehst du mich denn überhaupt nicht? Du weißt doch, wie sich solche Sachen im Netz verbreiten und ich will nicht, dass du wegen diesem Jungen zum Gespött wirst.« Offensichtlich hatten seine Worte genau das Gegenteil von dem erzielt, was er sich erhofft hatte. Seine Tochter lief rot an und antwortete in einer Lautstärke, die sie sich ihm gegenüber noch nie erlaubt hatte: »Er ist nicht ein SOLCHER Junge und er hat es auch nicht mit Absicht getan. Vielleicht hat diese bescheuerte Hanna ihm ja einen Computervirus geschickt, oder was weiß ich ...« Dann machte sie auf dem Absatz kehrt und schloss sich im Badezimmer ein. Mike schüttelte hilflos den Kopf, ging einige Male in dem Wohnraum umher und verließ dann das Haus in Richtung See. *Vielleicht sollte ich solche Gespräche wirklich besser Petra überlassen*, dachte er und machte sich eine Zigarette an.

Katja verließ das Badezimmer, hängte das Handy an den Strom und löschte alle ihre Nachrichten. Dann zog sie sich um und versuchte im Pool auf andere Gedanken zu kommen.

Der restliche Tag verging in gedämpfter Stimmung. Ihre Eltern und Felix kamen am Nachmittag wieder vom See zurück und jeder versuchte, sich nichts anmerken zu lassen und normal mit der Ältesten umzugehen. Es war einer dieser Tage, an denen Katja froh war, einen Bruder zu haben, denn er war der Einzige, der sich nicht verstellen musste. Felix war begeistert von der Aufmerksamkeit seiner Schwester, die sonst nur genervt von ihm war, sich jetzt aber sogar seine neuesten Nintendo-Spiele zeigen ließ. Nur einmal fragte er, was denn passiert sei und warum ihre Eltern so sauer auf sie gewesen waren. Doch Katja vertröstete ihn auf irgendwann und Felix genügte das als Antwort.

Kurz vor dem Abendessen beschlossen die beiden noch einmal in den Pool zu springen. Der Himmel hinter den Glasscheiben hatte sich inzwischen Katjas Stimmung angepasst und wurde immer dunkler. Es würde nicht mehr lange dauern, bis der Regen kam.

Auch das Abendessen verlief mehr oder weniger schweigend. Draußen begannen die ersten Tropfen zu fallen, als Petra ein Gespräch versuchte: »Was machen wir denn in der nächsten Woche? Frau Kaspar hat mir auf dem Fest erzählt, dass das Wetter völlig umschlagen soll und auch Stürme nicht ausgeschlossen sind.«

»Wir fahren heim«, brummte Mike, dessen Laune sich noch weiter verschlechtert hatte. Alle drei protestierten und selbst Katja, die eigentlich nicht mit ihrem Vater sprechen wollte, stellte fest: »Na super, da sind wir einmal alle paar Jahr im Urlaub und fahren dann früher heim.« Und auch Felix unterstützte sie: »Wir haben doch einen Pool und es regnet bestimmt nicht ununterbrochen.« Petra sah ihre beiden Kinder mit dem Lächeln einer Mutter an. Sicherlich, die beiden hatten ihre eigenen Gründe, warum sie noch bleiben wollten, aber auch sie hatte die letzten Tage mit ihrer Familie genossen. Ein Gefühl von mütterlicher Wärme durchzog sie, dann legte sie ihre Hand auf die von Mike und sagte einfach: »Uns wird schon etwas einfallen. Und wenn das Wetter ganz schlimm wird, können wir immer noch heimfahren. Aber lass uns jetzt bitte noch nicht darüber nachdenken.«

»Das könnt ihr nicht!«, rief *ER* laut in seiner Höhle. »Ihr werdet eure Strafe entgegennehmen, und wenn ich euch die Augen geöffnet habe, werdet ihr mir danken!« Der Regen wurde stärker und er konnte nur noch bruchstückhaft verstehen, was in der Hütte geredet wurde, aber das war egal. Es war an der Zeit dem Dämon die Führung zu überlassen und er kannte seine Pläne. Er wusste, dass diese Familie noch nicht reif war; er wusste, dass sich der Dämon viel Zeit für ihre Bestrafung nehmen würde. So war es immer gewesen und so wird es immer sein!

Was passierte, wenn man es zu schnell tat, hatte er bei dem Polizisten gesehen. Der kurze Augenblick seiner Schüsse hatte nicht gereicht, um ihn auf den rechten Pfad zu führen. Noch nicht einmal der Tod des Jungen hinter dem Spiegel hatte gereicht. Es hatte den Polizisten verletzt statt ihn zu heilen, sonst hätte er den Sinn begriffen und sich das Leben genommen. Doch stattdessen machte er weiter wie zuvor, heuchelte Liebe und Loyalität, wo in Wirklichkeit nur Egoismus war.

Er schüttelte die Gedanken ab. Denn es war an der Zeit sich vorzubereiten!

– 18 –

Kurz vor Mitternacht streckte Sjören seine Hand aus dem Dachfenster und stellte erleichtert fest, dass der Regen wieder aufgehört hatte. Dann tauschte er den Schafanzug gegen die dunkle Straßenkleidung, öffnete seine Tür und lauschte hinunter. Als nichts als das leise Schnarchen seines Vaters zu hören war, setzte er vorsichtig den linken Fuß auf die erste Stufe. Nichts knarrte, er hatte die richtige Stelle erwischt und so machte er weiter, bis er im ersten Stock seines Elternhauses angekommen war. Für einige Augenblicke hörte das Schnarchen auf und Sjören erstarrte vor Angst, seine Eltern könnten seinen Herzschlag bis in ihr Schlafzimmer hören. Dann endlich machte sein Vater weiter, und er schaffte es bis zu der nächsten Treppe, die hinunter ins Erdgeschoss führte. Da hier die Stufen aus Stein waren, kam er deutlich schneller voran und öffnete kurz darauf die Haustür.

Den kurzen Vorgarten durchquerte er gebückt und erst, als er die Hecke hinter sich wusste, blieb er stehen und streifte seine Turnschuhe, die er zuvor in der Hand gehalten hatte, über. Der Sitz seines Mofas glitzerte nass im fahlen Nachtlicht, aber das war nicht wichtig.

Er schob die Maschine, bis das Haus seiner Eltern außer Sichtweite war, streifte mit der Hand das Wasser vom Sitz und startete den Motor.

Da ihn natürlich auch die Nachbarn gut kannten, gab er sofort Gas und fuhr auf einen Feldweg, der sich rund um den Ort zog. Auch wenn er die hiesigen Polizisten gut kannte, wollte er es nicht riskieren von ihnen aufgehalten zu werden, also verzichtete er darauf, das Licht einzuschalten und fuhr dafür etwas langsamer. Trotz der Dunkelheit kam er gut voran, schließlich war er hier aufgewachsen und kannte beinahe jedes Schlagloch und jede Rille im Boden. Hinzu kam natürlich die Vorfreude seine Katja wiederzusehen, was ihn zusätzlich antrieb. Er hoffte nur, dass auch sie es schaffen würde, sich aus dem Haus zu stehlen. Denn wenn ihr Vater sie dabei erwischen sollte, war es endgültig vorbei und er würde sie vermutlich nie wiedersehen. Eigentlich mochte er Herrn Köstner, aber was seine Tochter anbelangte, hatte er einen Knall! Und als Polizist hätte ihr Vater wissen müssen, dass zuerst einmal die Unschuldsvermutung galt. Aber Herr Köstner hatte ihn sofort für schuldig befunden und sich nichts mehr erklären lassen.

Der Feldweg endete genau hinter dem Ortsschild, und damit fast an der Einmündung des Weges, der zu dem Ferienhaus führte. Er blieb kurz stehen und sah entlang der Hauptstraße in den Ort hinein, wo absolute Ruhe herrschte. Kein Mensch war auf der Straße, nirgends fuhr ein Auto und in den Fenstern der Häuser brannte kein einziges Licht. Es schien, als wäre er alleine auf der Welt, was ihm einen leichten Schauer über den Rücken jagte. Anderseits war er aber auch froh darüber, denn so minimierte sich die Gefahr, gesehen zu werden und er konnte sich mit Katja völlig frei am Strand bewegen. Vielleicht würde sie ja sogar mit ihm schwimmen gehen? Die Temperaturen reichten gerade noch aus und warum sonst hatte sie vorgeschlagen, sich an der Kurve neben dem Ufer zu treffen. Natürlich war die Stelle gut geeignet, da sie noch weit genug vom Haus entfernt war, damit man dort das Mofa nicht hörte, aber nahe genug, damit Katja sie zu Fuß erreichen konnte.

Er gab wieder Gas, überquerte die Straße und fuhr in den Waldweg hinein. Hier war es deutlich dunkler und er musste immer öfter sein Licht einschalten, um sehen zu können, ob er überhaupt noch auf dem Weg oder schon abseits davon fuhr. Permanent einschalten wollte er es nicht, da er nicht wusste, ob man es vom Ferienhaus aus sehen konnte.

Dann kam ein Stück Weg, an dem die Bäume nicht mehr so dicht standen und es etwas heller war, dafür war der Boden hier derart aufgeweicht, dass er diesen Vorteil wieder zunichtemachte. Mehr als einmal verlor er fast die Kontrolle über sein Mofa, und auch wenn es nicht mehr weit bis zum Treffpunkt war, blieb er kurz stehen, um etwas durchzuatmen. Er ließ den Motor ausgehen, zog den Helm über seinen Kopf und wischte sich den Schweiß von der Stirn. Knapp neben ihm brach ein Ast in der Dunkelheit und ließ Sjörens Phantasie anspringen. Mit einem Schlag wurde ihm bewusst, dass er mutterseelenallein in diesem Wald war und dass auch Katja gerade durch diese Dunkelheit stolperte. Ein Frösteln durchlief ihn und weiteres Knacken, jetzt noch näher, holte ihn aus seinen Gedanken.

Widerwillig drehte er sich um und erstarrte. Gelähmt vor Schreck traute er sich nicht mehr, sich zu bewegen. Keine fünf Meter hinter ihm stand ein ausgewachsener Elchbulle und starrte ihm direkt in die Augen. Noch bevor Sjören eine Entscheidung treffen konnte, gab das mächtige Tier einen gelangweilten Grunzlaut von sich und verschwand dann seelenruhig in der Schwärze der Nacht. Sjören fiel jetzt erst auf, dass er seit einer Minute nicht mehr geatmet hatte.

Um sich Orientierung zu verschaffen, ließ er den Scheinwerfer für einen kurzen Moment aufleuchten und beschloss dann, sein Mofa die letzten Meter bis zum Treffpunkt zu schieben. Rechter Hand wurden die Bäume immer weniger und schließlich lag nur noch der Uferstreifen zwischen dem See und dem Weg. Die letzten hundert Meter waren kein Problem mehr. Durch den offenen Himmel war es fast schon hell und man konnte jede Pfütze und jeden herumliegenden Stein gut erkennen. Dann kam die Kurve, an der der Weg wieder in der völligen Dunkelheit des Waldes verschwand. Sjören lehnte das Mofa an einen Baum, zog seine dünne Jacke aus und sah sich suchend um. Von Katja war noch nichts zu sehen.

»Bist du da?« Obwohl man ihn unmöglich bis zu dem Ferienhaus hören konnte, war es mehr ein Flüstern als ein Rufen. Er ging bis ans Wasser und blickte den Uferstreifen entlang, aber auch hier war nichts von Katja zu sehen. Da er nicht wusste, ob sie den Weg durch den Wald oder unten am Wasser entlang nahm, ging er ein Stück in den Wald hinein. Kaum dass sich die ersten Baumkronen zu einem Dach vereinten, herrschte schlagartig eine Finsternis, die jede Kontur zu verschlingen schien. Ihm kam eine Idee, wie er auf sich aufmerksam machen könnte, und so zog er das Handy aus der Gürteltasche. Wie schon zu Hause, wenn er kein Licht anmachen wollte, wirkte auch hier der Schein des Displays fast wie eine Taschenlampe. Das Licht reichte zwar nur bis zu den nächsten Baumstämmen, die etwa zwei Meter neben ihm standen, aber Katja müsste es schon von Weitem sehen können. Drei, vier Mal schaltete sich das Gerät von alleine ab und er es wieder an, dann rief er erneut und etwas lauter: »Katja, bist du da?«

Eigentlich hätten die normalen Geräusche des Waldes jetzt erst stiller werden dürfen und plötzlich wurde ihm bewusst, dass es schon die ganze Zeit viel zu still war. Er war nicht zum ersten Mal nachts in einem Wald und wusste, dass es normalerweise geradezu laut war. Doch hier gab es so gut wie keine Geräusche? Ohne dass er etwas dagegen tun konnte, füllten sich seine Augen mit Tränen. Natürlich weinte er nicht, aber die Angst, welche in ihm hochstieg, ließ sich nicht zurückdrängen. Er drückte ein letztes Mal auf den Handyknopf, um die Uhr sehen zu können und stellte fest, dass Katja bereits seit einer viertel Stunde überfällig war.

Das Display leuchtete immer noch, als er das Gerät wieder zurück in seine Tasche stecken wollte. Der schwache Schein huschte über den nächsten Busch am Wegesrand und Sjören erstarrte. Waren das Schuhe, die er für den Bruchteil einer Sekunde gesehen hatte? Reflexartig riss er das Handy hoch, doch noch bevor sein zitternder Finger erneut auf eine Taste drücken konnte, wurde sein Arm gepackt und ohne Erbarmen auf den Rücken gedreht. Sjören stöhnte auf und spürte, dass seine Schulter kurz davor war aus der Gelenkpfanne zu springen. Zu völliger Bewegungslosigkeit verdammt, schrie er: »Was soll das? Was wollen Sie von mir?«

Doch statt einer Antwort hörte er die emotionslose Stimme seines Angreifers sagen: »Ich lasse dich jetzt los und erwarte dafür, dass du mir zuhörst! Denn es ist wichtig, dass du weißt, warum das hier geschieht.« Ohne seinen Griff zu lockern, machte er eine kurze Pause und fragte dann: »Hast du das verstanden?«

»Ja«, lautete Sjörens gequälte Antwort, da er die Schmerzen kaum noch aushalten konnte und alles dafür getan hätte, diese zu beenden. Schlagartig wurde sein Arm losgelassen und drehte sich in seine normale Stellung zurück, was in Sjören erneut einen schmerzhaften Stich auslöste. Aber diesmal dauerte es nur eine Sekunde, dann fühlte sich alles wieder einigermaßen normal an.

Ein Schatten tauchte in seinem Gesichtsfeld auf und stellte sich ihm gegenüber. Durch die vorherrschende

Dunkelheit konnte Sjören den Mann nur erahnen. Sein Angreifer war fast einen Kopf größer als er selbst, hatte volles Haar und trug Tarnkleidung. Auf eigentümliche Art wollte die Kopfbehaarung nicht zu dem passen, was Sjören vom Gesicht erkennen konnte.

»Was wollen Sie von mir, und warum lauern Sie mir hier in der Dunkelheit auf?« Noch während die Worte seinen Mund verließen, kam ihm in den Sinn, dass vielleicht eine Jagd stattfand und er nichts davon mitbekommen hatte. Er hatte schon erlebt, dass man Leuten, die trotz Verbot während dieser Zeit in den Wald gegangen waren, drakonische Strafen aufgebrummt hatte. Daher fragte er etwas kleinlauter: »Sind sie Jäger?«

Tatsächlich bekam er endlich eine Antwort, doch diese ließ seinen Magen verkrampfen. Wieder ohne jedes Gefühl in der Stimme sagte der Mann: »Ich bin kein Jäger, ich bin euer Richter! Und mein Urteil ist bereits gefallen!«

»Was?«, stotterte Sjören verwirrt. Sein erster Impuls war es, wegzulaufen, aber dann würde es nur noch Katja und diesen Irren in diesem Wald geben und das konnte er nicht zulassen. *Mich schlägt er vielleicht nur, aber was er mit Katja machen würde ...* Weiter wollte Sjören gar nicht denken.

Dann sprach der Mann erneut: »Ich weiß, dass du nichts für deine Scheinmoral kannst, aber du musst begreifen, dass es nur einen Weg der Erlösung gibt.«

Sjören schüttelte den Kopf: »Ich habe keine Ahnung, wovon Sie sprechen?«

Die Stimme des Mannes wurde eindringlicher: »Natürlich hast du keine Ahnung! Deine Eltern heuchelten dir Liebe vor. Dabei warst du für deinen Vater nur das Mittel zum Zweck, um deine Mutter an sich zu binden. Wie solltest du es bei Hanna und Katja besser machen? Deine Seele ist verwüstet, da kann man nichts mehr retten!«

Sjören verstand nichts von alledem, was der Fremde zu ihm sagte und langsam wandelte sich seine Angst in Belustigung. Frech und mit neuem Mut fragte er: »Haben Sie noch alle Tassen im Schrank? Ich würde sagen, Sie gehen jetzt zurück in die Anstalt, aus der Sie gekommen sind, sonst rufe ich die Polizei!«

Unbeeindruckt und den Blick starr auf Sjörens Haare gerichtet, redete der Mann weiter: »Es war mir schon vorher klar und jetzt weiß ich es sicher. Mit deiner Seele kann man nichts mehr anfangen. Aber du sollst wissen, dass dies alles nicht ohne Sinn geschieht. Für den kleinen Felix habe ich noch Hoffnung und vielleicht führt dich das Opfer, das du erbringen wirst, doch noch ein Stück näher an das Licht der Erlösung.«

Bei dem Wort *Opfer* verwandelte sich Sjörens Belustigung zurück in gesunde Angst. Verzweifelt suchte er nach einem Ausweg und fand diesen schließlich am Boden liegend. Knapp einen halben Meter neben ihm schimmerte sein im Dreck liegendes Handy. Er sah das Gerät als seine einzige Chance. Denn zum einen musste er die Polizei anrufen und zum anderen, und das war viel wichtiger, musste er Katja warnen. Während er so tat, als würde er seine immer noch ziehende Schulter etwas lockern, machte er einen kleinen Schritt zurück und stellte erleichtert fest, dass der Verrückte dies zuließ. Noch immer stand der Mann kerzengerade vor ihm, hielt die Hände hinter seinem Rücken versteckt und sah aus, als würde er militärisch stillstehen.

»Sie verschwinden jetzt!«, wiederholte Sjören seine Aufforderung, ließ sich dabei aber zur Seite fallen und versuchte mit seiner Hand an das Handy zu kommen. Doch er verfehlte es und schon eine Sekunde später verhinderte der schwere Stiefel, dass er nachfassen konnte.

Mit aller Willenskraft befahl er seinem Fuß, die Handknochen des Jungen nicht zu brechen, denn das hätte alles gefährdet. Seine Hände waren allerdings nicht so barmherzig. Sie wollten nicht verletzen, sie wollten töten! Der Dämon entfaltete all seine Kraft und beschleunigte den Stein so lange, bis der Sjörens Kopf erreichte. Es war lange her, dass er eine reife Melone aufgeschnitten hatte, aber das Geräusch, welches beim ersten Aufplatzen entstand, war exakt das gleiche wie bei diesem Schädel, der gerade brach. Den Leib des Jungen durchzuckten letzte Nervenreflexe, dann sackte er zusammen und blieb mit weit aufgerissenen Augen liegen.

Es dauerte eine ganze Weile, bis sich der Triumph in ihm legte und er endlich sein Werk zu Ende bringen konnte. Er hatte schon viel über Orgasmen gelesen, aber diese konnten mit Sicherheit nicht das auslösen, was er in so einem Moment verspürte, und er wusste, dass dieses Gefühl noch lange anhalten würde.

Viel hatte er nicht zu tun, und im Schutz der Dunkelheit konnte er alles mit Genuss erledigen. Zuerst wischte er seinen Stiefelabdruck von Sjörens Hand, dann zog er ihn ein kleines Stück in die seitliche Böschung und öffnete ihm die Hose. Das Handy kam nach einer kurzen Kontrolle wieder in die Gürteltasche. Der Junge hatte alles Nötige darauf gespeichert, sodass er nichts mehr manipulieren musste. Dann wurde noch das wichtigste Requisit fallen gelassen und die eigenen Fußabdrücke verwischt. Zufrieden warf er einen letzten Blick über die Szenerie und verschwand anschließend im Wald.

– 19 –

Der Sonntagmorgen begann wolkenverhangen und um einige Grad kühler. Mike war schon um 7 Uhr wach und ging hinaus auf die Terrasse, um eine Zigarette zu rauchen. Die Sucht hatte ihn, seit dem Einsatz mit Peter, wieder voll im Griff und, wie vor seiner Abstinenz, brauchte er jetzt wieder seine zwanzig Zigaretten am Tag. In den ersten Tagen hatte er sich noch für sich selbst geschämt, aber inzwischen war er mit sich selbst im Reinen. Er hatte immer gerne geraucht und war nie wirklich glücklich ohne gewesen. Es gehörte einfach zu ihm und so würde es jetzt auch bleiben! Fröstelnd zog er den Reißverschluss der dünnen Jacke zu und sah zum Himmel. Er mochte dieses Wetter nicht! Eine lückenlose Wolkendecke schien sich auf den Himmel gelegt zu haben und nichts deutete auf eine Veränderung hin. Nicht die kleinste Brise regte sich und wieder sah der See aus, als habe man einen Spiegel in das Tal eingepasst. Wieder zog er an seiner Zigarette, und während er den Rauch wieder ausstieß, ließ er seinen Blick über das Tal wandern. Nur Natur konnte so friedvoll sein! In keiner Stadt der Welt gab es jemals eine solche Atmosphäre, wie sie die Natur hervorbrachte. Der Wald stand in demütiger Stille da und wartete geduldig, bis das erste Licht des Tages ihn erreichte. Die nachtaktiven Tiere verschwanden jetzt langsam in ihren Unterschlupf und machten den tagaktiven Platz, um den Wald wieder mit Leben zu füllen. Der Morgen war die Zeit des Wechsels und schuf damit eine ganz besondere Stimmung. Mike dachte an Nürnberg, wo sich um diese Zeit der Berufsverkehr durch die Straßen quälte und alles und jeden vereinnahmte. Stinkende Autos, hektische Menschen und vermutlich auch wieder neue Verbrechen, die erst der neue Tag ans Licht brachte.

Den Gedanken ihren Lauf lassend, rauchte er zu Ende und wollte gerade wieder ins Haus gehen, um sich noch etwas zu seiner Frau ins Bett zu legen, als ein kleines, blinkendes Licht seine Aufmerksamkeit erregte. Konzentriert starrte er zum anderen Seeufer, wo sich die Straße entlang des Hanges schlängelte und tatsächlich, er hatte sich nicht getäuscht. Zwei größere Limousinen fuhren mit blinkenden Blaulichtern und hoher Geschwindigkeit in Richtung Tonstad.

Mike seufzte innerlich. Nicht einmal in dieser traumhaften Umgebung konnte man auf die Polizei verzichten. Die beiden Autos verschwanden und Mike ging zurück ins Haus.

»Papa, was machen die da?« Zwei Stunden später spielte Felix im Garten mit dem ferngesteuerten Auto, das er sich beim letzten Einkauf erbettelt hatte.

»Papa?« Ein Blick zur Terrasse zeigte, dass sein Vater offensichtlich wieder hineingegangen war. Ihn selbst störte der leichte Regen nicht sonderlich und auch der kleine Geländewagen schien die Nässe auszuhalten. Allerdings war es nicht der Wagen, weshalb er seinen Vater gerufen hatte, sondern zwei Boote mit einem kleinen Außenbordmotor, die unweit ihres Badestrandes etwas zu suchen schienen.

Mike hatte seinen Sohn gehört und steckte den Kopf aus der Tür: »Was ist denn los?«

»Schau mal, die Männer!«, rief Felix über die Schulter und deutete auf das Wasser. Mike runzelte die Stirn und trat in den Garten hinaus, musste aber bis zu seinem Sohn laufen, um den Randbereich des Sees einsehen zu können. Ein Blick genügte, dann wusste Mike, dass es sich um einen Polizeieinsatz handelte und ihm fielen die beiden Fahrzeuge von heute Morgen wieder ein. Zu seinem Sohn sagte er beruhigend: »Vielleicht wird jemand vermisst. Es ist bestimmt nichts Schlimmes!«

»Kann ich vor bis zum Ufer und ihnen zusehen?«, fragte Felix und Mike wollte spontan nein sagen. Doch dann antwortete er: »Aber nur bis zum Rand der Böschung und du läufst auf keinen Fall bis nach hinten zum Strand!« Erstens hatte Mike den alten Björn immer noch nicht gesprochen und zweitens war offensichtlich irgendetwas passiert. Die Polizei war nicht ohne Grund hier und er wollte nicht, dass sein Sohn irgendetwas Schlimmes aus der Nähe zu sehen bekam.

»Ist gut!«, rief Felix und war schon auf halbem Weg zum See.

Mike ging wieder hinein. »Ist irgendetwas passiert?«, fragte Petra, als sie seinen kritischen Gesichtsausdruck sah. Er stellte sich zu ihr in die Küche und erzählte von den Polizeiautos am Morgen und den Booten unten am Ufer. Als er geendet hatte, sagte sie mit einem Schaudern in der Stimme: »Meinst du, da ist jemand ertrunken?« Dann überlegte sie einen kurzen Augenblick. »Wenn die den nicht finden, kann ich nicht mehr in den See gehen. Alleine die Vorstellung ...« Sie brach ab und schüttelte sich. Mike lächelte und nahm sie in den Arm: »Wenn wir das nächste Mal im Ort einkaufen, erfahren wir bestimmt, was passiert ist!«

Aber so weit kam es nicht. Zuerst hörte er ein Motorengeräusch, dann tauchte ein Fahrzeug mit Blaulicht auf dem Dach am Waldrand auf, und kam auf das Haus zu. »Oder wir erfahren es gleich.« Petra folgte seinem Blick und sah ihn fragend an. Er zuckte mit den Schultern und meinte dann: »Ich gehe mal vor das Haus, vielleicht kann man helfen.« Petra nickte und kümmerte sich weiter um die Vorbereitung des Mittagessens.

Die beiden Männer waren schon ausgestiegen und sahen sich, auf die Polizisten eigene Art, um. Offensichtlich hatte der kleinere von beiden einen höheren Rang, was man auf den ersten Blick nicht vermutet hätte. Das schlecht sitzende, dünne Sakko passte ausgezeichnet zu seinen schmierig wirkenden Haaren und den mit Lehm verschmierten Schuhen. Einzig und allein sein arrogantes Auftreten und die Art, wie er mit seinem Kollegen sprach, ließen vermuten, dass er den Ton angab. Der zweite Polizist wirkte neben ihm weitaus sympathischer und er war es dann auch, der Mike zuerst ansprach. »Sie sind Deutsche?«, fragte er mit einem Akzent, der darauf schließen ließ, dass er Mikes Sprache im Unterricht und nicht auf der Straße gelernt hatte.

Mike fragte sich, woher sein Gegenüber wusste, dass sie Deutsche waren, dann fiel sein Blick auf das Nummernschild seines Autos und er begriff.

Aus einem Gefühl heraus wollte er die beiden auf Abstand zu seinem Haus halten und ging ihnen einige Schritte entgegen, bevor er antwortete: »Ja, wir sind Deutsche und Sie sind ...?«

Der kleinere war jetzt um das Polizeiauto herumgegangen und zog seine Marke aus der Jackentasche. Sein Kollege tat es ihm gleich und stellte sich und seinen Partner dabei vor: »Wir sind vom Morddezernat dieses Landkreises. Ich bin Kommissar Langström und das ist ...«, er nickte zu seinem Chef, »... Hauptkommissar Karlson.«

Bei dem Wort Morddezernat wurde Mike flau im Magen, was er sich aber nicht anmerken ließ. Er streckte zuerst Karlson und dann Langström die Hand entgegen und stellte sich ebenfalls mit »Hauptkommissar Köstner« vor.

Statt der erwarteten Reaktion auf die Tatsache, dass er ebenfalls bei der Polizei war, sagte Langström irgendetwas für Mike Unverständliches zu seinem Chef. Dann erst sprach er wieder zu ihm: »Bitte entschuldigen Sie, mein Chef kann Ihre Sprache nur schlecht verstehen. Sie sind also auch bei der Polizei?« Mike nickte, und fügte hinzu: »Auch bei der Mordkommission.«

»Das trifft sich gut ...«, stellte der Polizist unbeeindruckt fest,«... es geht nämlich um eine Leiche.« Ohne auf Mikes Reaktion zu warten, fragte er gleich weiter: »Man hat uns gesagt, dass Sie mit Ihrer Familie hier sind. Ist das richtig?«

Mike nickte: »Ja, ich bin mit meiner Frau und meinen beiden Kindern hier.«

»Haben Sie eine größere Tochter?« Die Frage löste in Mike Unwohlsein aus, aber er sah an ihren Gesichtern, dass sie das schon längst wussten.

Wieder nickte er: »Ja, Katja ist sechzehn. Warum? Was ist eigentlich passiert?«

Anstatt zu antworten, fragte Langström: »Können wir mit Ihrer Tochter reden?«

Langsam wurde es Mike zu bunt, doch er schaffte es ruhig, aber bestimmt zu fordern: »Vielleicht sollten Sie mir erst einmal sagen, um was es geht!« Dann konnte er sich den Nachsatz nicht verkneifen: »Bevor ich Sie auf meine Tochter loslasse.«

Das anfangs sympathische Gesicht Langströms verfinsterte sich etwas. Er wechselte einige Worte mit Karlson und erklärte dann: »Heute Morgen wurde die Leiche eines Jungen auf dem Zufahrtsweg zu diesem Haus gefunden.«

Das flaue Gefühl in Mikes Magen nahm zu und wurde zu einem Kloßgefühl, als ihn eine Ahnung beschlich. Trotzdem sagte er in ziemlich abgeklärtem Tonfall: »Und was hat das mit meiner Tochter zu tun?«

»Was soll mit mir sein?« Katja hatte die Stimmen gehört und war zur Tür gekommen, da sie hoffte, es wäre Sjören, der mit ihrem Vater redete.

Karlson sagte einige Worte, worauf Langström nickte und Katja direkt ansprach: »Kennst du einen Sjören? Er wohnt unten im Ort.«

Nun trat Katja ganz aus der Tür und ging die wenigen Schritte, bis sie neben ihrem Vater stand. Dann sah sie ihn fragend an und er erklärte: »Die beiden Herren sind von der Polizei, bitte beantworte ihre Fragen!« »Wieso Polizei?«, fragte Katja irritiert, aber Langström hakte fordernd nach: »Kennst du einen Sjören?« Mikes Tochter deutete ein Nicken an.

»Wann hast du ihn das letzte Mal gesehen oder gesprochen?«

Katja dachte an die gestrige SMS, sagte aber nur: »Er war gestern Vormittag hier, aber da hat nur mein Vater mit ihm geredet.« Dann sah sie betreten zu Boden. »Es gab vorgestern auf dem Fest ein bisschen Ärger.«

Langström übersetzte seinem Vorgesetzten, was er soeben erfahren hatte, worauf dieser zum Wagen ging und etwas holte. Dann streckte er Mike und seiner Tochter eine Asservatentüte entgegen und Langström fragte: »Gehört die dir?« Katja brauchte einige Augenblicke, um zu erkennen, was in der Tüte war, dann spürte sie, wie ihr die Röte ins Gesicht stieg: »Wie kommen Sie zu meiner Unterwäsche?« Als wäre es nicht schon schlimm genug, dass diese beiden fremden Männer ihren Slip hatten, es war auch noch die Wäsche, welche sie nach dem ersten

Mal angehabt hatte und der Stoff war dementsprechend verfärbt. Doch der Satz, den Langström dann sagte, degradierte diese Tatsache zur Nichtigkeit.

»Wir haben deine Unterwäsche neben Sjörens Leiche gefunden.«

Es dauerte einige Sekunden, bis Katja begriff, was sie eben gehört hatte, dann spürte sie noch, wie ihre Knie weich wurden und sich die Welt um sie herum verdunkelte. Mike konnte seine Tochter gerade noch auffangen und auf seine Arme nehmen. Wütend sagte er zu Langström »Vielen Dank für Ihr Einfühlungsvermögen!«, dann drehte er sich um und trug Katja ins Haus, die beiden Polizisten folgten ihm.

»Um Gottes willen, was ist passiert?« Petra stürmte hinter der Küche hervor und beugte sich über ihre Tochter, die Mike auf das große Sofa gelegt hatte. Dann erzählte er ihr in kurzen Worten, was passiert war. Als er fertig war, drehte er sich zu den Polizisten um: »Ich denke, es reicht für den Augenblick, und wenn Sie uns nichts vorzuwerfen haben, gehen Sie jetzt besser!«

Aber Langström lächelte ihn nur milde an: »Ich glaube, Sie verstehen nicht. Auf Sjörens Handy haben wir eine SMS gefunden, in der Ihre Tochter ihn aufforderte, sich in der letzten Nacht mit ihm zu treffen, und damit ist sie tatverdächtig.«

Mike konnte nicht glauben, was er da hörte, sah dann erst zu Katja, die sich immer noch nicht regte, und anschließend wieder zu den Polizisten. Als er seine Sprache wiedergefunden hatte, sagte er: »Sie glauben doch nicht im Ernst, dass meine Tochter ihre große Urlaubsliebe umbringt. Wie ist es überhaupt passiert?«

»Mike, bitte nicht hier!«, schaltete sich Petra ein, die Katja gerade ein nasses Tuch auf die Stirn legte, was offensichtlich auch Wirkung zeigte.

Die drei Männer verließen das Haus, um draußen weiterzureden, und Petra holte ein Glas Wasser für ihre Tochter.

»Und wie ist es passiert?«, wiederholte Mike seine Frage und wieder hielt Langström erst Rücksprache, bevor er antwortete: »Tut mir leid, aber dazu können wir nichts sagen, bevor wir nicht mir Ihrer Tochter gesprochen haben. Sie verstehen das sicher!« Tatsächlich hätte Mike es nicht anders gemacht, aber diesmal stand er auf der anderen Seite und hier fühlte er sich verdammt unsicher. Alles, was ihm noch einfiel, war die Frage: »Können wir abreisen?« Doch bereits, während er die Worte sagte, merkte er, wie unsinnig diese Frage war.

Natürlich schüttelte Langström den Kopf: »Es tut mir leid, aber das geht nicht. Sind Sie damit einverstanden, dass wir Ihre Familie unter Hausarrest stellen? Andernfalls müssten wir Ihre Tochter jetzt mitnehmen!«

»Bleibt mir eine Wahl?«, antwortete Mike gebrochen und stimmte damit zu. Karlson sagte einige Worte, dann wurde Mike darüber informiert, dass seine Familie beim Haus bleiben musste und maximal bis hinunter zum See durfte. Die beiden Polizisten wollten Katja noch etwas Zeit geben und dann am Nachmittag wieder vorbeikommen. Ohne sich zu verabschieden, stiegen sie in ihr Auto und fuhren langsam den Feldweg zurück. Mike blieb fassungslos zurück und konnte nicht glauben, was gerade passiert war. Er wollte schon wieder zurück ins Haus gehen, als ihm Felix einfiel. Irgendwo in diesen Wäldern lief ein Mörder herum und sein Sohn war alleine im Garten. Panik überkam ihn und er rannte los.

Als er um das Haus herum war, hätte er Felix eigentlich am Ende des Gartens und der angrenzenden Wiese sehen müssen, aber dort war er nicht! Mike rannte fluchend weiter. Er hatte seinem Sohn doch gesagt, dass er nicht bis zum

Ufer hinunter durfte. Dann erreichte er die Böschung und auch seine Hoffnung, dass der Junge dort einfach nur im Gras saß und den Polizisten zusah, brach in sich zusammen. Die Böschung war, bis auf einige aufgeschreckte Vögel, leer. Der Strand, ihre Badestelle und der Waldrand in einiger Entfernung ... leer! Mehr stolpernd als laufend hastete er die halbe Böschung hinunter und rief nach seinem Sohn, doch außer den Polizisten in ihren Booten, die zu ihm heraufsahen, bekam er keine Reaktion. Mike überlegte, was er machen sollte. Wenn er jetzt einfach mit der Suche begann, würde sich Petra schlimmste Sorgen machen und außerdem hatte er nichts dabei, was ihm als Waffe dienen konnte. Trotz der inzwischen recht frischen Temperatur klebte sein Hemd schweißnass am Körper.

Auch wenn er dadurch wertvolle Minuten verschenken würde, beschloss er, noch einmal zurück zum Haus zu gehen und spurtete los.

Ohne darauf zu achten, zog er die Terrassentür mit so viel Gewalt auf, dass sie an ihrem Anschlag abprallte und wieder ein Stück zurückfederte. Petra und seine Tochter, die wieder aufgewacht war, sahen ihn erschrocken an, und gerade als er etwas sagen wollte, öffnete sich die Badezimmertür und Felix, der noch immer an seinem Hosenstall herumnestelte, kam heraus und fragte: »Was ist los, Papa?«

Mike hätte am liebsten einen Schrei losgelassen, aber Felix hatte nichts falsch gemacht. Dann fiel die Anspannung von ihm ab und er nahm seinen Sohn stattdessen in den Arm und drückte ihn an sich. Felix, der derartige Gefühlsausbrüche von seinem Vater nicht kannte, ließ es geschehen, warf aber seiner Mutter einen fragenden Blick zu.

Mike löste die Umarmung, und noch bevor jemand nachfragen musste, erklärte er: »Als du nicht vorne am See warst, dachte ich, du bist verschwunden. Und nach den vorangegangenen Ereignissen habe ich Panik bekommen, dass dir etwas passiert sein könnte.«

»Was für Ereignisse?«, fragte Felix, und Mike begriff, dass sein Sohn von nichts wusste. Mike warf seiner Frau einen Blick zu, und als diese nickte, ging er erneut in die Hocke, um auf Augenhöhe mit Felix zu sein. Man sah es in seinem Gesicht, dass er nach den richtigen Worten suchte, dann begann er: »Hier in der Nähe ist etwas Schreckliches passiert.«

»Ist ein Kind ertrunken?«, fragte Felix in einem seltsam abgeklärten Tonfall, aber Mike schüttelte den Kopf. »Schlimmer! Man hat Sjören gefunden. Jemand hat ihm sehr weh getan!«

Felix' Gesichtsausdruck wurde schlagartig traurig; auch wenn er Sjören nicht oft gesehen hatte, mochte er Katjas Freund. Dann fragte er leise: »Ist er tot?«

Es war nicht das erste Mal, dass seine Kinder anders reagierten, als er erwartet hatte, und Mike konnte nur nicken. Felix schluckte zwei, drei Mal, bekam feuchte Augen, und wollte sich schon wegdrehen, aber sein Vater ließ das nicht zu und nahm ihn wieder in die Arme.

– 20 –

ER war in Hochform! Nach seinem ersten Triumph war er zurück zur Höhle gegangen, hatte die Augen geschlossen und sich immer wieder die Bilder des Erlebten, zusammen mit dem herrlichen Geräusch des brechenden Schädels, vor Augen geführt. Die Macht des Dämons war unbeschreiblich und offenbar noch stärker geworden. Tief in seinem Inneren spürte er, dass es nun an der Zeit war, diese Heuchler auf angemessene Art zu bestrafen. Er hatte nichts dem Zufall überlassen und das zahlte sich wieder einmal aus. Alle nötigen Schritte waren in seinem Kopf zu einem Fahrplan geworden, sogar die Schritte der anderen waren vorausbestimmt, dafür hatte er gesorgt.

Fast schon zärtlich zog er das Stück Papier heraus, mit dem er schon kurz nach seiner Ankunft begonnen hatte. Damals hatte er noch nicht wirklich gewusst, wofür es sein würde, jetzt bekam es einen Sinn. Aber noch musste er warten. Die Nacht war zu dunkel für diese Arbeit und es war wichtig, jetzt besonders vorsichtig sein. Er ließ seine Fingerkuppen über das Blatt wandern und übertrug damit ein kleines Stückchen seiner Seele auf das Material, dann legte er es weg und schloss erneut die Augen, um zu genießen.

Am nächsten Morgen zeigte ein vorsichtiger Blick ins Tal hinunter, dass die Show bereits begonnen hatte und sein

Plan an Fahrt aufnahm. Man hatte den Ort seiner ersten Erlösung gefunden und bald würde auch die ehrenwerte Familie Köstner davon erfahren.

Zufrieden und mit der Gewissheit, dass niemand den Zugang zu seinem Versteck finden würde, setzte er sich an seinen kleinen Campingtisch und erweiterte seinen Plan um ein zweites Blatt Papier.

Karlson und Langström kamen früher als erwartet zurück, denn offenbar wollten sie der Familie keine Zeit geben, um sich abzusprechen. Jedenfalls hätte es Mike so gemacht, von daher hatte er sogar ein gewisses Maß an Verständnis dafür. Diesmal machte er sich nicht Mühe vor die Tür zu gehen, sondern wartete, bis sie anklopften.

»Geht es Ihrer Tochter wieder besser?«, fragte Langström, ohne zu grüßen.

»Kommen Sie herein und tun Sie, was Sie tun müssen, damit dieser Alptraum endlich ein Ende nimmt«, antwortete Mike genervt und angespannt. Die beiden Männer betraten das Haus und sahen sich um, als erwarteten sie, dass irgendwo ein blutiges Kleidungsstück herumlag.

»Meine Tochter ist in ihrem Zimmer. Ich hole sie!«, sagte Mike und warf Petra, die völlig fertig auf dem Sofa saß, einen vielsagenden Blick zu. Doch als Mike zum Zimmer gehen wollte, hielt ihn Karlson zurück und sein Kollege sagte: »Nicht nötig, wir gehen zu ihr!«

Doch so einfach wollte Mike es den beiden nicht machen: »Also, entweder Sie lassen mich an dem Gespräch teilhaben, oder wir warten, bis ein Anwalt hier ist.« Bissig fügte er hinzu: »Bestimmt gibt es auch in diesem Land Rechte und Sie haben sicher auch gewisse Vorschriften einzuhalten!«

Langström übersetzte, und kurz darauf saßen alle vier um den Esstisch des Hauses. Die beiden Polizisten musterten

Katja und begannen die Befragung mit »Wie gut kanntest du Sjören?«.

Katja erzählte alles, was ihr von der vergangenen Woche einfiel. Mehr als einmal musste sie zu einem Taschentuch greifen, aber wenigstens dafür gaben ihr die beiden Beamten genug Zeit. Nach einer halben Stunde mischte sich dann Mike, der bisher nur zugehört hatte, zum ersten Mal ein: »Ich denke, es reicht jetzt langsam, Sie sehen doch, wie es meiner Tochter geht und ich denke, sie hat Ihnen alles erzählt, was sie wusste.«

Tatsächlich hatte Katja inzwischen schon blutunterlaufene Augen und als Kontrast dazu eine gelblich-weiße Gesichtsfarbe. Schlimm genug, was passiert war, aber jetzt wurde sie auch noch gezwungen, sich alles wieder in ihre Erinnerung zu rufen.

»Ein paar letzte Fragen noch ...«, sagte Langström, ohne Widerworte zu dulden, »... wo warst du letzte Nacht, wie kommt deine Unterwäsche an den Tatort und wann hast du Sjören das Treffen per SMS vorgeschlagen?«

Katja riss sich sichtlich zusammen, was ihr anfangs auch gelang: »Ich habe Sjören diese SMS nicht geschrieben, vielleicht war es diese bekloppte Hanna.«

»Von deinem Handy aus?«, fragte Langström stirnrunzelnd und fuhr fort: »Wo ist dein Handy jetzt?« Mit dieser Frage streckte er fordernd die Hand über den Tisch. Katja sah verzweifelt zu ihrem Vater, aber dieser nickte. Dann zog sie das Gerät aus der Hosentasche und legte es in die Hand des Polizisten, der es mit einer Tüte umgriff und dann hineinfallen ließ. »Du bekommst es wieder, wenn wir es untersucht haben. Also weiter ...«

Katja sah ihn finster an und bei dem Gedanken, dass sie jetzt auch noch ihre privatesten Nachrichten lesen würden, wurde sie wütend.

Pampig sagte sie: »Wie mein Slip dorthin gekommen ist, weiß ich auch nicht!«

»Um welchen geht es denn?«, mischte sich Petra vom Sofa herauf ein und Katja sagte müde: »Um den mit den Herzchen drauf. Ich habe ihn in meinem Zimmer zu der Schmutzwäsche gelegt.« Petra schüttelte den Kopf: »Die habe ich gestern zu meinen schmutzigen Sachen geschüttet und dieser Slip war mit Sicherheit nicht dabei.«

»Woher wollen Sie das so genau wissen?«, fragte Langström.

»Weil ich die Sachen gleich nach Farben trenne und jedes Teil in der Hand hatte«, antwortete Petra in einem Ton, der deutlich zeigte, dass sie nicht gerne angezweifelt wurde.

Langström gab sich offensichtlich mit dieser Antwort zufrieden und drehte sich wieder zu Katja: »Und wo warst du letzte Nacht?«

Katja schüttelte verzweifelt den Kopf, dann brüllte sie fast: »In meinem Bett, aber das glauben Sie mir ja sowieso nicht!« Dann sprang sie auf, rannte in ihr Zimmer und zog die Tür lautstark hinter sich zu. Auf dem Bett brachen schließlich alle Dämme und sie weinte laut schluchzend in ihr Kopfkissen.

Für einen kurzen Moment herrschte Stille im Raum, dann sah Karlson auf die Uhr, sagte ein paar Worte zu Langström und zu Mikes Überraschung machte dieser dann den Vorschlag: »Heute ist Samstag und die Läden haben noch zwei Stunden geöffnet. Wenn Sie wollen, können Sie in den Ort fahren und etwas einkaufen. Es versteht sich aber von selbst, dass Sie dann wieder hier herkommen und auch hier bleiben. Wir sind für heute fertig!«

»Halten Sie meine Tochter tatsächlich für eine Mörderin?«, fragte Petra ungläubig. Wieder tuschelten die beiden Polizisten etwas miteinander, wonach Langström antwortete: »Falls Sjören sie vergewaltigen wollte, hätte sie ein Motiv. Nach allem, was wir bisher gehört haben, können wir uns das aber nur schwer vorstellen.« Dann wandte er sich an Mike: »Aber Sie als Kriminalbeamter wissen selbst, dass genug Dinge passieren, die man sich eigentlich nicht vorstellen konnte.« In Mike blitzten die Bilder des letzten Einsatzes mit Peter auf und er konnte nur resigniert nicken: »Haben Sie denn Anhaltspunkte dafür, dass Sjören so etwas vorhatte?«

Langström schüttelte den Kopf: »Das darf ich Ihnen nicht sagen.« Mike beließ es dabei, dann verabschiedeten sich die beiden und das Ehepaar blieb ratlos zurück.

Nach einer Weile war es Petra, die das Gespräch suchte: »Was machen wir denn jetzt? Da draußen läuft ein Mörder herum und die lassen uns nicht weg.« Sie machte eine kurze Pause. »Was, wenn wir das Nötigste zusammenpacken und einfach losfahren?«

Mike sah sie traurig an: »Keine Chance! Wir kämen vermutlich nicht einmal bis zur Grenze und wenn doch, wäre spätestens dort Schluss. Außerdem würden wir uns strafbar machen und hätten dann erst richtig Ärger am Hals. Ich bin mir sicher, dass Katja bald entlastet wird und wir dann weg können. Solange müssen wir einfach durchhalten und etwas aufpassen, aber ich denke nicht, dass der Mörder noch in der Nähe ist. Normalerweise versucht man, sich nach so einer Tat ruhig zu verhalten und möglichst großen Abstand zum Tatort zu wahren.« Petra dachte über die Worte ihres Mannes nach, dann brach auch ihre Fassade zusammen: »Der arme Sjören. Es ist so schwer zu begreifen, dass er tot ist!«

Mike setzte sich neben sie, nahm sie in den Arm und wartete ihre Tränen ab. Nach einer Weile löste sich Petra, stand auf und ging zu Katja ins Zimmer. Ihre Tochter hatte sich inzwischen soweit beruhigt, dass sie mit ihr reden konnte. »In was sind wir da nur hineingeraten?«, fragte Petra leise und erneut füllten sich Katjas Augen. »Ich weiß es nicht, Mama. Wer kann Sjören das nur angetan haben? Er war so ... so einfühlsam und er hat bestimmt auch niemandem etwas getan!« Petra nahm sie in den Arm, und nach einer Weile schlug sie vor: »Lass uns eine Tasse Tee trinken. Essen geht ja sowieso nicht rein.« Katja nickte und folgte ihrer Mutter in die Küche.

Mike, der sich einen Kaffee gemacht hatte, versuchte ein Lächeln, als die beiden das Zimmer betraten. Katja hatte erwartet, dass ihr Vater sie jetzt ausfragen würde, oder ihr irgendwelche Vorwürfe machte. Doch stattdessen ging er ihr zwei Schritte entgegen und nahm sie in den Arm. »Wir schaffen das, mach dir keine Sorgen!« waren seine einzigen Worte.

Wieder erschienen die Bilder von Sjören in Katjas Kopf. Sie konnte das alles einfach nicht begreifen. Noch vor zwei Tagen hatte sie neben ihm gelegen, seine Nähe gespürt und jetzt lag er kalt und einsam auf einer Blechschublade. Wieder wurde sie von Trauer erschüttert und ihre Tränen durchnässten das Hemd ihres Vaters, der sie bedingungslos festhielt.

Felix, der das Schluchzen seiner Schwester gehört hatte, steckte den Kopf aus seinem Zimmer und sah seine Mutter fragend an. Petra ging zu ihm und schaffte es, trotz ihrer eigenen Trauer, ein ruhiges Gespräch mit ihm zu führen.

Irgendwann saßen alle um den Esstisch herum und besprachen, wie es nun weitergehen sollte. Aus dem Ort brauchten sie nichts mehr und so beschlossen sie, den restlichen Tag beim Haus zu verbringen. Nur Mike wollte noch einmal rüber zum Waldrand gehen, um Peter anzurufen.

Zum einen wusste er nicht, wie lange das alles noch dauern würde, und zum anderen hatte die hiesige Polizei mit Sicherheit eine Anfrage zu seiner Person gestellt. Da war es besser, wenn jemand aus seinem Revier Bescheid wusste, bevor wieder das Gerede losging.

Das Wetter passte zu der allgemeinen Stimmung. Immer heftigere Windböen trieben dunkle Wolkenfetzen vor sich her, aus denen immer wieder kräftige Schauer niedergingen.

– 21 –

Es war später Samstagnachmittag, als Peter aus der Dusche kam und vier Nachrichten seines Partners auf dem Handy fand. Noch bevor er die Nachrichten las, versuchte er Mike zurückzurufen, aber es kam keine Verbindung mehr zustande. Dann öffnete er die erste SMS und konnte nicht glauben, was dort stand. Mike war es gewohnt, komplizierte Sachverhalte in wenigen Worten niederzuschreiben und so hatte er in den vier Kurznachrichten alles Wesentliche geschildert.

Auch wenn es überhaupt nichts mit Mikes Problemen zu tun haben musste, hatte er das Gefühl, dass diese ominöse E-Mail und Henriks Verschwinden in irgendeinem Zusammenhang standen. Vielleicht war es auch nur der berühmte Strohhalm, an den er sich klammerte, aber es konnte auf keinen Fall schaden, der Sache weiter nachzugehen.

Entschlossen griff er erneut zum Handy und verschob das geplante Treffen mit seiner Ärztin. Dann zog er die Anzughose wieder aus und stattdessen seine Jeans an, ging in den Keller seines Hauses und holte das Fahrrad heraus.

Dieses Mal schaffte er die Strecke in wesentlich kürzerer Zeit und ohne Zusammenbruch. Schwer atmend stellte er sein Rad an einen Laternenpfahl und schloss es mit der Kette ab. Noch immer sahen die Fenster von Henriks Wohnung unbewohnt aus.

Nachdem sich auch nach dem dritten Betätigen der Türglocke nichts rührte, versuchte Peter sein Glück und drückte einfach gegen die alte Haustür, welche tatsächlich nachgab. Das Treppenhaus hatte den typisch muffigen Geruch alter Häuser und dazu passend bestand die Treppe aus abgetretenen Holzstufen, die furchtbar knarrten. Henriks Tür unterschied sich in nichts von den anderen im Haus. Nur dass ein paar schmutzige Turnschuhe davor standen, die aussahen, als wären sie gerade benutzt worden. Wieder betätigte Peter den Klingelknopf. Alles blieb still. Im ersten Augenblick irritierte ihn irgendetwas, bis er draufkam, was es war. Man hörte nichts, auch nicht den Ton einer Glocke. Entschlossen klopfte er an der Tür und tatsächlich dauerte es nur wenige Sekunden, bis ein Schlüssel umgedreht wurde und die Tür sich öffnete.

Der Nachmittag in Finnland verging, ohne dass sich die Stimmung aufhellte. Einzig Felix schien die Umstände etwas besser zu verkraften, vielleicht weil sein kindliches Gemüt den Ernst der Lage nicht erfassen konnte. Als der Abend hereinbrach und es langsam dunkel wurde, stieg Mikes Anspannung merklich an. Der Gedanke, noch eine weitere Nacht hier, fernab der Ortschaft und ohne Handyempfang zu verbringen, grub sich immer tiefer in seinen Kopf hinein. Unter normalen Umständen hatte er kein Problem damit, da es tatsächlich so war, wie er am ersten Tag sagte. In jeder Stadt war es unsicherer als in der Natur. Aber die Umstände hatten sich grundlegend geändert und er konnte seine Angst nicht einfach wegdrücken.

Kurz bevor das letzte Licht des Tages verschwand, ging er zu seinem Auto. Dort holte er die Taschenlampe und den kleinen Schlagstock aus Gummi mit Stahlkern, den er immer mitdabeihatte, aus dem Kofferraum. Dann verschloss er sorgfältig alle Türen und Fenster des Hauses und fragte danach, ob jemand eine Idee für den Abend hatte.

Petra schlug ein Kartenspiel vor und tatsächlich versuchten sich alle darauf zu konzentrieren, um etwas auf andere Gedanken zu kommen. Gegen 22 Uhr beschlossen, sie ins Bett zu gehen und Mike kontrollierte noch einmal die Türen, bevor er sich zu Petra ins Bett legte. Eng umschlungen schafften es beide einzuschlafen, nur Katja lag noch lange wach und weinte still in ihr Kissen.

»Was haltet ihr von einem Spaziergang?«, schlug Petra am nächsten Morgen vor, sah dann aber zu Mike und fragte: »Das dürfen wir doch, oder?«

»Solange wir nicht bis zur Staatsgrenze laufen, sollte das kein Problem sein. Ich kann ja an der Tür einen Zettel anbringen, bevor wir noch Ärger mit den netten Herren von der hiesigen Polizei bekommen.« Felix stimmte sofort zu, nur bei Katja mussten sie ein wenig drängeln.

Es dauerte ein bisschen, bis jeder seine Schlechtwetterklamotten gefunden hatte, dann verließen sie das Haus und Mike befestigte ein Blatt Papier an der Tür, auf dem stand: »Wir sind nicht geflüchtete, sondern machen nur eine kleine Wanderung. Meine Handynummer haben Sie ja bereits!«

Petra sah sich unentschlossen um: »In welche Richtung wollen wir?«, worauf Felix sofort »Am Strand entlang!« antwortete. Da sich niemand den Berg hinaufquälen wollte, waren alle einverstanden und der Jüngste übernahm die Führung. Sie umrundeten das Haus, überquerten den Garten und folgten dann dem Strand in Richtung des hinteren Teils des Sees.

Dass der Zettel sofort, nachdem sie außer Sichtweite waren, gelesen wurde, konnten sie nicht ahnen.

Nach einer halben Stunde machte die Familie Rast und

Mike lud seinen Rucksack ab. Sie setzten sich auf einen umgestürzten Baum und wollten gerade eine Kleinigkeit essen, als Katjas Blick über den See wanderte. Genau gegenüber am anderen Ufer war die kleine Bucht, wo sie und Sjören sich das erste Mal nähergekommen waren. Von dort fuhren sie zu ihm nach Hause und schliefen miteinander. Katjas Magen krampfte sich zusammen und Tränen bahnten sich ihren Weg. Mit zitternder Hand gab sie ihrem Vater das Sandwich zurück und sagte gepresst: »Ich gehe ein paar Schritte.« Mit besorgtem Blick sah Petra ihrer Tochter hinterher, dann stand sie ebenfalls auf und folgte ihr bis zum Wasser.

Dort setzte sie sich neben Katja auf den schmalen sandigen Uferstreifen und sagte erst einmal nichts. Katja hatte das Gesicht in ihren Händen vergraben und weinte leise vor sich hin. Nach einiger Zeit hob sie den Kopf, blickte zu der Bucht hinüber, und da sie ihrer Mutter vertraute, sagte sie leise: »Da drüben haben wir uns zum ersten Mal geküsst.«

Petra legte ihren Arm um Katjas Schulter und zog sie etwas zu sich, dann sagte sie mit tröstender Stimme: »Ich kann nur erahnen, wie schrecklich das alles für dich sein muss. Bitte komm zu uns, wenn du reden möchtest, und mach das nicht mit dir alleine aus. Du kannst das jetzt noch nicht glauben, aber die Erinnerung wird mit der Zeit blasser und damit leichter werden. Nachdem deine Oma letztes Jahr gestorben ist, hatte ich auch das Gefühl, es würde mich zerreißen. Aber inzwischen kann ich wieder ohne Trauer an sie denken. Sicherlich fehlt sie mir hin und wieder, aber ich weiß auch, dass es ihr da oben gut geht und dass sie immer einen Blick auf mich hat.«

Wieder herrschte eine Weile Schweigen zwischen den beiden, dann gab Katja ihrer Mutter einen Kuss auf die Wange und sagte flüsternd: »Danke.«

Als die ersten Regentropfen fielen, machten sich die vier auf den Rückweg und schafften es gerade noch rechtzeitig in ihr Haus zu kommen, bevor aus dem leichten Tröpfeln ein ausgewachsener Wolkenbruch wurde.

»Darf ich in den Pool?«, fragte Felix und bekam die Erlaubnis, noch bis zum Mittagessen ins Wasser zu dürfen. Daraufhin ging er in sein Zimmer, um sich umzuziehen. Wie zu Hause auch, herrschte dort das absolute Chaos, allerdings mit dem Unterschied, dass es seiner Mutter hier egal war. Auf der unteren Matratze seines Stockbettes lagen so ziemlich sämtliche Klamotten, die er dabei hatte, und auf dem einzigen Tisch des Zimmers stapelten sich Micky-Mouse-Hefte neben allen möglichen Dingen, welche er draußen gefunden hatte.

Felix zog sich aus und kramte dann nach seiner Badehose, als ihm ein Zettel auffiel, dessen Ecke unter der oberen Matratze herausschaute. Eigentlich kannte er jeden Winkel des kleinen Raums, aber dieses Blatt war ihm noch nicht aufgefallen. Er zog es heraus und betrachtete es skeptisch. Auf den ersten Blick sah es aus wie das Geschmiere eines Kindes und er wollte es schon wegschmeißen. Doch dann drehte er es richtig herum und begriff, dass es eine Art Landkarte sein musste. Alle markanten Punkte waren durch Symbole gekennzeichnet und Felix brauchte nicht lange, um zu erkennen, dass es sich um die Gegend rund um ihr Haus handelte. Kleine Pfeile markierten offenbar den Weg zu einer Stelle, an der der Abdruck einer Münze zu sehen war. *Bestimmt ein Schatz*, dachte Felix.

Aufgeregt zog er sich seine Badehose an und stürmte dann hinaus in die Küche, wo seine Eltern gerade das Essen vorbereiteten. »Papa, schau mal, was ich gefunden habe … Darf ich das suchen?«, plapperte er aufgeregt drauflos. Mike, der überhaupt nicht wusste, worum es eigentlich ging, hob abwehrend beide Hände und fragte dann in ruhigem Ton: »Was willst du suchen? Von was sprichst du eigentlich?«

»Hier schau mal, das habe ich in meinem Zimmer gefunden.« Felix drückte ihm das Blatt in die Hand und redete auch gleich weiter: »Da hat bestimmt ein Kind für andere Kinder einen Schatz versteckt!« Mike brauchte ebenfalls etwas, bis er begriffen hatte, was er da in Händen hielt. Dann schüttelte er den Kopf: »Wenn ich das richtig sehe, ist dieser angebliche Schatz ganz schön tief im Wald versteckt und da gehst du mit Sicherheit nicht alleine hin!« Petra knuffte ihn kurz in die Seite. Er verstand ihre stumme Aufforderung und fügte hinzu: »Aber wir können später zusammen danach suchen.« Felix' Gesichtsausdruck, der kurz zu entgleisen drohte, hellte sich sofort wieder auf und fast tanzend hüpfte er in Richtung Pool davon. Wobei er immer wieder »Ich bin ein Schatzsucher, ich bin ein Schatzsucher ...« rief.

Petra lächelte ihren Mann an, gab ihm dann einen zärtlichen Kuss, gefolgt von einer innigen Umarmung und flüsterte ihm ins Ohr: »Ich bin froh, dass ich dich habe!«

– 22 –

Gegen 14 Uhr hörte der Regen endlich auf und Felix drängte seinen Vater, mit der Schatzsuche zu beginnen. Mike trank den letzten Schluck Kaffee und streckte die Hand aus: »Dann zeig mir mal den Plan.« Felix reichte ihm die Zeichnung und fragte: »Soll ich mich schon anziehen?« Sein Vater nickte und drehte sich dann zu Petra um, die gerade das Geschirr abspülte: »Meinst du, ich kann euch alleine lassen?«

»Ihr werdet ja wohl nicht ewig bleiben«, erwiderte sie und Mike warf noch einmal einen Blick auf die Karte: »Nein, so weit dürfte es nicht sein und ich denke, in spätestens einer Stunde sind wir wieder zurück.« Dann stand er auf, zog sich seine Jacke und die Wanderschuhe an und ging anschließend noch einmal in die Küche, um Petra noch einen Abschiedskuss zu geben. Felix rief nur noch ein »Tschüss Mom!« von der Tür aus und kurz darauf folgten die beiden dem aufgezeichneten Weg, der sie in den Wald hineinführte. Tatsächlich gab es einen schmalen, fast nicht sichtbaren Pfad, der offensichtlich kaum benutzt wurde, da sich bereits allerlei Pflanzen darauf angesiedelt hatten. Ausgelöst durch den Regen durchzogen kalte Nebelschwaden das Gewirr aus Baumstämmen und niederen Büschen, in denen es immer wieder raschelte und von denen aus Vögel ihren Ruf durch den Wald schickten. Je weiter sie gingen, umso öfter schauten große Gesteinsbrocken aus dem sonst mit Moos bewachsenen Waldboden. Der Pfad führte sie zunächst quer zum Hang, dann über einen Bach, dem sie schließlich weiter bergauf folgten. Immer wieder mussten die beiden kurz Halt machen, um die Karte zu studieren.

Als sie nach circa zwanzig Minuten eine kleine Lichtung erreichten, stellte Mike fest: »Es kann eigentlich nicht mehr weit sein!« Dann zeigte er Felix das Blatt. Sein Sohn drehte sich daraufhin einmal langsam um die eigene Achse und verkündete schließlich mit ausgestrecktem Arm: »Da drüben ist die Wurzel!«

»Die Karte stimmt ja tatsächlich«, stellte Mike beeindruckt fest und gemeinsam gingen sie auf das gewaltige Wurzelwerk eines umgekippten Baumes zu. Auf den letzten Metern hielt es Felix nicht mehr aus und rannte schon voraus. »Sei vorsichtig!«, rief Mike ihm hinterher, aber sein Sohn war bereits in der Mulde, in der zuvor der Baum gestanden hatte, verschwunden. Endlich war auch Mike am Rande des Kraters angekommen, wo ihm Felix bereits triumphierend eine kleine Blechbox entgegenstreckte. Aber statt die Dose zu nehmen, packte Mike seinen Jungen am Handgelenk und zog ihn aus dem Loch hinaus. Dann setzten sich die beiden auf den Baumstamm und Felix mühte sich, den Deckel von der Dose zu bekommen. Einige Meter weiter brach ein Ast im Unterholz und Mike sah nervös in die Richtung, konnte aber nichts Ungewöhnliches erkennen. Endlich hatte es Felix geschafft. Mit einem leisen Plopp löste sich der Deckel und flog in hohem Bogen auf den Waldboden. »Und?«, fragte Mike, der jetzt selbst gespannt auf den Inhalt war.

Felix schüttete alles auf den Baumstamm zwischen sich und seinem Vater. Als Erstes rutschte ein kleiner, aber sehr neu aussehender Kreisel zusammen mit einem geriffelten Plastikstreifen heraus. »Krass, das ist ein Original-Beyblade!«, stieß Felix aus.

»Ein was?«, fragte Mike und sah das Ding verständnislos an.

»Ein Beyblade«, wiederholte Felix und erklärte dann: »So einen will ich schon lange, aber die sind nicht ganz billig.«

»Und wer legt so ein teures Spielzeug mitten in den Wald?«, fragte Mike mehr sich selbst als seinen Sohn. Felix ging nicht darauf ein und schaute stattdessen noch einmal in die Dose. »Da ist noch etwas drin!« Dann fischte er ein zusammengefaltetes Blatt Papier heraus, streifte es glatt und las vor: »Lieber Finder! Schön, dass du meiner Spur folgen konntest und den ersten Schatz geborgen hast. Aber das war nur der Anfang, ab jetzt wird es wirklich schwer ... Gez. Björn Anderson«

»Björn Anderson«, wiederholte Mike nachdenklich, »ich glaube, so hieß der Mann, von dem wir am ersten Tag die Schlüssel für das Haus bekommen haben. Ich hätte dem Alten gar nicht zugetraut, dass er sich solche Abenteuer für seine kleinen Gäste einfallen lässt.«

»Ich bin nicht klein!«, protestierte Felix. Dann wurde sein Blick, zusammen mit seiner Stimme, bettelnd: »Wir suchen doch den zweiten Schatz auch noch, oder?«

Mike wollte zuerst nein sagen, warf dann aber einen Blick auf seine Uhr und verkündete: »Also gut. Aber wenn es zu weit weg ist, brechen wir ab!«

»Danke, Papa!« Felix war bereits aufgesprungen, hatte den Kreisel in seiner Tasche verschwinden lassen und studierte nun den zweiten Plan.

»Es geht quer durch den Wald«, stellte er schließlich fest und zeigte auf eine Lücke zwischen zwei großen Büschen, dann gingen sie los.

ER lag im Unterholz unweit der Hütte und wartete wie Felix darauf, dass der Regen endlich aufhörte. Die Kameras hatten ihm gezeigt, dass der Junge seinen Schatzplan gefunden hatte. Jetzt war es nur noch eine Frage der Zeit, bis Vater und Sohn aufbrechen würden. Zwei Stunden waren inzwischen vergangen. Seit zwei Stunden lag er regungslos auf den Narben seiner Kindheit, die sich rund um seinen Penis zogen, und genoss jede einzelne Minute davon. Es war eine Genugtuung, dass der strafende Gürtel seiner Mutter ihm jetzt Genuss bereitete. Er hatte die Bilder aus dieser Zeit so klar vor sich, als wäre es erst gestern gewesen.

Das Bild seines Vaters, wie er mit den starken Händen eines Fischers dafür sorgte, dass er auf dem Rücken liegen blieb, und dann seine Mutter, die mit einem fast schon entarteten Gesichtsausdruck dastand, einige Probeschläge in die Luft machte und schließlich auf seinen Unterleib zielte.

Als es anfing, hatte er noch geschrien, was die Anzahl der Schläge deutlich erhöhte. Nach dem dritten Mal hatte er verstanden, worauf es ankam und vorher einen derart heißen Tee getrunken, dass die Schmerzen der Schläge dagegen verblassten. Die beiden hatten nie mitbekommen, dass ihr Sohn schon vorher völlig taub war und sich fast schon bereitwillig hinlegte, um ihnen so den Spaß zu nehmen.

Endlich wurden die Tropfen kleiner und der Himmel riss ein wenig auf. Die Zeit war gekommen, um die beiden Kinder zu erlösen, bevor ihre Eltern den Punkt erreichten, wo ihnen alleine die Lüge ihrer Liebe nicht mehr reichte und sie ebenfalls zum Gürtel griffen. Er hatte den Gedanken kaum zu Ende gedacht, als die Tür der Hütte aufschwang und der Polizist zusammen mit seinem Sohn heraustrat. Die beiden berieten sich kurz, dann verschwanden sie auf dem Pfad, den er ihnen vorgegeben hatte.

Viel Zeit hatte er nicht, aber er war gut vorbereitet. Kaum dass die beiden außer Sichtweite waren, zog er seinen alten Armeerucksack aus dem Unterholz und begann alles Nötige herzurichten. Er war in den letzten Tagen so oft hier gewesen, dass er jeden Baum und jeden Ast, den er benötigte, sofort wiederfand. Nur einmal hielt er kurz inne, da die Mutter aus der Hütte herauskam, um eine Tüte Müll zur Tonne zu bringen. Ein Blick auf die Uhr bestätigte seinen Zeitplan, denn gerade einmal zehn Minuten waren vergangen. Selbst wenn Vater und Sohn nur bis zum ersten Schatz gingen, hatte er wenigstens eine dreiviertel Stunde Zeit.

Zufrieden betrachtete er sein Werk, und als auch der Dämon seine Zustimmung signalisierte, holte er die in das Tuch gewickelte Flasche aus dem Rucksack, klopfte sich den Dreck von der Kleidung und trat aus dem Wald.

Als es an der Tür klopfte, lag Katja auf ihrem Bett und hörte über Kopfhörer Grönemeyers traurigste Lieder. Petra schreckte dagegen von ihrem Buch hoch. Hatte sie das Auto nicht gehört, oder war gar keines gekommen? Als es erneut klopfte, legte sie das Buch beiseite und ging langsam zur Tür, die sie, wie Mike es wollte, verschlossen hatte.

»Wer ist da?«, fragte sie durch das Holz.

»Hauptkommissar Karlson schickt mich. Ich soll Ihnen sagen, dass wieder alles in Ordnung ist. Wir haben den Täter gefasst und er ist geständig«, antwortete die fremde Stimme. Petra schloss kurz die Augen und schickte erleichtert ein Stoßgebet gen Himmel, dann drehte sie den Schlüssel um und öffnete die Tür. *Der Mann sieht nicht aus wie ein Polizist*, schoss ihr noch durch den Kopf, dann wurde sie gepackt und ein Tuch auf ihr Gesicht gedrückt. Sie wusste instinktiv, dass die plötzliche Schwäche von dem Zeug kam, dass sie gerade einatmete, und schaffte es die Luft anzuhalten. Für einen kurzen Augenblick tanzten tausende Lichtpunkte vor ihren Augen, dann ging es wieder und sie konnte genug Kraft aufbringen, um ihrem Angreifer das Tuch aus der Hand zu reißen. Für einen Moment dachte sie, es schaffen zu können, dann streifte etwas Kaltes ihren Hals und ihre Atemzüge hörten sich plötzlich seltsam an. Sie wollte nach unten sehen, doch ihr Kopf hatte keinen Halt mehr und klappte ein Stück nach hinten. Schließlich brach sie zusammen und das Letzte, was sie wahrnahm, waren ein paar schwere, blutverschmierte Stiefel, die einfach über sie hinwegstiegen. Petra wollte ihre Tochter noch warnen, aber der zerstörte Kehlkopf ließ keinen Laut mehr zu.

Seltsamerweise hatte sie während der ganzen Zeit, bis die Dunkelheit sie empfing, kaum Schmerzen. Doch eine unerträgliche Angst beschleunigte ihren Puls und pumpte ihr Blut dadurch noch schneller auf den Fußboden.

Katja hörte nichts, spürte aber die leichte Erschütterung des Holzbodens und nahm ihre Kopfhörer aus den Ohren. Alles war still.

»Mama?«, rief sie fragend in Richtung ihrer Zimmertür, doch nichts rührte sich. Mit einem unguten Gefühl stand sie auf, ging zur Tür und blickte in den Raum. »Mama?« Wieder keine Antwort. »Bist du auf der Toilette?« Langsam betrat sie den Wohnraum und sah sich um, dann bemerkte sie das Tageslicht im Flur und dachte, ihre Mutter sei kurz hinausgegangen. Unsicher machte sie zwei weitere Schritte in den Raum hinein, um den kompletten Flur einsehen zu können, als sich neben ihr plötzlich ein Schatten von der Wand löste. Sie versuchte noch auszuweichen, aber es war zu spät. Der Mann war bereits bei ihr und bekam einen Zipfel ihres T-Shirts zu fassen, aber Katja hatte lange genug Judo gemacht, um sich aus so einem Griff lösen zu können und schaffte es tatsächlich. Durch eine geschickte Drehung ihres Körpers entglitt dem Angreifer der dünne Stoff und brachte ihn sogar ins Straucheln. Katja flüchtete in Richtung Haustür und wäre fast auf ihre Mutter gestiegen. Fassungslos stockte sie und konnte nicht glauben, was sie da sah. Der leblose Körper lag in einem See aus Blut und aus einer riesigen Wunde am Hals lief immer noch mehr.

»Bleib stehen, ich will dir nur helfen«, hörte sie die Stimme ihres Angreifers, wie durch dichten Nebel. *Du musst weg!*, schrie eine innere Stimme und riss sie aus ihrer Erstarrung. Es kostete Katja unendlich viel Überwindung, aber sie schaffte es, über den Leib ihrer Mutter zu steigen und aus dem Haus zu rennen. Für einen kurzen Augenblick erwog sie in Richtung Dorf zu laufen, aber wenn dieser Mann über ein Fahrzeug verfügte, würde sie nicht weit kommen. Dann entschied sie sich für den Pfad, den ihr Vater mit Felix genommen hatte. Ihre Entscheidung fiel keine Sekunde zu spät, denn im selben Moment flog die Haustür, welche sie hinter sich zugeschlagen hatte, erneut auf und ihr Verfolger stürzte heraus.

Katja rannte, so schnell sie konnte, und erreichte mit wenigen Schritten den Waldrand. Ohne einen Blick zurückzuwerfen, folgte sie dem Pfad, der auf den ersten Metern durch dichte Büsche führte. Das Brechen der Äste unter seinen schweren Schuhen trieb sie an, noch schneller zu laufen und endlich wichen die Büsche zurück und der Pfad wurde etwas breiter. »Papa, Hilfe!«, brüllte sie in den Wald hinein, doch im selben Augenblick verloren ihre Füße den Bodenkontakt und Katja schlug unbarmherzig hart auf dem Waldboden auf. Ein schneidender Schmerz, der sich quer über ihre Schienbeine zog, zusammen mit dem des Aufpralls, trieb ihr sämtliche Luft aus den Lungen. Nur einen Herzschlag später war er über ihr und kniete sich auf ihren Rücken. Dann wurden ihre Arme nach hinten gerissen und das metallische Klicken von Handschellen fixierte sie dort.

»Der Stolperdraht war eigentlich für deinen Vater gedacht«, verkündete er schwer atmend, aber mit Triumph in der Stimme.

»Lassen Sie mich!«, brüllte Katja und versuchte sich umzudrehen, was sein Gewicht auf ihrem Rücken aber verhinderte.

»Du hörst jetzt zu schreien auf oder möchtest du so wie deine Mutter enden?«, drohte er und drückte ihr dabei die kalte, noch blutige Klinge seines Messers auf die Backe.

»Sie Bastard«, keuchte Katja, wagte es aber nicht mehr laut zu reden.

»So ist es gut!«, stellte er zufrieden fest und ging neben ihr in die Hocke. Dann zog er sie an den Armen hoch und drängte sie den Pfad entlang, zurück zum Haus. Zuerst dachte Katja keinen Schritt laufen zu können, so brannten die Wunden an ihren Schienbeinen, aber nach einigen Schritten ging es besser. Schweigend gingen sie zurück, wobei er ihr jedes Mal, wenn sie langsamer wurde, unsanft den Griff seines Messers in den Rücken stieß. Am Haus angekommen, zog er ein zweites Paar Handschellen aus seiner Gürteltasche und machte Katja an dem dicken Draht des Blitzableiters fest. Noch bevor sie sich fragen konnte, was dieses Monster vorhatte, war er im Haus verschwunden und kam gleich darauf wieder, mit einem Stuhl in der Hand, heraus. Dann löste er sie von dem Blitzableiter und befahl knapp: »Da lang!«, wobei er erneut zu dem Waldrand nickte. Unsanft manövrierte er sie durch eine weitere Lücke zwischen den Büschen in den Wald hinein. Nach wenigen Metern sah sie, was er vorbereitet hatte, und brach zusammen.

– 23 –

»Da oben muss es sein!«, verkündete Felix aufgeregt und deutete auf ein kleines Felsplateau, das ein Stück über den Abhang ragte. Der Schatzplan hatte sie zu einem kleinen Fluss geführt, der sich tief in den Berg gegraben hatte. Oberhalb dieser Schlucht folgten sie einem ausgetretenen Trampelpfad, der ihnen phantastische Eindrücke in die Gewalt des Wassers gewährte, das sich im Laufe vieler Jahre seinen Weg gebahnt hatte.

Felix beschleunigte, das Ziel vor Augen, seinen Schritt. Mike ließ sich dagegen etwas zurückfallen, um seinem Sohn den Erfolg zu überlassen, blieb aber nahe genug, damit er ihn noch sehen konnte. Zwei mächtige Felsbrocken, zwischen denen sich eine Lücke gebildet hatte, stellten den Zugang zu dem Plateau dar und Felix zwängte sich bereits durch den Spalt. Sein Vater brauchte deutlich länger und schaffte es erst, als Felix schon jubelnd zurückkam. »Es ist ein Hubschrauber, es ist ein Hubschrauber!«, rief er so laut, dass sich seine Worte an den umliegenden Felswänden brachen.

»Haben die zu viel Geld?«, wunderte sich Mike, als er die Packung mit dem ferngesteuerten Minihelikopter prüfend in die Hand nahm.

»Ist doch egal«, antwortete Felix und nahm seinem Vater den Fund wieder aus der Hand, als plötzlich Mikes

Handy mit einem Doppelton verkündete, dass es eine SMS empfangen hatte. Der schlechte Netzempfang war schon wieder zusammengebrochen, bis Mike es schaffte, sein Handy herauszuziehen.

Er öffnete das entsprechende Menü und las den Text, wobei sich seine Gesichtszüge immer mehr verhärteten. Auf dem Display stand: »Wir wissen, wer es war, und er hat euch verfolgt. Die örtliche Polizei ist bereits informiert! Bleibt im Haus und wartet. Er kennt euren Urlaubsort sehr gut. Viel Glück!!!« Die Nachricht kam von Peter und war noch keine zehn Minuten alt.

Mikes Gedanken überschlugen sich und wurden zu einer Selbstanklage. *Wie hatte er Petra und Katja nur alleine im Haus zurücklassen können?* Er streckte das Handy noch einmal in jede Himmelsrichtung, aber wenn überhaupt, zuckte das Netzsymbol nur kurz auf und verschwand dann sofort wieder.

»Los komm!«, sagte er gehetzt zu Felix und quetschte sich bereits wieder durch den Felsspalt. Felix folgte ihm ohne Probleme, wurde aber trotzdem von seinem Vater zur Eile getrieben. Endlich wieder auf dem Pfad, verfiel Mike in einen leichten Laufschritt. Eigentlich hätte er spurten wollen, aber das wäre für Felix, der so schon kaum Schritt halten konnte, zu schnell gewesen. »Was ist denn los, Papa?«, fragte er keuchend.

»Mom und deine Schwester sind vielleicht in Gefahr«, gab Mike knapp zurück, verlangsamte dann seinen Schritt und sagte: »Sollte irgendetwas passieren, rennst du, so schnell du kannst, zum Dorf und klingelst irgendwo.« Er wartete eine Sekunde, bevor er seinen Sohn mit strengem Blick ansah: »Hast du das verstanden?« Felix nickte und Mike betonte noch einmal: »Du versuchst nicht zu helfen, ist das klar?«

»Ja Papa!«, bestätigte Felix verunsichert und Mike zog das

Tempo wieder an. Endlich wich der Pfad von der Schlucht ab und führte sie in den Wald hinein, wo sie wieder besser vorankamen. Mit einem entfernten Grollen meldete sich das Gewitter zurück und erste Regentropfen schafften es durch die Baumkronen. Ohne anzuhalten, überquerten sie die Lichtung, an der Felix den ersten Schatz gefunden hatte. »Kannst du noch?«, fragte Mike und sein Sohn keuchte ein knappes »Ja.«.

Wieder nahm der Wald sie auf und zwischen den Bäumen konnte man ab und zu schon den tiefer gelegenen See erkennen.

An der letzten Stelle, an der sie ihre Richtung ändern mussten, gönnte Mike Felix und sich eine kurze Pause. Vielleicht war ja alles in Ordnung, aber es konnte auch sein, dass er seine ganze Kraft brauchen würde. Das weit entfernte Rauschen des Windes kam stetig näher und die ersten Baumwipfel begannen behäbig zu schwanken. *Auf HIlfe aus der Luft brauchen wir nicht zu hoffen*, dachte Mike routiniert, als er den herannahenden Sturm wahrnahm.

Plötzlich hatte er das Gefühl, Felix in den Arm nehmen zu müssen und tat es auch. Sein Sohn wunderte sich zwar, machte aber mit.

»Ab jetzt sind wir leise!«, flüsterte Mike, als er seine Umarmung wieder löste, und Felix flüsterte zurück: »Ist gut!«

Vorsichtig gingen sie weiter. Dann endlich sahen sie das Dach ihrer Hütte. Doch im selben Augenblick bahnte sich die erste heftige Böe ihren Weg durch die dicht stehenden Bäume und der Wind trug Katjas Hilferuf mit sich. Mike duckte sich instinktiv und auch Felix erstarrte. »War das Katjas Stimme?«, flüsterte er ängstlich, und als sein Vater nickte, begann er zu zittern.

Mike starrte in das Gewirr aus Stämmen, konnte aber nichts erkennen. Es half nichts, sie mussten weiter!

Das Ende des Pfades führte sie noch ein Stück bergab, dann begannen die Büsche und Sträucher des Waldrandes. Fast wäre Mike ebenfalls über den Stolperdraht gefallen, schaffte es aber die Balance zu halten.

»Papa! Hilfe! Ich bin hier!« Die Stimme seiner Tochter war jetzt deutlich näher und er musste sie nicht sehen, um zu wissen, dass sie schreckliche Angst hatte. Suchend blickte er sich nach einer Waffe um und hob dann einen schweren Ast vom Boden auf. Da die Stimme eindeutig nicht von der Hütte, sondern aus dem Wald rechts von ihnen gekommen war, schlichen sie in diese Richtung weiter. Für einen kurzen Moment überlegte Mike seinen Sohn zurückzulassen, kam aber zu dem Ergebnis, dass er bei ihm am sichersten war. Wer wusste schon, was sich dieser Irre diesmal wieder ausgedacht hatte? Auf dem gesamten Rückweg hatte sich Mike alle Geschehnisse noch einmal durch den Kopf gehen lassen, und eins führte zum anderen. Wer auch immer dieser Typ war, er verfügte über eine hohe Intelligenz und schreckte vor nichts zurück!

»Papa!« Katjas flehende Stimme war jetzt zum Greifen nahe, und nachdem sie weitere zehn Meter geschlichen waren, sah er sie zwischen den Bäumen.

Der Anblick schnürte ihm die Kehle zu und ließ ihn beschützend nach Felix greifen. Katja stand mit blutenden Schienbeinen auf einem Stuhl und hatte ein eng anliegendes Seil, mit einem professionell aussehenden Henkersknoten, um den Hals.

»Papa«, sagte sie jetzt leiser und mit tränenerstickter Stimme.

Dann wollte sie sich bewegen, aber Mike machte eine beruhigende Geste und rief: »Nicht! Bleib ganz ruhig, ich helfe dir!«

»Das hat deine Frau auch schon versucht!« Erst hörte

Mike die verhöhnende Stimme, dann trat der Mann hinter einem dicken Baumstamm hervor. Sie trennten etwa fünfzehn Meter, doch die falschen Haare waren deutlich zu erkennen und Mike wusste sofort, wen er vor sich hatte.

»Was ist mit Mutter?«, fragte er seine Tochter, ohne seinen Blick von dem Mann zu lösen.

»Ich glaube, sie ist tot«, schluchzte Katja und kam wieder gefährlich ins Schwanken.

Mike schluckte und konnte nicht anders. Er wendete den Kopf und sah in Richtung Hütte, die verborgen hinter den dichten Büschen stand. Am liebsten wäre er losgerannt, doch stattdessen rief er hasserfüllt: »Was hast du Bastard mit Petra gemacht?«

Der Mann setzte einen unschuldigen Gesichtsausdruck auf: »Ich habe deiner Tochter nur gezeigt, dass man seinen Eltern nicht trauen kann. Wenn es darauf ankommt, denken sie nur an sich.«

»Sie sind doch wahnsinnig!«, brüllte Mike verzweifelt, und weiter: »Ich hole jetzt meine Tochter herunter und dann gehen wir!«

»Das glaube ich nicht!«, verkündete der Mann überheblich und zog etwas an einem Seil, das zuvor verborgen auf dem Waldboden lag. Dann wickelte er dessen Ende zwei Mal um die Hand und brachte es damit zwischen sich und dem Stuhl auf Spannung. »Noch einen Schritt weiter und deine Tochter fällt!«

»Sie Schw...«, fluchte Mike, besann sich dann aber aufs Verhandeln. »Was wollen Sie von uns? Haben Sie noch nicht genug gemordet? Ich habe in Nürnberg jede Ihrer Leichen gesehen ...« Etwas leiser fügte er hinzu: »... und jeden verfluchten Skalp, den Sie diesen unschuldigen Jungs abgezogen haben. Reicht es nicht? Was zum Teufel hat man Ihnen angetan, dass Sie zu einem solchen Monster geworden sind?« Wie zur Bestätigung seiner Worte zuckte ein Blitz vom Himmel und ließ einen ohrenbetäubenden Donnerschlag folgen.

»Du hast noch immer nichts verstanden!«, sagte der Mann traurig. »Den Jungs geht es gut ... tausendmal besser als unter der Heuchelei ihrer Eltern.« Dann wurde die Stimme schneidend: »Schick mir deinen Jungen herüber, sonst habe ich keine andere Wahl!« Diesmal zog er so stark an dem Seil, dass der Stuhl in eine leichte Schräglage geriet und nur das Seil um Katjas Hals verhinderte, dass sie fiel. Mikes Reflexe wollten seiner Tochter helfen, aber das deutliche »Nein!« des Irren stoppte ihn. Verzweifelte Wut übermannte Mike und lähmte sein Denken. Seine einzige Chance waren die alarmierten Polizisten, aber er hatte keine Ahnung, wann diese hier sein würden.

»Schick mir den Jungen rüber!«, wiederholte der Irre und hielt das Seil drohend nach oben. In Mikes Kopf überschlugen sich die Gedanken, doch er fand keine Lösung. Er war sich sicher, dass dieser Irre ernst machen würde, wenn er Felix nicht gehen ließ. Aber er konnte diesem Wahnsinnigen unmöglich seinen Sohn überlassen. Immer wieder wechselte sein Blick zwischen dem Irren und seiner Tochter. Vielleicht würde er es rechtzeitig schaffen, wenn er einfach losrannte, aber konnte er dies riskieren? Der Knoten war eindeutig professionell gebunden und er wusste, dass er Katja das Genick brechen konnte.

»Was ist nun?« Seine Stimme wurde ungeduldig.

Katja wendete den Kopf, um ihren Peiniger anzusehen. Das Toupet aus Kinderhaaren war etwas verrutscht, was ihn noch irrer aussehen ließ und sein Blick hatte nur Verachtung für das Mädchen übrig. Mike spürte, dass seine Tochter kurz davor war, durchzudrehen und tatsächlich wechselte ihr Gesichtsausdruck von traurig zu hasserfüllt.

Mit überschnappender Stimme brüllte sie: »Lass mich hier runter, du Arschloch und ich kratz dir deine toten Augen aus!« Danach folgte ein kreischender Schrei und Mike wusste, dass sie nicht mehr lange durchhalten würde.

Felix, der bisher nur dagestanden hatte und zunächst gar nicht begriff, was vor sich ging, flüsterte leise und mit ängstlicher Stimme: »Papa, du musst ihr helfen. Er darf meiner Schwester nichts tun.« Mike antwortete ebenso leise: »Ich weiß, mein Junge.«

Felix spürte die Ratlosigkeit seines Vaters und fragte: »Soll ich gehen?«, worauf sich Mikes Griff, dessen Hand immer noch auf der Schulter seines Jungen lag, noch verstärkte. Bevor sein Vater antworten konnte, forderte der Irre erneut: »Ich zähle jetzt bis drei! Entweder ist dann der Junge bei mir, oder deine Tochter ist tot!«

»Eins!«

»Zwei!«

Felix' Blick traf den von Katja und er sah ihre abgrundtiefe Angst. Dann rannte er los.

»Nein!«, brüllten Mike und Katja gleichzeitig, doch Felix hatte den Irren bereits erreicht und dessen Hand schloss sich um seinen Arm. »Siehst du jetzt, was ich meine?«, fragte der Irre. »Ihre Seelen sind so rein und aufopferungsvoll. Ich kann einfach nicht zulassen, dass Eltern wie ihr diese Seelen versauen. Obwohl deine Tochter in Lebensgefahr ist, hast du gezögert und überlegt. Auf die Idee dich selbst zu opfern, bist du gar nicht gekommen. Ich wusste, dass ich mich nicht in dir geirrt habe, du hast ihn nicht verdient!« Mit diesen Worten riss er Felix' Arm nach oben, um ihn so zu präsentieren.

Mike reagierte müde und verzweifelt: »Lassen Sie die beiden gehen! Felix kann mir die Handschellen anlegen, dann gehöre ich Ihnen.«

Der Irre reagierte barsch und ohne eine Lücke für Diskussionen zu lassen: »Nein, wir gehen jetzt!«

Mikes Hass übernahm die Führung, als er brüllte: »Du wirst meinem Jungen nichts antun. Ich werde dich erst jagen und dann töten!«

Der Irre, der ihm schon halb den Rücken zugedreht hatte, wendete noch einmal den Kopf und Mike sah in seinen Augen, was er vorhatte. Dann stürmte er los. Den Satz »Das glaube ich nicht!« nahm er schon gar nicht mehr wahr und wie in Zeitlupe sah er, wie sich das Verbindungsseil straffte, der Stuhl unter Katjas Füßen herausgerissen wurde und ihr Körper ein Stück absackte. Zwei Sekunden später war er bei ihr und hob sie in die Höhe. Jede Spannung war aus ihren Muskeln gewichen, aber er musste es versuchen. Verzweifelt drückte er sie mit dem linken Arm nach oben, während er mit der rechten Hand seine Jackentasche abklopfte.

»Suchst du das hier?«, brachte sich der Irre zurück ins Spiel und hielt ein Taschenmesser in die Höhe. »Das hast du schon seit zwei Tagen nicht mehr, du solltest besser auf dein Zeug aufpassen.« Es folgte ein verhöhnendes Lachen. Dann warf er das Messer in Mikes Richtung, wo es gerade so weit entfernt liegen blieb, dass er seine Tochter loslassen musste, wenn er es aufheben wollte.

»Bastard!!!«, brüllte Mike und hatte Mühe, Katja über sich zu halten. Der Irre drehte sich um und verschwand mit dem völlig geschockten Felix zwischen den Bäumen.

Immer mehr Regen schaffte es durch die Bäume und das Wasser lief zuerst an Katja, dann an ihm selbst herunter. Verzweifelt brüllte er einige Male nach Hilfe, aber nichts rührte sich. Falls Petra noch lebte, konnte sie ihn entweder nicht hören, oder war unfähig etwas zu unternehmen. Hinzu kam der immer stärker werdende Wind, der seine

Stimme in die falsche Richtung trug und laut in den Wipfeln rauschte. Ohne jede Idee stand Mike die ersten zehn Minuten da und versuchte einfach nur möglichst viel Druck von dem Hals seiner Tochter zu nehmen. Einmal schaffte er es mit seiner Hand ihre Halsschlagader zu tasten und bildete sich ein, einen schwachen Puls zu fühlen. Doch lange konnte er das nicht machen, da ihr Gewicht immer schwerer auf ihm lastete. Auch an das Messer war kein Herankommen. Wie zum Hohn steckte es genau einen Schritt zu weit entfernt im Waldboden. Schon beim ersten Versuch, es zu erreichen, wäre ihm Katja fast weggekippt und das konnte er nicht noch einmal riskieren.

Nach fünfzehn Minuten nahm er all seine verbliebenen Kräfte zusammen und hob ihren schlaffen Körper so hoch, er konnte. Tatsächlich schaffte er es, seine Hand an die Schlinge zu bekommen, aber der nasse Knoten erwies sich als unnachgiebig. Ihm blieb nichts weiter übrig, als sie auf seine Schulter zu setzen und mit den Armen zu stabilisieren. *Wenn sie nur aufwachen würde*, dachte er, aber sie reagierte auf nichts.

Wieder verhallten seine Hilferufe ungehört im Wald.

Nach dreißig Minuten begannen seine Beine taub und kalt zu werden. Mehr als einmal erwischte er sich dabei, wie seine Körperspannung nachließ. *Es geht um das Leben deiner Tochter. Es geht um das Leben deiner Tochter!*, brüllten ihn seine Gedanken an und mobilisierten so seine letzten Reserven. Nach einem neuerlichen Griff an ihren Hals keimten Zweifel in ihm auf, aber er konnte die Hoffnung nicht aufgeben und redete sich ein, dass der Regen ihre Haut abgekühlt hatte.

Aber was, wenn ich Felix im Stich lasse, obwohl sie schon tot ist, schoss es ihm durch den Kopf, doch er verbot es sich, diesen Gedanken weiterzuverfolgen.

Seine Beine begannen zu zittern und seine Schreie wurden hysterischer. Er wusste, dass Zeit alles war, was Felix nicht hatte und seine Uhr zeigte bereits halb sechs. Sein Sohn war bereits seit vierzig Minuten mit diesem Irren alleine.

Er wartete eine halbwegs windstille Phase ab und brüllte erneut in Richtung der Hütte. Wieder herrschte sekundenlange Stille, dann hörte er irgendwo einen Ast brechen und rief noch einmal.

»Wo sind Sie?«, drang die Stimme Langströms aus dem Unterholz und Mike hätte nie gedacht, dass er sich einmal über den Kriminalbeamten freuen würde. »Hierher … schnell!«, schrie er und einige Augenblicke später sah er die beiden Polizisten zwischen den Bäumen auftauchen.

»Ist er hier?«, rief Langström fragend, und erst als Mike dies verneinte, rannten sie auf ihn zu. Während Karlson ihm half Katja zu stützen, holte Langström den Stuhl, stieg hinauf und schnitt sie los.

Vorsichtig legten sie ihren Körper auf den Boden, und zum ersten Mal seit fast einer Stunde konnte Mike in das Gesicht seiner Tochter blicken und musste sich abwenden. Der bläuliche Schimmer machte es unnötig noch einen Puls zu suchen und ihre Augen sahen ihn entsetzt, aber tot an.

In Mike brachen alle Dämme und ohne auf irgendetwas zu achten, schlug er solange auf den Waldboden ein, bis ein Teil seiner Wut auf diesen übergegangen war.

Irgendwann schien ein Schalter in ihm umzuspringen und, ohne die Polizisten anzusehen, stand er auf und sagte völlig emotionslos: »Wir müssen zur Hütte!«

– 24 –

Karlson und Langström hatten Mühe Mike zu folgen und holten ihn erst an der Tür zur Hütte ein. »Petra«, stieß er entsetzt aus und ging in die Knie.

»Großer Gott«, murmelte auch Langström und presste sich eine Hand vor den Mund. Karlson schien, trotz Petras halb abgeschnittenem Kopf, die Nerven zu behalten, sagte etwas zu seinem Kollegen und zog dann die Waffe. »Ist er da drin?« Langström war es sichtlich unangenehm, Mike jetzt ansprechen zu müssen, aber sie konnten kein Risiko eingehen.

Mike starrte erst in das leere Haus, schüttelte dann den Kopf und sagte in gefährlich ruhigem Tonfall: »Ich glaube nicht! Er ist mit meinem Sohn in den Wald und ich werde mir diesen feigen Bastard jetzt holen!« Mit diesen Worten stieg er über die Leiche seiner Frau, ging in die Küche und holte sich das größte Messer, welches er finden konnte.

Als er das Haus wieder verlassen hatte, sprach Karlson gerade letzte Anweisungen in ein kleines Handfunkgerät und steckte es anschließend wieder an seinen Gürtel. Langström machte eine abwehrende Geste in Richtung Mike. Doch dazu, ihm zu sagen, dass er nicht mitgehen konnte, kam er nicht. Sein Vorgesetzter fiel ihm ins Wort und nach einigen Sätzen übersetzte er für Mike: »Es ist nicht gut, wenn Sie uns begleiten, aber leider brauchen wir Sie!

Unsere Kollegen können den Helikopter bei diesem Wetter nicht benutzen und werden frühestens in einer Stunde hier sein. Sind die beiden den Berg hinauf?«

Mike wäre unter keinen Umständen zurückgeblieben, aber so wurde ihm wenigstens die Diskussion darüber erspart. Mit einem Nicken sagte er: »Ja, sie sind den Berg hoch. Wo ist eigentlich Ihr Auto?«

»Das mussten wir vorne an der Hauptstraße zurücklassen, da gleich zwei Bäume quer lagen. Aber das Auto würde uns jetzt auch nichts nützen, wir wissen, wo er Ihren Sohn hingebracht hat. Kommen Sie, ich erzähle Ihnen alles Weitere, während wir gehen.« Mit diesen Worten nickte er Karlson, der bereits eine kleine Landkarte studierte, zu und die drei setzten sich in Bewegung.

Die Polizisten machten extra einen Bogen um die Stelle, an der Katja lag, aber Mike musste hinübersehen und ihr Anblick trieb ihn an, noch schneller zu laufen.

Die erste Zeit eilten sie schweigend nebeneinander her, dann begann Langström keuchend zu erzählen: »Wir haben heute Nachmittag einen Anruf Ihres Kollegen aus Nürnberg erhalten. Er und sein Kollege Henrik Krone haben herausgefunden, wer hinter den Kindermorden steckt.«

»Wer ist es?«, fragte Mike und glaubte nicht richtig zu hören, als Langström ihm antwortete: »Es ist Noa Krone!«

»Krone?« Mike dachte, sich verhört zu haben.

Langström, der wusste, dass Mike den Namen kannte, nickte: »Sie haben richtig gehört! Es ist der Bruder Ihres Kollegen Henrik Krone und der Sohn des alten Björn Krone.«

Mike fiel die Geschichte der Deutschlehrerin ein. »Aber ich dachte, dieser Noa ist als Kind tödlich verunglückt und wurde nie gefunden.«

Langströms Tonfall wurde fast belehrend: »Sie als Polizist

wissen doch, wie oft sich Menschen absetzen, wenn sich ihnen die richtige Gelegenheit bietet.«

Schweigend hetzten die drei weiter den Berg hinauf. Inzwischen hatten sie den kleinen Bach erreicht, dem schon Felix vor ein paar Tagen gefolgt war. Unsicher blickte sich Kommissar Karlson um und zog dann erneut die kleine Skizze heraus.

Die kurze Pause nutzte sein Kollege, um Mike in knappen Worten den Rest zu erzählen: »Soweit Ihre Kollegen herausgefunden haben, ging Noa unter falschem Namen zur französischen Fremdenlegion, wo er als Abhörspezialist ausgebildet wurde. Wann dann der Schalter in seinem Hirn umsprang, wissen wir noch nicht. Auf jeden Fall war er immer näher an seinem Bruder dran, als dieser ahnen konnte. Er wusste von dessen Tätigkeit bei der Polizei und hatte sich wohl aus Henrik Krones Wohnung unbemerkt die Zugangschipkarte für den Polizeirechner kopiert. Auf diese Weise kannte er jeden Ihrer Berichte und jeden Ihrer geplanten Schritte. Außerdem nutzte er den Hauptrechner Ihrer Dienststelle, um Handys abzuhören und seine eigenen Nachrichten zu anonymisieren. Die Ausbildung der Fremdenlegion muss wirklich gut sein, denn er hat so gut wie keine Spuren hinterlassen!«

Karlson unterbrach Langström und deutete gerade den Berg hinauf. Mike hatte während Langströms Erzählung für wenige Augenblicke ausgeblendet, was passiert war. Doch die Bilder waren sofort wieder präsent. Ohne auf die Kommissare zu warten, sprang er in den kleinen Bach und lief im Wasser weiter. Das Gewitter hatte sich etwas verzogen, aber noch immer fielen schwere Regentropfen vom Himmel und überlagerten Felix' Schreie.

Mike musste sich das Messer unter den Gürtel stecken, um weiter voranzukommen. Immer steiler zog sich der

Hang nach oben und immer öfter mussten sie kleine Wasserfälle überbrücken. Ein Blick auf die Uhr zeigte Mike, dass seit dem Verschwinden seines Sohnes weitere zwanzig Minuten vergangen waren, aber das Gelände ließ es nicht zu, noch schneller zu laufen.

Nach einer weiteren Felskante drehte sich Mike um und stellte fest, dass sie bereits auf halber Höhe des Berges waren. Vor ihm lag eine Art Terrasse, in deren Mitte sich das Wasser etwas staute und ein kleines Becken bildete. Als er sich auf seine Knie stützte, um besser atmen zu können, fiel sein Blick auf einen kleinen blauen Gegenstand, der neben dem Becken lag. Ohne auf seine Lungen zu achten, lief er zu der Stelle und hob es auf.

»Was haben Sie?«, fragte Langström, der etwas zurückgefallen war.

Mike hielt es ihm entgegen. »Es sieht aus wie der Verschluss einer Tube.«

Karlson deutete Mike zu warten und sah auf die Karte, dann sagte er etwas zu Langström. Dieser nickte und wandte sich an Mike: »Da drüben ...« – er deutete quer zum Hang, wo sich kaum sichtbar eine schmale Kante entlang einer Felswand dahinzog – »... muss es eine Höhle geben. Sie bleiben jetzt bitte hinter uns!« Dann zog er seine Waffe und folgte Karlson, der bereits ein Stück vorangegangen war. Mike wäre am liebsten an den beiden vorbeigestürmt, versuchte aber das Bild dieses Irren, der alleine mit seinem Sohn war, zu unterdrücken und zog stattdessen das Messer aus seinem Gürtel. Als Polizist hatte er es immer verurteilt, wenn andere Selbstjustiz übten. Jetzt war er selbst soweit, und er wusste, wenn sich die Gelegenheit ergab, würde er diesen Noa töten!

Vorsichtig, den Rücken an die Felswand gedrückt, schoben sich die drei entlang der nassen und rutschigen Felskante, welche sich in einem leichten Bogen um ein etwa zwanzig Meter hohes Felsmassiv zog. Immer wieder mussten sie sich den Regen, der jetzt wieder stärker geworden war, aus den Augen wischen, um überhaupt etwas sehen zu können. Das Wasser lief in kleinen Sturzbächen die Felswand hinunter und durchnässte auch die letzten noch trockenen Stellen ihrer Kleidung. Aber das war nicht wichtig. Wichtig war es, schnellstmöglich Felix zu helfen. Auch wenn die beiden Kommissare Katja und Petra gesehen hatten, nur Mike wusste, wozu was dieser Psychopath noch fähig war. Für ein paar Tage hatte er es fast geschafft, seine Erlebnisse in dem verlassenen Versandhauskeller zu verdrängen, aber jetzt war alles wieder da. Und das Schlimmste war noch nicht einmal der Junge, den Peter versehentlich erschossen hatte. Fast noch tiefer eingebrannt hatten sich die Bilder der Folterbank mit dem Teddy darauf und die Wand mit den unendlich vielen Haarteilen kleiner Jungs. Beides überstieg die eigene Vorstellungskraft, und doch konstruierte der eigene Kopf weitere Bilder, die abscheulicher nicht sein konnten.

Ein qualvoller Schrei, der aus höchstens zehn Metern Entfernung gekommen war, holte Mike in die Realität zurück. Doch anstatt schneller zu gehen, blieben die beiden Kommissare vor ihm stehen. Mike missachtete jede Regel des Selbstschutzes und brüllte: »Verdammt, das war Felix, lassen Sie mich vorbei!« Sie an dieser Stelle zu überholen, war unmöglich, und da Karlson sich noch immer nicht bewegte, hätte Mike die beiden am liebsten von der Kante gestoßen.

Wieder kreischte Felix' Stimme scheinbar aus dem Fels heraus und die Wörter überschlugen sich vor Angst: »Neeeeiiiinnn, nicht, auuuuaaa.« Mikes Magen verkrampfte sich.

Endlich kam auch in Karlson Bewegung. Er nickte Langström zu und nahm die letzten Meter ohne jede Vorsicht.

Der Höhleneingang war mit einem Tarnnetz und Zweigen verdeckt und davor wurde aus der Felskante eine kleine Terrasse, auf der sie sich besser bewegen konnten. Karlson nahm die drei Schritte zu der anderen Seite des Eingangs tief geduckt und drückte sich dort gegen die Wand. Langström tat es ihm auf seiner Seite gleich und beide hielten ihre Waffen im Anschlag. Mike wäre am liebsten sofort in die Höhle gestürmt, doch der Profi in ihm hielt ihn in dem Wissen, damit seinen Sohn zu gefährden, zurück.

Wieder drang Felix' Stimme nach außen, doch dieses Mal sehr viel leiser und von Tränen erstickt: »Auuaaa ... das tut so weh. Warum machen Sie das?« Dann hörten sie Noas ruhige und überzeugte Stimme: »Sei nicht traurig; das muss leider sein.«. Und als würde man einem Kind erklären, warum es in die Schule musste, redete er weiter: »Weißt du Felix, deine Eltern haben dir eine Menge falscher Gedanken und Hoffnungen in deinen Kopf gepflanzt und das alles ist jetzt unter deinen Haaren gespeichert. Es gibt also keinen anderen Weg, um diesen ganzen Müll zu entfernen.« Dann herrschte kurz Ruhe, bevor Noa tröstend sagte: »Aber wir machen jetzt eine kurze Pause, damit du dich erholen kannst und du wirst sehen, wie bewusst und erleichternd dann die restliche Prozedur ist. Viele Jungs vor dir haben das auch schon erleben dürfen, und jeder einzelne von ihnen hat vor Freude geweint und geschrien.« Es folgte erst leises Schluchzen, dann ein Ton, wie er bei dem Verschieben von Stühlen entsteht, und schließlich herrschte Stille.

»Los jetzt!«, zischte Mike. Langström hatte zwar schon eine kleine Taschenlampe aus dem Gürtel gezogen, zögerte aber noch. Die beiden Kommissare nickten sich noch einmal zu, zogen das Tarnnetz etwas zur Seite und schlüpften von beiden Seiten in die Höhle. Ungeachtet dessen, dass Mike keine Pistole hatte, folgte er ihnen.

Hecktisch flogen die Lichtpunkte ihrer beiden Lampen durch die Höhle. Dank der schon einsetzenden Dämmerung brauchten die Augen nicht lange, um sich an die Dunkelheit zu gewöhnen und alle drei waren sich fast augenblicklich sicher ... hier war niemand!

»Verdammte Scheiße!«, fluchte Mike, dann fiel sein Blick auf den kleinen Klapptisch in der Mitte des Gewölbes. Der Bildschirm des Laptops war zwar schwarz, aber ein leises Summen zeigte an, dass er lief. Karlson ging, immer noch die Waffe im Anschlag, tiefer in die Höhle hinein, als sich plötzlich ein batteriebetriebener Bewegungsmelder einschaltete und sein schwaches Licht verbreitete. Und auch an dem kleinen Kästchen, das an dem Gerät hing, begann ein LED-Lämpchen wie wild zu blinken. Jeder dachte zuerst an eine Bombe und alle drei gingen reflexartig in die Hocke, doch dann ertönte Noas Stimme aus einem kleinen Lautsprecher neben dem Laptop.

»Ah, wie ich sehe, haben Sie es endlich geschafft! Angesichts dessen, dass ich Ihren Sohn habe, hätte ich etwas mehr Tempo erwartet, aber es passt zu Ihrem Egoismus, Herr Köstner.« Die letzten Worte spie er fast aus, dann wurde er wieder ruhiger: »Wären Sie bitte so freundlich und würden eine Taste auf dem Laptop drücken ... Danke!«

Zögernd ging Mike zu dem Gerät und auch die beiden Kommissare traten hinter ihn. Sein Zeigefinger zitterte, als er auf eine Taste drückte und damit dem Monitor Leben einhauchte.

»Das ist nicht wahr«, stöhnte Mike und sein Verstand war kurz davor abzuschalten. Die Kamera zeigte das Wohnzimmer des Ferienhauses.

Felix saß kompliziert gefesselt auf einem Stuhl in der Mitte des Raumes und quer über seine Stirn zog sich ein feiner roter Strich, aus dem in unregelmäßigen Abständen

Blutstropfen herausliefen und bereits sein rechtes Auge verklebt hatten. Das verbliebene linke Auge war weit aufgerissen und starrte fassungslos auf seine Mutter, die ihm, auf einen weiteren Stuhl gebunden, gegenübersaß. Noa hatte es irgendwie geschafft, den haltlosen Kopf zu fixieren und die beiden Augenlider mit Klebeband offen zu halten. Mit Katja hatte er sich nicht so viel Mühe gegeben! Sie saß scheinbar teilnahmslos auf dem Sofa und ihr bläulich blasses Gesicht sah aus, als wäre sie eingeschlafen.

»So, ist die Familie jetzt vollzählig?«, fragte Noa, als würde es um eine Geburtstagsansprache gehen. Dann stellte er mit einem Blick in die Kamera fest: »Ich kann euch zwar nicht sehen, gehe aber davon aus, dass ihr ein gutes Bild habt!«

Fassungslos drehte sich Mike vom Monitor weg und stieß einen verzweifelten Schrei aus. Dieser Schrei riss Karlson und Langström aus der perversen Faszination dessen, was gerade, nur ein paar hundert Meter weiter unten am See, stattfand. »Los!«, schrie Langström und stürzte zur Höhle hinaus. Mike und Karlson folgten ihm. Ohne sich mit dem schmalen Grad aufzuhalten, rutschten sie einfach den etwa fünf Meter schräg abfallenden Fels hinunter, und landeten in einem Dornengestrüpp. Adrenalin und das Leben des Jungen ließen sie die Schmerzen ausblenden, und ohne dass es einer weiteren Absprache bedurft hätte, rannten sie erst bis zu dem Bach und dann in dessen Wasserlauf weiter hinunter. Immer wieder glitten ihre Schuhe auf den glatten Steinen aus, aber sie ignorierten ihre aufgeschlagenen Knöchel und hetzten immer weiter. An der letzten steilen Stelle erwischte es dann Karlson. Er verfehlte einen kleinen Absatz, stürzte eineinhalb Meter hinunter und schlug mit dem Bein auf einem spitzen Felsbrocken auf. Die anderen beiden waren sofort bei ihm, aber ihr Versuch ihn in die Höhe zu ziehen, scheiterte kläglich. Karlson wechselte ein paar schnelle Worte mit Langström, und als dieser nickte, zog sein Vorgesetzter die Dienstwaffe heraus und gab sie Mike.

Doch bevor Langström sich wieder in Bewegung setzte, sah er Mike prüfend an: »Ich habe ihm versprochen, dass Sie sie nur im Notfall einsetzen!«

Mike deutete ein Nicken an, drehte sich dann um und rannte weiter. Endlich erreichten sie die Zufahrtsstraße unweit der Stelle, an der man den toten Sjören gefunden hatte.

Trotz seines erbärmlichen Seitenstechens konnte Mike seine Geschwindigkeit noch steigern und spurtete, ohne auf Deckung zu achten, über die offene Wiese. Langström war zwar etwas zurückgefallen, schaffte es aber Anschluss zu halten.

Endlich hatte Mike die Hütte vor sich, trat ohne jedes Zögern die Eingangstür auf und stürmte in das viel zu stille Wohnzimmer. Wieder zeigte sich seine Erfahrung als Polizist. Er versuchte keines der Opfer anzusehen und drehte sich stattdessen mit der vorgespannten Waffe in alle Richtungen. Inzwischen war auch Langström angekommen und tat es ihm gleich. Erst als sie jede Tür aufgestoßen und alle Ecken kontrolliert hatten, eilte Mike zu seinem Sohn und kniete sich vor ihm nieder.

Das blasse Gesicht war jetzt blutüberströmt und noch immer sickerte mehr davon aus dem rohen Fleisch, wo eigentlich seine Kopfhaut hätte sein sollen.

Langström musste zunächst den Kopf abwenden, riss sich dann aber zusammen und zog sein Messer heraus, um den Jungen loszuschneiden. Er umrundete den Stuhl und raunte verzweifelt: »Scheiße.«

Noa war auf Nummer Sicher gegangen und hatte Felix auch noch die Pulsadern geöffnet.

Mikes Hände wollten das Gesicht seines kleinen Sohnes trösten, wussten aber nicht, wo sie ihn berühren durften. Felix Augenlider zuckten erst ein wenig, schafften es dann aber gegen das verkrustete Blut anzukommen. Sein Blick war unendlich weit entfernt und doch schien er seinen Vater zu erkennen. Ohne einen Ton zu sagen, formten seine blassen Lippen ein erleichtertes »Papa!«, dann senkte sich sein Kopf zur Seite und der Blutstrom an seinen Handgelenken versiegte.

Für Mikes Bewusstsein war Felix das letzte Bindeglied zwischen Realität und Abgrund gewesen. Taumelnd schlang er die Arme um seinen Sohn und riss ihn mit sich auf den Boden. Die zerteilten Fesseln fielen stumm in einen See aus Blut und saugten es auf, als könnten sie es auf diese Weise für Felix erhalten. Die bitteren Tränen seines Vaters tropften in die offene Wunde auf seinem Kopf, aber das spielte keine Rolle mehr. Das Leben des Jungen war versiegt und genau dies wurde Mike in diesem Augenblick bewusst. Sanft legte er den schlaffen Körper seines Sohnes auf den Boden und stand auf. Petra, Katja, Felix ... Der Tod war in diesen Raum gekommen und hatte ihm alles genommen.

Sein Blick fiel durch die große Glasscheibe und blieb im Garten hängen. Keine fünfzig Meter entfernt stand der Tod und lächelte ihn an.

Ohne Langström etwas zu sagen, lief Mike mit energischen Schritten zu der Terrassentür und riss diese zur Seite. Das Schiebeelement raste bis zu seinem Anschlag und schlug dort regelrecht ein. Mit einem lauten Schlag platzte die große Scheibe und tausende Scherben fielen zu Boden.

Mike nahm dies alles nicht mehr wahr. Er trat hinaus, hob die Waffe und legte auf Noa an. Aber Noa war nicht alleine! Leicht versetzt zwischen ihm und Mike, stand der alte Björn und hatte ein Jagdgewehr auf seinen Sohn gerichtet.

»Uhu … so viele verbitterte Väter auf einmal«, höhnte Noa laut genug, dass auch Mike es hören konnte.

Der alte Björn hatte es kommen sehen. Einen kurzen Augenblick, bevor Mike abdrückte, machte er die Lücke zu.

Als hätte der Alte einen Tritt in den Rücken bekommen, taumelte er auf seinen Sohn zu, schaffte es aber auf den Beinen zu bleiben und sogar noch zwei weitere Schritte auf Noa zuzugehen.

Einige Sekunden lang sah er ihm einfach in Augen, bis er sich schließlich zu Mike umdrehte und auf Deutsch rief: »Das ist mein Blut! Das ist meine Schuld!« Dann hob er das Gewehr falsch herum vor sein Gesicht und drückte ab.

Das großkalibrige Geschoss zerfetzte beiden gleichzeitig den Schädel. Und auch wenn Mike es selbst erledigen wollte, fühlte sich dieses Ende richtig an. Er ließ die Waffe fallen und sank neben ihr auf den Boden, wo er regungslos, die Beine dicht an den Körper gezogen, sitzen blieb.

Langström steckte sein Funkgerät weg, ging neben Mike in die Hocke und sagte leise: »Es wird gleich Hilfe hier sein.« Während er die Worte sprach, nahm er die Waffe seines Vorgesetzten und steckte sie unter seinen Gürtel.

Irgendwann kamen zwei Sanitäter und griffen Mike unter die Arme. Aber er stand von alleine auf und ging mit ihnen zu dem Krankenwagen. Man gab ihm irgendwelche Spritzen, dann verschwamm die Welt um ihn herum und ein traumloser Schlaf gönnte seiner Seele eine Pause.

– 25 –

Trotz der Enge des Büros schafften es Peter und Henrik, unruhig darin herumzulaufen. Inzwischen waren mehrere Stunden vergangen, seit sie ihre finnischen Kollegen informiert hatten, und alles, was man ihnen seitdem sagen konnte, war, dass die beiden beauftragten Kommissare einen Notruf abgesetzt hatten.

»Kann ich auch mal an den Rechner?«, fragte Peter.

»Sicher«, antwortete Henrik, setzte sich auf den Bürostuhl, meldete sein Benutzerkonto ab und ließ Peter wieder an den Schreibtisch. Nach wenigen Eingaben erschien das Bild seiner Ärztin als Hintergrundbild und einige Anwendungen starteten sich automatisch. Schließlich verkündete das E-Mail-Programm mit mehrmaligem Klingeln, dass er ungelesene E-Mails hatte.

»Was ist das denn?«, sagte Peter zu sich selbst, worauf Henrik interessiert näher kam. Zunächst sah er nicht, was seinen Kollegen verwundert hatte, bis ihm der Absender der neuesten E-Mail ins Auge fiel. Eigentlich war es unmöglich, aber in der Adresszeile fehlt alles, was eine gültige E-Mail-Adresse ausmachte. Es gab weder ein At-Zeichen noch eine Länderkennung. Noch seltsamer war allerdings, dass hinter der Betreffzeile das Zeichen der bestandenen Virenprüfung stand, was nicht sein konnte, da er selbst der Verantwortliche für diese Software war und sie somit genau kannte. Jedes Datenpaket, das den Server des Präsidiums erreichte, durchlief einen Scan, der diese Anomalie sofort hätte melden müssen.

Nach allem, was sie in den letzten Tagen herausgefunden hatten, schrillten sofort sämtliche Alarmglocken. Noa hatte, ohne dass er selbst auch nur etwas davon ahnte, praktisch die absolute Gewalt über die gesamte Computertechnik in diesem Haus.

»Öffne das nicht!«, schrie Henrik, doch es war zu spät und ein neues Bildschirmfenster klappte auf. Aber alles, was es enthielt, war eine einzige Internetadresse.

»Soll ich?«, fragte Peter kleinlaut.

»Ist auch schon egal«, erwiderte Henrik und Peter betätigte erneut die Maustaste. Diesmal startete sich ein Medienprogramm und eine Sanduhr, die sich eine gefühlte Ewigkeit drehte, erschien.

»Was dauert denn da so lange?«, fluchte Peter, worauf Henrik ihm erklärte, dass Livestreams immer etwas brauchten, weil erst einige Daten gepuffert werden mussten.

»Ja, bestimmt«, stellte Peter trocken fest, da ihm diese ganze Computertechnik herzlich egal war. Er wollte sich schon abwenden, als sich endlich ein Bild aufbaute. Zuerst dachten beide, es handelte sich dabei nur um das Foto eines Wohnraumes, dann tauchte ein Mann mit einem Jungen an der Hand auf und Peter stieß einen Fluch aus: »Verdammt, das ist doch Mikes Junge. Wo zum Teufel hängt diese Kamera und wer ist der Typ?«

Henrik ging mit dem Kopf näher an den Monitor und stellte mit resignierter Stimme fest: »Das ist mein Bruder. Er hat zwar die Haare anders, aber ich bin mir sicher!« Bevor er weiterredete, nahm er Peter die Maus aus der Hand und zoomte den Ausschnitt des Bildes heraus, das die Terrassentür zeigte: »Er muss die Kamera in dem Ferienhaus angebracht haben. Ich kenne die Landschaft hinter dem Fenster!«

Fassungslos mussten die beiden mit ansehen, zu was Noas krankes Hirn fähig war. Henrik rief erneut bei den Finnen an, erfuhr aber nur, dass bereits eine Spezialeinheit auf dem Weg war, diese aber wegen des schlechten Wetters noch etwas brauchen würde.

Als Noa ohne jede Regung im Gesicht das Skalpell ansetzte und Felix Haupthaar entfernte, wurde es zu viel für Peter und er übergab sich mehrmals in den Abfalleimer. Mehr als einmal griff er zum Monitor, als könnte er diesen Irren auf diese Weise aufhalten. Dann, nach endlosen Minuten tauchte endlich Mike im Bild auf und über Peters Wange lief eine Träne. Er wusste, dass niemand das, was in diesem Raum passiert war, ertragen konnte. Auch sein erfahrener Partner nicht.

Was sich danach in dem Garten abspielte, war nur schemenhaft zu erkennen, und als der erste Schuss fiel, zuckte Henrik zusammen. Er musste annehmen, dass Mike seinen Bruder getötet hatte.

Peter hatte genug gesehen und schloss das Programm, dann schlug er einige Male gegen die nächste Wand und brüllte: »Das darf doch nicht wahr sein. Nicht Mikes Familie, nicht sie!«

Henrik saß auf einem Stuhl in der Ecke und hatte das Gesicht in seinen Händen vergraben. Tausend Gedanken drehten sich in seinem Kopf, doch drei Wörter drängten sich immer wieder in den Vordergrund: »Du bist schuld!« Plötzlich wurde ihm klar, dass er es in der Hand gehabt hatte, Noa zu stoppen! Hätte er seinen Bruder ernst genommen, als dieser vor einigen Wochen vor seiner Tür stand und von armen, verblendeten Kindern sprach, wäre dies alles nicht passiert.

Henrik dachte damals, dass Noa nur sich selbst und seine eigene Kindheit meinte. Wie hätte er denn auch nur ahnen können, dass es sich sein Bruder zur Aufgabe gemacht hatte, andere Jungs vor ihren Eltern zu schützen und sie dafür tötete?

Schließlich kam ihm die verschwundene Chipkarte in den Sinn und wieder brüllte es in seinen Gedanken: »Du bist schuld!«

Ohne diese Karte hätte Noa nie das Ferienhausangebot in den Zentralrechner einschleusen können, und Familie Köstner hätte niemals in seinem Revier Urlaub gemacht.

Er hätte den Verlust der Karte melden müssen, aber als sein Bruder einen Tag später alles zugab und versicherte, die Karte nur mitgenommen zu haben, um ihm eins auszuwischen, vergaß er die Angelegenheit. Auf den Gedanken, dass Noa sich eine Kopie anfertigte, war er nie gekommen.

»Ich fliege zu Mike, klär du das mit dem Chef!«, riss Peter ihn aus seinen Gedanken, und noch bevor er nicken konnte, war sein Kollege auch schon weg.

Peter zog die Tür hinter sich zu und eilte den Gang entlang bis zum Treppenhaus, blieb dann aber auf der ersten Stufe stehen. Seine Brieftasche hatte er, aber das Handy lag noch im Büro. Was wenn Mike ihn erreichen wollte? Verärgert drehte er sich um, ging einige Schritte zurück und erstarrte. Der Schuss war eindeutig aus seinem Büro gekommen.

– ENDE –

Lieber Leser,

ich hoffe, meine Geschichte konnte Ihnen einige spannende Stunden bereiten und hat Ihre Erwartungen erfüllt! Sollten sich trotz professioneller Überarbeitung noch Fehler eingeschlichen haben, bitte ich diese zu entschuldigen. Aber egal wie Ihre Meinung ausfällt, über ein Feedback würde ich mich in jedem Fall freuen! Bitte nehmen Sie sich eine Minute Zeit und bewerten Sie das Buch dort, wo Sie es erworben haben. Danke!

Ihr

Mark Franley

Sie finden mich auch auf ...

http://franley.blog.de/

http://de-de.facebook.com/MFranley

http://mark-franley.de/

Weitere Bücher des Autors:

»Benutzt« (Das zweite Buch aus der Mike-Köstner-Reihe)

Fassungslos müssen die beiden Kommissare Köstner und Groß dabei zusehen, wie tausende Menschen in den perfiden Plan eines Entführers hineingezogen werden. In seinem Spiel »Die Drei« nutzt er die abgestumpfte Sensationsgier der Medien gnadenlos aus und bringt Menschen wie dich und mich dazu, folgenschwere Entscheidungen zu treffen.

Im Laufe der Ermittlungen wird der Fall immer undurchsichtiger. Die Grenzen zwischen Opfern und Tätern verschwimmen mehr und mehr, denn »Unschuld« ist nur noch ein leeres Wort!

»BENUTZT« ist hart, quälend und hinterlässt Spuren!

»Karla« (Das dritte Buch aus der Mike-Köstner-Reihe)

Was mit einem einfachen Mord beginnt, lässt Hauptkommissar Köstner kaum Zeit für Ermittlungen. Wie aus dem Nichts zieht sich eine wütende Mordserie durch die Stadt und offenbart dabei die dunkelsten Seiten unserer Gesellschaft.

Opfer für Opfer verstärken sich Mike Köstners Zweifel an allem, wofür er einmal einstand, und als er schließlich die Wahrheit erfährt, steht sein Entschluss fest.

Dieser Thriller geht unter die Haut, denn es könnte hinter jeder Tür passieren ...

<u>»Nachtkalt«</u> (Das vierte Buch aus der Mike-Köstner-Reihe)

Warum? Immer wieder stellt sich die Medizinstudentin Anja Lange diese Frage. Scheinbar harmlose Vorfälle verdichten sich mehr und mehr zu einer Bedrohung, die sie langsam um den Verstand bringt. Nicht nur, dass es keinerlei greifbaren Grund dafür gibt, auch ihre Glaubwürdigkeit schwindet von Mal zu Mal. Als sich dann auch noch die Polizei gegen sie stellt, liegt ihre ganze Hoffnung auf Mike Köstner. Kann er das tödliche Spiel beenden, oder ist doch alles anders, als es scheint?

<u>»Hochmut«</u> (Das fünfte Buch aus der Mike-Köstner-Reihe)

Was Heil versprach, brachte den Untergang. Bei den Schuldigen dominiert gnadenlose Arroganz und Gier. Selbst im Angesicht der Gefahr sind sie nur zögerlich bereit, ihr wahres Gesicht zu zeigen. Doch keiner von ihnen ahnt, zu was die Opfer fähig sind.
Wer alles verloren hat, überschreitet eine Grenze – eine Grenze, hinter der es kein menschliches Mitgefühl mehr gibt.

Folgen Sie Kommissar Köstner und seinem Team durch die Abgründe dieses Falls und entscheiden Sie selbst, wer Ihr Mitgefühl verdient hat.

4899768R00137

Printed in Germany
by Amazon Distribution
GmbH, Leipzig